NEVER COMING HOME

消失的孩子

〔英〕艾芙妮·韦勒姆（Evonne Wareham）　著

王小燕　译

北京联合出版公司
Beijing United Publishing Co.,Ltd.

图书在版编目（CIP）数据

消失的孩子 / (英) 艾芙妮·韦勒姆著；王小燕译
.—北京：北京联合出版公司, 2019.7
ISBN 978-7-5596-3146-6

Ⅰ.①消… Ⅱ.①艾… ②王… Ⅲ.①长篇小说—英
国—现代 Ⅳ.①I561.45

中国版本图书馆CIP数据核字(2019)第066943号

著作权合同登记 图字：01-2019-2003号

消失的孩子

作　　者：〔英〕艾芙妮·韦勒姆
译　　者：王小燕
责任编辑：郑晓斌　徐　樟

北京联合出版公司出版
（北京市西城区德外大街83号楼9层　　100088）
三河市冀华印务有限公司印刷　新华书店经销
字数：260千字　　880毫米×1230毫米　　1/32　　印张：9.5
2019年7月第1版　　2019年7月第1次印刷
ISBN 978-7-5596-3146-6
定价：45.00元

谨将此书献给永远信任我的母亲，啦啦队的玛丽、伊芙琳、特雷西，以及新近加入的成员博耐思。

序　幕

10月4日

他并非故意要去那儿。

也不是故意在那一天、那个时候，开上那条路的。但是亚特兰大那边谈崩了，客户闹了起来，总得有人出面，去收拾这个烂摊子。

自己开公司真的很烦。

刚把风扇上厚厚的积尘清理干净，把墙上、地板上的灰擦干净，还没来得及喘口气，就会有个聪明的家伙闹出点什么事，非得让人亲自出马才能平息。

不过，德福林讨厌坐飞机。

那只能开车了。——好吧，这又是另一回事了，因为最终他还要坐飞机，只不过乘机之前，先开上一两个小时的车。而且此时——

此时太阳正落山，天空明亮、色彩斑斓。黄昏时的高速公路十分空荡，车载无线电话中，大老板正喋喋不休地抱怨着。

其实，只要他愿意，完全可以慢慢来。

而且自己开公司，有时候也没那么烦。

一路开着，他差点错过那里。

那里啥也没有，也没什么好看的。路上有些废弃的轮胎，一些稀疏的灌木丛。但是，不知怎的——那奇怪的、多次救过他命的第六感，让他把车停了下来。就是想去看一眼。

于是，他深一脚浅一脚地走进了灌木丛，顺着斜坡艰难前行，偶尔一脚踩在松动的岩石上，整个人便滑向那辆汽车。

那是辆严重损毁的黑色雪佛兰。车子彻底翻了个四轮朝天，像只大虫子。

轮子背后，安全带依旧系着，上面挂着一个女人，被撞得面目全非，只一眼就知道，已经彻底没救了。

德福林的注意力被汽车的另一侧吸引过去。

就在岩石旁边的土地上，在夕阳的照耀下，还躺着一个人，而且还在动。

10月5日

卡兹·埃尔莫尔刚把开瓶器拿到手里，门铃就响了。她嘟囔了一句。这一天过得真是漫长。因为没什么事，也不急着回家，于是就在施工现场多待了一会儿。结果回家时正好赶上伦敦的晚高峰。车开得太久，坐得她背疼，而且下午突然出来的太阳，将她晒得皮肤微微刺痛。

楼上的浴缸很大，上面印着她的名字。房间里一股子薰衣草沐浴露的味道。她正泡着澡，突然一时性起，想趁机喝上一杯，这才来到楼下。眼看就要尝到葡萄酒的美味了——凉爽而略带酸味，玻璃酒杯上挂着凝结的水珠……哦！多么难得的一次放松机会。她打算好好享受一下。当然，如果不被打扰的话!

她咧起嘴角苦笑了一下。门铃一直响了有五分钟多,也不知是谁在门口一直不停地按。如果可以,她真的不想去理会。不过这会儿,她的身影,在厨房灯光的映衬下,已经清晰地映在玻璃上。

"伙计,你要是推销双层玻璃,小心我把你埋了,我可知道埋哪儿最好。"

她快步走过客厅。边桌上放着一堆没有打开的信。她瞟了一眼——已经翻看过了,没什么要紧的。寄明信片还为时过早,即使杰夫……门铃又响了起来。

"等一下!"她打开门闩,把门松开了一条缝,朝外看,"菲尔舅舅!"她的不耐烦立刻烟消云散了,赶忙解开锁链,把门打开,"嘿!太令人惊喜了。我刚打开一瓶酒。你在值班吗?快进来吧。"

卡兹回身进了客厅,走了一半,才发现舅舅并没有跟进来。

"怎么了?"她转身看着他,心突然一紧。他的脸色很不好,严肃的脸上,目光呆滞。她不由得心跳加速了,"怎么了?"

"真不知道该怎么开口,亲爱的,是个坏消息,最坏的消息。"

Chapter 1

　　"你知道，德福林，你没必要非得这么做。"鲍比·霍格靠在办公室门框上。他们是合伙人。德福林把文件扔进抽屉，把电脑塞进旅行袋。"你到底想清楚了没有？"鲍比坚持劝道。他身后是公司的前台，已经空无一人。房间里灯光昏暗，一扇窗户开着，鲍比吐出的烟顺着窗户飘进芝加哥下雨的夜空。"这事儿已经结束六个多月了，所有的人全部已经安生下来，忘了这事儿。难道你非要把这些全都再翻腾出来吗？"

　　德福林抬头看着他，皱着眉头："这种事，你会抛到脑后吗？"

　　"这……不是，"鲍比无法否认，"即便如此，已经这么长时间了，谁也没有联系我们，那——"

　　"鲍比，我仔细想过了。"德福林拉上旅行袋，交叉双臂靠在办公桌上，"上帝，我并不是非要怎么样。就这件事，我巴不得躲远点。这趟去伦敦，首先是办正事的。只不过恰好是伦敦，而那女的又恰好住在那儿。"

　　"伦敦切尔西区车恩路，你以为只有你会上网啊？"鲍比扬了扬眉毛，"看地址是富人区？"

　　"最富的区之一——所以这件事情……"德福林耸了耸肩。

　　"又是好奇心。"鲍比的脸一下子放松了，"现在我明白了。"

"别担心，伙计，我不会手软的。"德福林拎起箱子，"不过，或许我会改主意，不去打扰这位女士。"他耸了耸肩，"这六个月期间，她也没来打扰我。"他抬腕看了看表。"我得走了。"他用手指着鲍比，说，"看好老巢，离那些不三不四的女人远点，别再让人用假钞把你给骗了。"

"哈！"鲍比讥笑着说，"我可没有被人洗脑去投资什么钻石矿。"

"你就笑吧，伙计——要是那座矿经营好了，我就去找一堆漂亮的妞儿。漂亮妞儿就喜欢钻石。"

德福林极不情愿地坐回自己的座位上。他一直站在飞机的过道来回走动。一位金发碧眼的空姐实在忍不住了，告诉他在座位上也可以伸展放松。那位空姐十分可爱，长着一对漂亮的酒窝。因为那酒窝，他才乖乖地回到座位上的。

但是，他还是惴惴不安，不是因为飞行，而是因为自己掌控在别人手里。这令他烦恼不已。还有在机场，先要进行安检，然后又是漫长的等待，犹如进了地狱一般，也不知道要等多久，才能登上一架该死的飞机。还有，飞机本身也让他心烦——必须由其他人驾驶，这让他很是不安。因为他知道，坐在驾驶舱里的那帮浑蛋，只会自顾自地去玩脱衣扑克游戏，而让这堆高科技铁皮，兀自翻山越岭，飞来飞去。

他揉了揉眼睛，接过空姐递来的矿泉水。空姐关切地看着他：也许刚才不该给他喝威士忌，要也不能给。所以——对，他就是个控制狂，而且非常坚定。管他呢，反正已经这样过了三十六年。随着意念的集中，他逐渐放松下来，开始考虑落地之后的事情。来伦敦要办的公务没问题，另一件事反倒麻烦：他究竟该不该去找这位名叫卡特琳娜·埃尔莫尔的女人呢？

而且，这个问题很紧迫。

出租车驶入了帕克林巷附近一条安静的街道，可他还是没有拿定主意，这让他有些失望。即将入住的酒店看上去很不起眼，低调而舒适，正好是他对住宿的两大要求。当然价格也不菲。不过近一两年来，他已经不愁钱了。而且，这次的费用客户全包。大概为了抵税，也许是为了别的，他并不清楚，也不在乎。公司里的钱他都不管，全丢给鲍比打理。鲍比做事干练，为人也诚实，喜欢参加各种舞会。而且两人也已经合作很久了。

德福林叹了口气。近来，鲍比也开始参与管理了。公司业务都由他来跑，只有准备签合同时，德福林才亲自出面，以示重视。除此之外，其他大量的具体操作事宜，都是他亲自处理。这样，两人可以各尽所长。不过，他们并非一开始就这样合作的。以前的他们，紧密配合，也相互防范着彼此。那时候的他们，过的是种完全不同的生活，在另一个地方、另一个时间。那时候，他还不叫德福林，鲍比也不叫鲍比。在他们从那里退出来以后，一切才改变的。

德福林住进酒店后，把包里的东西全拿了出来，开始给客户打电话，安排第二天见面的时间。现在快下午六点了，正是芝加哥的午餐时间。他在飞机上时，因为无事可做，已经睡了一觉，所以不打算再睡了。他可以早点儿吃晚饭，在房间看看电视，重温一下英国的电视节目。还可以去看表演，或是去俱乐部坐坐，可以边喝冰爽的啤酒，边享受热辣的英国美女，他还记得其中的几个。或者，只是简单地出去走走。于是他打电话到酒店前台："能帮我叫辆出租车吗？是的，去车恩路。"

那栋房子位于一个小巷子里，并不在河边上。房子很紧凑，是栋旧砖房。这个街区，跟他长大的哈克尼后街，是完全不同的世界。但那是更久以前的事了。而且那时，他有另外一个名字，过着另外一种生活。他皱起眉头——没必要再去回想那么久远的事情了。如今，他已经成了美国人——护照上就是这么写的。

他让出租车停在了马路对面，侦察了一番。即使现在，他也不必非去敲开那个整洁而又朴素的大门。鲍比的话又在耳边响起。或许，打算重新翻起的这件事，他真的应该放下。因为她确实从未联系过自己，从来没有。

房子的油漆闪闪发亮，窗户十分洁净，窗台上的盒子里，开满了春季的鲜花。他认识里面的洋水仙。还有一种花朵蓝白色相间，有点儿像铃铛的，是什么花来着？他叫不上名字，不过也很漂亮，像是专门有人打理。大门旁边的花盆里，还有一棵小树苗，周围有很多洋水仙。的确有人打理，这里还有人住。

要是这个女人已经从悲伤中挺过来了呢？难道还要旧事重提再让她伤心吗？

现在离开，是最简单的做法。

可你什么时候避重就轻过？如果你是她——哦，上帝——你一定想知道真相。或许，是她没有勇气，不敢问？

他穿过马路，按响了门铃。

他的心中闪过一个念头：该不会有人来开门吧！这个念头竟让他有些如释重负。就在此时，门开了。

"这么快！真是没想到……哦！"

出来的是个风情万种的女人，看起来很年轻。她穿着浅色的羊绒毛衣和牛仔裤，身材依旧凹凸紧致，令人羡慕，但是眼睛和嘴巴周围的表情纹暴露了她的年龄。他意识到，这个女人年龄偏大，不是他要找的。

"有什么需要帮助的吗？"她退后一步，皱着眉，倒像是在替他着想。

"我叫德福林。"他递过去事先准备好的名片，这样就不用多说话了。她把名片捏在手里，皱着眉头："安全顾问？"

"我想见一下埃尔莫尔夫人？"

"哦。"她像是要把名片递回来的样子。

不过她并没有这么做，而是把名片装进了口袋。德福林发现，她对名片没有任何反应，这让德福林感到十分困惑。"我女儿现在不在我这儿。或许你可以再打电话过来。"她说着就要关门。

德福林条件反射般地想要一脚卡住门缝，不过他控制住自己，只是礼貌地用手掌示意她且慢："您能告诉我她什么时候在家吗？"既然已经开始做了，就索性继续做完。此外，这里究竟是怎么回事，他还没搞明白。

"我……"女人犹豫着。

"我需要跟她谈一谈，这很重要。"

女人脸上的表情有些变化。显然她对他关注了起来。

"对谁很重要呢，德福林先生？"

"对她、对我都很重要，对您也是。"他稳定了一下气息，"您外孙女去世的时候，我跟她在一起，我就在现场……"

Chapter 2

"和嘉美在一起？哦，上帝！"

女人的眼睛一下子睁大了，手捂住了嘴巴。德福林突然害怕她会晕倒。

继续说话，德福林，吸引她的注意力。

"您看——我很抱歉。我知道这事已经过去很久了。我也不知道该不该跟她联系。而且，我一直在想，如果埃尔莫尔夫人需要跟我谈谈，她会联系我的。不过，既然我已经到伦敦了，那……"

她还是睁大眼睛站着，没有反应，不过并没有晕倒。而且，脸上开始出现某种别的表情。

"您看……"他犹豫地说，"或许，毕竟这样也不好。要不……我就先走了。"他捋了一下头发，准备转身离开。

"不，请别走。"她终于说话了，伸出一只手，挽留着他，"只是……从来没人告诉过我们……我们也不认识你。"她把门开大，"我想，您还是请进来说吧，德福林先生。"说着，做出个请进的手势，"这太让人震惊了。我想我们应该重新认识一下。你好，我是苏珊娜·塞因特。"她伸出手来。德福林握住她的手，似乎这种惯常的打招呼仪式，才让她平静了下来，"我女儿随时可能回来。等她回来，你跟我们两人一起说吧。请进吧。"

德福林按照她的指示进了房子。一进大门的这个房间，一直延伸到房子的最里面，凉爽而又通透。房间全是白色，屋里有绿植，长势旺盛。墙上挂着画，有一幅十分特别。

那幅画并没有挂在壁炉上方，而是在它的旁边。那是一幅色彩浓重的油画。画面的背景是白色的，衬托着用线条勾勒出的图案，图案位于画面的中间，是用红色的油彩层层叠加而成，从背景上跳跃而出，十分醒目。若仔细看，画面十分抽象，但猛看一眼就会发现，那是一个非常清晰的女人的轮廓。

德福林的目光不自觉地转向画的右角，果然，他看到了画家的签名——那是个以字母K开头的红色签名，十分潇洒，犹如佐罗的记号一般。"是奥利维尔·凯塞尔的画。"他声音突然提高了，"画上的人是您吧？"她点点头。德福林恍然大悟："天哪——原来您就是那位苏珊娜！"

苏珊娜挤弄了个鬼脸，笑了。"那是好久以前画的了，你竟然还能认出来，我有点受宠若惊啊。如今，已经没几个人还能记起来，这也算是个福气吧。"她的笑容里夹着一丝痛苦，"现在再提那个名字，实在是太过时了。"

德福林扬起眉毛，心里暗想，他敢打赌，只要不说话，她一定会说出更多的。苏珊娜把掉在鬓边的一缕浅色的头发挂在耳朵后，继续说："当年那个主意，真是绝妙，几乎屡试不爽。"

德福林使劲憋着笑。只要保持沉默的时间越长，说话人想要填补沉默的冲动就越强烈。这是讯问的第一法则。苏珊娜眯起眼睛打量着他，明白了他的意图。聪明的女人。他冲着她微微一笑，鼓励地点头，她轻笑了一声。

"德福林先生，你是想让我把当年那些光荣故事给你再讲一遍，对吧？好吧。一切都是源于一位采访奥利弗的年轻记者。哦——那是70年代初吧——奥利弗当时还是奥利弗，还不是奥利维尔，那个多余的、重要的'我（维）'，则要晚得多。"她眼睛里的表情十分丰富，带着明显的自嘲，"那位记者需要用一个全新的视角，来讲述一个无名艺术家的故事。于是他想到了这个主意，把两位'才华横溢的'——"她笑着举起双手，用手指做出引号的手势，"绘画天才结合起来，让他们从一位名叫苏珊娜的女人身上，同时获取创作灵感。当然，那时奥利弗很高兴能够与莱纳德·库恩相提并论。那个时候他才刚刚崭露头角，而且，注意到的人并不多——"她的笑容变得决然而又刻薄，"这其实只是一场才华的比拼——是奥利弗和库恩两个人比，根本不涉及其他。不过你也知道，这种事情，后面的进展，往往就不再是最初设想的那样了。那篇文章后来在美国接连转载，奥利弗的事业也开始腾飞，于是他就非常突然地宣布，我，就是他的缪斯。"说到这儿，她的脸上全是笑容，"你也知道，缪斯是份很模糊的工作，没有具体的岗位描述。现在回想起来，当时的工作，主要是清理大量的画笔和半裸地站在四面透风的画室当模特。那时我还年轻，而且很傻。"她意味深长地看着那幅画，"他画这幅画的时候，我就那样坐着，一连坐好几个小时。所以，我最终得到这幅画，也算公平。我还有其他几幅。"她的脸上还挂着微笑，但是眼睛又眯了起来，"奥利弗的早期作品，一直没有好好宣传。艺术品这一行当，你是懂得的，德福林先生。"

"这些事情只能你自己知道，德福林，拜托。"她已经告诉他够多的了，而且非常有趣。他听得很高兴，所以感到亏欠她的："一次我给一位从洛杉矶到纽约的私人艺术藏品展做展品看护，往返全程都做。那次展览有许多奥利弗的作品。办展的那个家伙是奥利弗的粉丝。那次展览让我对奥利弗产生了兴趣，所以就做了点相关的研究，参观了一些画廊。"

"展品看护？哦，对，是安保顾问。"

突然，她的笑容一下子收了起来。她想起了德福林为什么来访。

世事大概就是这样吧，扯着扯着就扯远了。没说上几分钟，就忘了——

开始谈论别的，或是陷入回忆，忆起从前的事情……而后，突然又会想起些不可思议的事儿。

"你喝茶吗？"她突然转移了话题，"我去把水烧上。"

他由着她去了厨房，正好可以好好参观一下房间。房间里摆着照片，是些跟家人一起的照片，看上去很幸福。卡特琳娜·埃尔莫尔也在其中。又是一个风情万种的女人。生活照中的她，有种完全不同的风格。她丈夫——前夫——也在照片里，日光晒得很匀的肤色，下巴俊朗，牙齿整齐洁白。照片里还有另外一个小女孩，跟妈妈一样，长得黑黑的，四五岁的样子。德福林拿起银色的细边相框，仔细地看着这张照片。她竟然还有这么小的一个女儿。但是所有的照片里，并没有他见到的那个女孩的身影。难道是怕引起家人的痛苦？虽然对于母亲和外祖母这或许是个安慰，但是对照片里的这个小女孩呢？在死去的姐姐的阴影下长大——该有多么难过？

他顺着瓷器的叮当声，走进厨房。厨房很大，傍晚的阳光透过窗户射进来，照在混搭的木质家具和暖色的装饰瓷片上。苏珊娜在摆弄着杯子和碟子。一只大扳手放在操作台上。

苏珊娜见他用眼睛盯着那只扳手，说："维修天然气的人落下的，刚才我还以为你是他……"她的脸又沉了下来，"要不是他打电话说要回来取，我早就回家了。这儿就不会有人了。"

"我会再打电话来的。"真的会吗？

德福林没有理睬后脖颈上如芒刺般的感觉，溜达到冰箱面前。冰箱上用冰箱贴压着优惠券、明信片，还有几幅儿童画。他仔细地看着这些画，整个人一下子被吸引住了。这时苏珊娜已经烧好了水，沏好了茶。这些画跟客厅里挂着的那幅价值百万的画完全不同，除了……德福林吃了一惊，整个人都僵住了。画上画的是妈妈、爸爸和外祖母的故事，里面的人物清晰可辨，丝毫不像普通的儿童画中的人物那样，幼稚地长着一节节火柴棍式的躯干和绿色的头发。"嘿，这些画儿画得真不错。"他指着图画说。

"是吗？"苏珊娜扭过脸看着他，脸上带着兴奋，"按她的年龄，画得确实相当不错。奥利弗也很兴奋——"兴奋的表情倏地消失了，"可是这一切，都没有了。她的父亲——他们原打算去佛罗里达州的迪士尼乐园的……"苏珊娜把茶壶拉到跟前。

　　德福林把头转向别处，不忍去看她噙满泪水的眼睛。他看见了，每张画的角上，都有一个小小的字母J——嘉美——是他见到的那个女孩画的。**他的喉咙也发紧。难道来这里是个错误？你究竟能告诉他们些什么？**

　　他还是能感受到当时的那一幕，它此刻硬生生地就卡在喉咙里。当他匆忙滑下那道该死的斜坡，但是，他到那儿时，已经……有如此天赋的那个孩子，冲他眨了眨眼，努力想微笑。她笑——带着一种解脱，简直能把他那颗粗糙的心从胸口揪出来。她一定是以为他去救她的，一定相信他能做到的。但是，看到她的瞬间，他就知道太晚了。他也无能为力，只能陪着她，抱着她，让她感到并不孤独。紧接着，她咳了一口血——然后，就死了。她脸上惊讶的表情，他永远都忘不了。而眼前的这些画，正是她画的。

　　德福林努力控制着自己的哽咽说："我知道，我来这儿，确实打扰您了。其实，我也告诉不了你们多少……当时太快了……"

　　"不！"苏珊娜伸出手拦住他的话头，使劲摇头，"等卡兹回来吧——她有权利第一个听到，女儿是怎么死的。"

　　她把茶杯放到茶碟上递了过来，德福林接过茶杯，端着走到另一个房间。听到钥匙开门的声音，两人同时扭头看向门口。

　　"妈妈？你怎么还在这儿？别告诉我他还没来取！"

　　苏珊娜闭上了眼睛，然后睁开："到这儿来，亲爱的。"

　　德福林发现自己一直在强撑着，现在，他还不知道为什么会这样。

　　她长得和母亲一样漂亮，而且更加出挑。头上是一头黑色的卷发，脖子上围着粉色的围巾，皮肤白皙无瑕，深色的眼睛又亮又大，嘴巴大而饱满。眼睛下面的眼线有些晕染，脸上还挂着一丝不该有的紧张。即便如此，这张脸也足以让任何一个男人的下半身有反应。

看在上帝的分儿上，你来这儿找她是表达同情的，不是求爱的！

德福林垂下眼睛，生怕它们出卖了自己的心思。他发现她穿的是一件深褐色的连裤装。此刻，她正站在门口，把连裤装已经解开了一半，用眼睛正盯着自己看，他的心一下子停止了跳动。连裤装里穿着的T恤，紧紧地包裹着她丰满性感的身材，看了让人头晕目眩，嘴巴发干。德福林暗自咽了咽口水。不过，她的这身着装，倒给他提了个醒，这是园艺工人穿的那种工作服。难道卡特琳娜·埃尔莫尔是个园艺工？怎么之前不知道？**那是因为你还不想深入了解，不是吗？**

卡特琳娜走进客厅，看到客厅里还站着一个陌生男人。这人肯定不是天然气公司的，除非现在燃气公司的工作服，都是昂贵的意大利定制西服。她又看见桌上摆放着茶具。母亲是在招待客人？为什么她看上去还有点紧张——对，没错，就是"紧张"——而且是在这个陌生人面前。卡特琳娜更加疑惑了，母亲苏珊娜很少紧张的。看来，必须留意这个陌生人。他那身线条挺括的昂贵西装，透出一种信息，而他那满脸的胡楂儿，又透出另外一种信息。这个男人很有看头，至少一米八八的个头儿，肩宽体阔，肌肉结实匀称，面容粗犷算不上英俊，眼睛有点像史蒂夫·麦奎因。尤其是他的那张嘴巴，实在是迷人。这是一张能让人浮想联翩的男人脸，或许，也能让人噩梦连连。

这是什么鬼东西？让人站在客厅里感到这么热！

"妈妈？"她喊了一声，感到心跳突然加快，在胸膛里扑通扑通地撞着肋骨。身体里某种东西在隐隐地翻动着。她模模糊糊地意识到，是性欲。这个男人，浑身上下，都充满了性感——危险的性感。哦，男人！

卡特琳娜好不容易才把眼睛从这个性感男人的身上移开，努力不看他那张迷人的嘴巴。她转向母亲，只见她脸紧绷着，蹙着眉头。

"亲爱的，这位是德福林先生……呃……德福林他……"苏珊娜的声音有些发抖，"他从美国来——来见你。"

"美国？"卡特琳娜突然感到一股寒气，把身上的欲火瞬间彻底浇灭。她看见妈妈目光低垂，眼眶含泪。

"他在现场，亲爱的。就是……在嘉美去世时。"

"什么？！"卡特琳娜眨了一下眼睛，倒吸了一口气。寒冷、欲望，全都不见了，她只觉得胸口像是塞住了什么东西，不断地挤压着。是愤怒——炽热的愤怒。

"你到底是干什么的？你想从我们这儿捞到什么？"

德福林不由得向后退了一步。流泪、震惊、困惑，他都想到了，却唯独没想到愤怒："埃尔莫尔夫人——"

"滚出去！给我滚出去！——马上，滚！"她的声音犹如锋利的刀片，直戳心脏，让他猝不及防。他下意识地举起双手来保护自己，仿佛要把扑将过来的她挡开。她红着眼睛向他冲了过来。

"卡兹！"苏珊娜哽咽着嗓子喊了一声。"妈妈，这事你别管。"她看也不看母亲一眼，"先生，我不知道你在玩什么恶心的把戏，也不知道你究竟想捞到什么。我也不想知道。但是，你竟然敢侮辱我对女儿的回忆！"她的声音开始发抖，"我舅舅就是警察。"说着从兜里猛地掏出手机拿在手上，像武器似的挥舞着，"给你二十秒时间，马上离开，否则，我立刻打电话。"

"好的，好的。"德福林双手张开，"听到了，我马上走。"他也不知道究竟怎么回事，不过出口在那边。他连忙向门口走去，才走了一步，又停住脚。溜什么？又不是落荒而逃，要保持尊严。于是，他特意转过身，对苏珊娜说："对您失去亲人，我很抱歉，也无意增加您的痛苦。"苏珊娜脸色苍白。"很高兴见到您，塞因特夫人。再见。"

如果出去，就必须经过埃尔莫尔夫人。她愤怒异常，身体不住地颤抖。他只好侧着身子，从她身边快速溜过，生怕挨上她的胳膊，又擦出愤怒的火花，或是被认为是袭击。他从她身后绕过去。她站在原地，转动身子，一直盯着他。

刚走到门口，苏珊娜叫住了他："不，先别走，德福林先生。"他又小心翼翼地回过身。眼泪正无声地从苏珊娜那略微衰老的脸上滑落："卡兹，她可是你的女儿，我的亲外孙女啊！我也很爱她。我相信这位先生，我想听他说。你回来之前，我不让他讲。我一直在等你回来，咱们一起听。亲爱的，求求你了。"

她走过来把女儿搂在怀里。德福林看到，卡特琳娜一直在发抖，但她并没有甩开妈妈。苏珊娜的声音低沉而激动："她出事的时候……我们都悲伤不已。我知道，为了怕我们难过，杰夫做了他能做的一切，但是……但是也许本不应该是这样的。我经常在夜里醒来，我想知道……她是否……是否……"她还想说，但是哽咽着说不下去了，德福林也觉得嗓子发哽。"我们知道得太少，你甚至都没能见她最后一面……如果德福林先生能告诉我们些什么，我想听。听完我们再做判断，好吗？亲爱的，求求你了。"她再次乞求，声音弱得几乎听不见。

德福林站在那里，度过了漫长的三秒钟。他几乎能感觉到卡兹·埃尔莫尔朝自己喷出来的呼吸。

"好吧。"她准备攻击的肩膀稍稍松了下来，又猛地挺回去，显然，她余怒未平，在尽力克制。他感到了她的克制。"我会听你讲的，因为我妈妈要听。坐在那儿讲吧。"她怒视着他，指了指壁炉前面的沙发。

德福林硬挤出一丝笑。无疑这个笑会被严重误读："好的，夫人。"

他按照指示，坐进青绿色的沙发，然后等着。卡兹转身从客厅出去，不一会儿又回来了。回来时，已经脱掉了工装，换了条跟T恤同样合身的牛仔裤。两个女人在他的对面坐了下来。苏珊娜倒了茶，递给他一杯。卡特琳娜用双手紧紧地捂着茶杯，像是在取暖。她抬起头，眼睛里仍然满是怒火。

德福林身体前倾，坐在那里，做好回答的准备，让她提问。

"如果我女儿死的时候你在现场，为什么直到现在我们才第一次知道你？"终于，她开口发问。

"我也不知道，埃尔莫尔夫人。"他也很纳闷儿，"警察肯定知道我的。"尤其是还有一位侦探，对于他怎么会在那条路上，都干了些什么，表现了极大的兴趣。只有实验室检测结果出来后，确认了司机血液中含有酒精和毒品，那个家伙才肯罢休。"也许，他们没有通知到你前夫？"

"或许，是他没告诉我们。"苏珊娜说。"你也知道，"她看着女儿，"杰夫也是满怀愧疚。"

卡兹耸了下肩，黑色的眼睛又看着德福林。

"当时你的女儿在美国，是和你前夫一起去玩的，对吧？事故发生时，孩子和你丈夫的私人助理在车里，对吗？"

"私人助理！"卡兹哼了一声。她把茶杯砰地放到桌上，扯着肩上的围巾。德福林吸了口气，心想她是不是要把那头凌乱而好看的头发松开。看到她把手放回膝盖时，他竟有一丝失望。"我原本不想让她去，不想让她去那么远，但是他答应带她去迪士尼。他们本来可以去巴黎的。后来他就把她交给了他的女友，自己跑去谈业务什么的，根本就没去迪士尼乐园。"

"的确没去。"德福林附和道。那条路的确不是去迪士尼的。

苏珊娜握住女儿颤动的手指，安抚着："嘉美还是很高兴的，亲爱的。她能去看新鲜的事物，还得到了父亲的关注。而且，她也很喜欢吉玛。"

"我知道。"她的手指仍然抽搐着，又看回德福林。他等着，但她却没有开口。

他柔声说："我不知道该不该跟您联系，打电话似乎又不太——如果要跟您联系，我希望亲自见到您……我一直以为您会联系我的——但是，如果您压根儿不知道我，那我就明白了。"

"要是我知道你的话，早就跟你联系了。"这话他毫不怀疑。不过他的心里，又忽然涌出某些微妙的东西。如若只是信息不到位的话……这难免不让人疑窦丛生。

她直直地盯着他，躲也躲不掉，像要把他钉在沙发上似的。他觉察到了她的变化，愤怒在逐渐消退。现在，她想知道了。他缓了口气，开始讲述："那时已经黄昏，但天还是很亮。我正在路上开车，不知怎的就想停下来。一下车，就看见了车祸的地方。在路边的斜坡下不远的地方。"他仿佛又折回到那条公路上，又感受到了页岩在脚下踩碎，又听到了自己连同碎石一起滑下去的声音，"我走到跟前——司机已经没救了。然后我发现了你的女儿。她整个人被甩在车外。"

他清了清嗓子，端起茶杯，喝了一口凉茶，模糊地意识到苏珊娜准备给他续杯，被卡特琳娜制止了。她仍直盯着他，等他继续说完。

"我走到她面前时，她还活着，但是伤得很严重。我只能陪着她……大约不到两分钟吧。不过，她知道有我陪着，她还笑了……可能她想说些什么。好像她一点也不痛苦。然后，她就死了。"当时，他一动不动地坐了好一会儿，才拨打了911。再后来，现场就热闹起来了。"就是这样。"他耸了耸肩，"非常抱歉，我知道得并不多。但是，这或许对你们有所帮助……至少，知道她不是孤单地离开的。"接着，他又清了清嗓子，"如果你们还想问别的……"

苏珊娜双手捂着眼睛。卡兹直呆呆地坐着，深色的眼睛盈着泪水。他知道，在自己面前，她是不会哭的。"我想我该走了。"他站了起来，"你的女儿非常漂亮，埃尔莫尔夫人。没有机会认识她，真的很遗憾。"他伸出手。过了有一秒钟，卡兹才站起来，握了握他的手。"谢谢，"她哽咽着说，"谢谢你来，谢谢你告诉我们这些。我为刚才的发怒而道歉。我想——我也不知道我想哪儿去了。刚出事的时候，有几个记者……当时我没有心情接受采访。后来，有个记者想方设法说服我，我就让他进来了，给他说了一些情况。我以为他会离开，结果发现他进了厨房，还试图拿走嘉美的画——

我……"

"没关系的，"德福林打断她，"我希望你一切安好，埃尔莫尔夫人，希望你和你的另一个女儿都好。我会自己出去的，请你留步，你的母亲需要你。"此时苏珊娜正把脸埋在她手臂里，肩膀不停地抽动，"替我向她告别。"

"好的。"卡兹朝她的母亲走去。

现在，他只想赶紧走掉，让她们独自面对自己的悲伤——由他激起来的悲伤。真是该死。接下来他最想干的事，就是来上一杯烈酒。这个时候他感到眼皮发沉。也许是时差的缘故？

他大步向前，三步就跨到了门口，忽然又听到卡特琳娜说："德福林先生，你为什么认为我还有一个女儿？"

"什么？"他猛地回身，看着她。"那些照片。"他冲着她身后架子上的相框点了点头，"照片上的小女孩。我猜，是嘉美的妹妹吧？"

他吓得不敢呼吸了，因为她的脸色瞬间由柔软再一次转为严厉，眼里又充满了敌意："照片上的孩子就是嘉美。"

德福林觉得脚下的地板仿佛裂了个洞。他搓了一把脸说："我不明白。"他感到肩胛骨上直冒冷汗，迅速穿过房间，拿起最近的一个相框。他必须确认。他把照片伸向卡特琳娜，"你是说，这个是嘉美？"

"当然是。我只有这一个女儿，德福林先生。"她跟着他走过来，满眼狐疑，十分紧张，"我不知道这是怎么回事……如果你是在玩什么把戏——"

"不！不是玩把戏。"他举起手，脑子飞快地转着。这他妈究竟怎么回事？"我也不知道是怎么回事……但是，我必须告诉你，车祸中死去的女孩，不是照片上的这个。"

Chapter 3

卡兹直直地盯着他。

那眼睛仿佛锁在了他脸上。他看上去一点也不像是精神错乱的人。他是很危险，但并没有疯掉。

在她身后，苏珊娜站了起来。这一切太诡异了，卡兹张了张嘴，想说什么。

"你，是不是想告诉我，我的女儿，没有死在那场车祸？"

她居然说出一个完整的句子，太令人惊讶了。她的大脑已经从震惊中缓了过来，可以开始思考信息了，虽然，都是些毫无由头的信息。

她久久地看着德福林，越来越疑惑。他脸上的表情——似乎跟她预期的，不大相同。他脸上也是震惊和疑惑，跟自己一模一样，而且，还杂着别的表情，像是痛惜。

"不是想告诉你——"他的声音听起来有些发涩，"我正在告诉你，嘉美——她只有四五岁对吗？"

"该五岁了，圣诞前满五岁。"痛苦的记忆涌了上来，卡兹咬着牙，"这有关系吗？"她不明白，为什么她的内心早就融化了，而声音听起来还那么平稳？他的表情又变化了——兴奋？

"车祸中死去的那个女孩，少说已经十岁了，头发是金色的，戴着矫正牙套。"

"会不会……"苏珊娜默默地走到卡兹身后，卡兹本能地伸出手，母亲紧紧地抓住了她的手指，"会不会有两个女孩——吉玛有自己的孩子吗？"

卡兹感到情绪突然变得复杂了，自己也说不上来。德福林和她的母亲都转头询问般地看着她。她努力镇定着："或许有吧，我不知道。"停了一下又说，"可她只有二十四岁。"

这会儿该德福林皱眉了。看来，的确应该把整个事情重新翻腾出来。好像他早就相信这一点——

"她可能生过小孩子，但看情形她不像有。"他摇摇头，"从来没人说起过有另一个孩子——"

卡兹捂住了脑袋。太离谱了！她怎么会——怎么会想到这些？

她感到有奇怪的黑色的翅膀在眼前晃动，不好，她要晕倒了，这辈子她从没有晕倒过的。来不及了。她不能晕倒——

她听到了德福林的诅咒，看到他跨步跑向自己，只觉得天旋地转。他的反应的确很快。他那样子，看起来有些滑稽，不过一点也不邪恶。她想咯咯地笑，却没来得及笑出来。

他把她抱了起来，平放在沙发上，她依旧晕眩无力。"有白兰地吗？"

给德福林加分，面对晕倒的女士一点也不慌乱！这些先给未来攒起来……为了未来……

"厨房里有。"苏珊娜匆匆去拿。

门铃响了，门厅里传来说话的声音。天然气公司的人来取扳手了。

卡兹静静地躺了一会儿，渐渐清醒过来："我没晕倒，我从来不会晕倒。"必须说明，这很重要。

"对。"他附和着。她注视着他光滑的脸，脸上毫无表情，让她想起砖墙。

"不要给我灌白兰地。"她清晰地说，虽然，她还是很晕眩，仍然觉得房间晃来晃去的。

"哦，不，白兰地是给我的。"

他们互相凝视了良久。他的手仍然扶在她的肩膀上。虽然脑袋晕得厉害，但是她能感受到他手上的温度和力量。希望、恐惧、愤怒。难怪她……呃……眼角又模糊了。

"要是你编造了这一切——"

"我发誓。如果你愿意，我对着我母亲的坟墓发誓。如果我说的有假，就让我的母亲杀了我。但是，究竟怎么回事？"

"我想你是疯了。"她头向后仰，闭上眼睛。先晾他一会儿，自己重新捋捋。不过，他的手仍然扶在她的肩上，真暖和。她几乎不大理智地渴望，想要紧紧地抓住他的手。的确不理智，可这一切，都是他造成的。她睁开眼睛："你是从什么地方逃出来的吗？"

"不是，我没有妄想，也没看见小绿人，我也不跟冰箱说话。"

"跟冰箱说话没关系，要是冰箱答话，你就麻烦了。"

卡兹坐起来，挣开他的手。他退后了一步，让她自己站起来。她得离他远点，她需要思考。但是，她真的很想念刚才他的感觉。房间好好的，不摇晃了。苏珊娜拿着一瓶白兰地和三只酒杯走了回来。卡兹从她的眼神看出来，她听到了刚才最后几句对话。幸好，苏珊娜没多问。

"别担心。"德福林一边接过酒杯一边说。他没有坐回之前的椅子上，而是坐在卡兹脚下的地板上，抬头看着她。两人近在咫尺。她一边喝着白兰地，一边打量着他。他的外表颇具男子汉的气概，不过并没有要主宰一切的那种强势。换作杰夫，恐怕早就在房间里踱来踱去，手舞足蹈了，而且大喊大叫。"我觉得，我们需要把所有的线索都捋一下，"他轻声说，"看看还有什么。"

"车祸里出现了另一个孩子。一定有什么搞混了。虽然还不知道是什么。或者……"她的声音突然变了，胸口发紧，呼吸急促，"你是说，我的女儿，她有可能还活着？"

"先不说这个。"他身体前倾，"你刚得到消息的时候，是怎么回事？"他专注地看着她的脸。

"我舅舅菲尔——是伦敦警察局的探长。是他来告诉我的。杰夫联系的他，他觉得，由菲尔舅舅告诉我这个消息，比较好。"或是他太懦弱了，不敢亲自来说，"于是我飞去了美国，是杰夫办理的全部手续，包括辨认尸体。"她的眼睛睁大了，"我并没有见到孩子。我想见来着，可是他说，孩子的脸……还有身体都已经严重变形了。"整个晚上她都不停地呕吐。后来，酒店的医生只好给她注射了阻止干呕的针剂，"我们参加了葬礼——是火葬。我把骨灰带了回来，撒在阿尔伯特大桥，那是嘉美最喜欢的地方，她最喜欢在那儿看河上的船只了。"她越说越哽咽，声音越来越小。

苏珊娜俯身拍着她的手，安慰着她。

"这件事情之后——我完全麻木了，"过了片刻，她又继续，"几周过后，我才开始提出疑问，也就是那个时候，我才知道吉玛是醉驾。"她低头看着德福林，"我的前夫告诉我，女儿已经死了。如果没有……"

"那么孩子一定在他手里。"德福林点点头，"你们离婚时，关于孩子的监护权，争得厉害吗？"

"刚开始比较厉害，但是孩子去世前的最后一年，就好多了。嘉美也爱她的爸爸。这也是我为什么会同意她的美国之行。我不想因为我和杰夫，阻止他们父女来往……"她突然捂住嘴巴，"天哪，难道这件事，他竟然计划了一年多？"

"很有可能。"德福林忽地从地板上跃起来，挪到沙发扶手上。卡兹的大脑跳出一个奇怪的片段，十分欣赏他的这个充满肌肉感的动作。他高大健硕，坐在身旁，英气逼人。她意识到脸上发烫，赶紧把眼睛移开。

她不是因为看他才脸红的，而是因为自己刚才几乎晕倒。一定是那个原因，她才脸红的，一定是因为晕厥让血流受阻。差点晕倒还让她觉得很不好意思。是德福林扶住了她。真的好尴尬啊！足以让人——好吧——

你是想说，足以让人脸红吗？

她扭了扭肩膀。二十九岁的女人是不会脸红的。一定是别的原因。他会怎么想？她习惯晕倒在陌生人的怀里？即使告诉他没有，他会怎么想呢？

她不得不收回思绪，听他说下一个问题。也不知道他是不是在重复问。

"你知道杰夫现在在哪儿吗？"

"不知道。我们没有联系过，自从嘉美走后……"突然，以往回忆时的痛苦没有了，心痛也不见了，"他说他想好好休息一下。我没有反对。他偶尔也会寄点东西过来。上次我转寄了一些东西给他，不过被退了回来，原因是'已经搬走'。所以，我不知道他在哪儿。"

"干吗不找个简单的途径问问呢？"他咧嘴微笑的样子，跟史蒂夫·麦奎因一模一样，"我猜，你已经想到了，要去问一下——或许问问你的舅舅？"说着他站起身来。

要离开吗？

卡兹扼住了内心的恐慌。没有理由恐慌啊，自己能应付得来。她需要他走开，她需要……空间，来让她整理思绪，对，就是这样。他坐在沙发上，看着自己，离得太近了。真奇怪，他竟然明白。

"我刚刚在您的生活中，可谓是投了一颗重磅炸弹。"他平静地说。

"可以这么说。"她甩甩头，没用，脑子还是不清楚，"你说得对，我需要好好思考一下。"

"现在，我得走了。"

苏珊娜正蜷坐在她的肖像下面的椅子上，应声站了起来："我送你出去吧。"

"再见了，埃尔莫尔夫人。"他抬了抬肩，"非常抱歉。"

"不用道歉，德福林先生。"她抬头看着他。下面这句一定要说，非常重要，"如果您刚才告诉我的都是真的，那意味着，您把女儿还给了我。"

如果，如果，如果。卡兹伸手拿起白兰地，给自己又倒了一杯，她浑身发抖，一口吞下。她听到前门打开的声音，还有说话的声音，然后门关上了。德福林先生，离开了。

"亲爱的，我认为你不应该抱太大的希望。"苏珊娜回来了，把手放在卡兹的肩上，"这一切——太难以置信了。"

"这也是我选择相信的原因。"卡兹深吸一口气，"真的是太不可思议。可还有别的选择吗？是搞错了？难道有两辆汽车，在同一个时间、同一个地点一起发生了车祸，却只死了一个女人和一个孩子？还是说德福林是个骗子？"看着母亲在她旁边的座位上坐下来，她摇了摇头，"这个男人为什么要编这样一个故事？这一切非常偶然。要不是他那样说——说我有另外一个女儿。"她浑身发抖。**那时，他已经打算离开这栋房子了，差点就走了，离开这里，而你，也差点什么都不知道。**

"他会不会是个演技出色的演员？"

"我不怀疑他是。可他为什么要来这儿？这对他有什么好处？"

她也想弄明白这一点，而且为了自己，她不能眼看着——这也意味着……"妈妈，他讲的，是有道理的。"

她闭上眼睛，所有的线索都拼接到位了，形成一个可怕的链条——也就是说杰夫……她抑制住心头涌起的恶心。现在，她在拿一个陌生人，跟那个与之结婚并一起生活了六年的男人，做着比较，得慢慢来。可是，你之所以接受这个陌生人的话，还不是因为你太了解杰夫？必须慢慢来，一步一步来。先别，别抱太大的希望。

母亲一直注视着她，脸上浮出紧张的神情："亲爱的，我不想看到你——不过，你一定要小心。"

"我是要小心。"卡兹忽然变戏法似的挤出一丝浅笑，"是你让我听这个男人说的！"

"可那会儿，我也不知道他要说什么啊。"苏珊娜伸手去拿白兰地。

卡兹站了起来："我得给菲尔舅舅打个电话。"

"一个有点神秘的人，你的德福林先生。"菲尔贪婪地嗅着摆在面前的满满一盘勃艮第红酒炖牛肉，那可是姐姐的拿手菜，"我对他了解不多，而且他告诉我的，是件让我很不高兴的事儿。"他叉了一块牛肉说，"我还有几条线索，可以跟进一下。"

"但是杰夫呢？车祸呢？"卡兹已经耐心地等了两天两夜了，这期间她急躁不安，彻夜无眠，而舅舅则干着他该干的事。今天下午，她原本打算和同事一起，去给伦敦伊斯灵顿区的一位女客户搭建藤架的。

"首先，"菲尔心满意足地大口咀嚼着，"什么诱惑都抵不过一块好吃的牛肉。"他咧嘴对苏珊娜笑着说。

卡兹暗暗咬着牙。邀请舅舅来她的诺丁山公寓一起吃晚餐，边吃边问，这是母亲的主意。"你知道你舅舅的，肚子喂饱了，才肯好好干活儿的。"

"首先你得——"菲尔呷了一口酒——"听到这样一个故事时，你得先看看它的来源。要问自己，来源可靠吗？坦白地说，宝贝儿，这个叫德福林的家伙，经不起调查。三年前他开了个安全装备公司，干得还不错。注意啊，是从我所能收集到的情况看的。大多干些国外的活儿，偶尔也踩踩线。可是在那之前呢？一片空白。"

卡兹猛地抬起头："什么意思？"

"我是说，一片空白。"菲尔拉长脸，"其实，也不是一片空白，所有能查得到的都摆在那儿，但是太干净、太完美了。"菲尔摇摇头，"我派了几个得力的手下，但是并没有查到多少关于他的事。这个人干过的所有的事情，全都是对的。但是，有谁的历史会是那么清白的？这样的人根本不存在。反正，绝对不会是德福林这号的。这倒让我觉得，这位德福林先生的过去，没准相当不堪。"

"罪犯？"苏珊娜一边给他添土豆，一边扬起眉毛说。

"那倒不一定。"菲尔毫不客气地吃着。卡兹的呼吸重了起来，咬着舌头。母亲看了她一眼，用目光暗示她注意。

"然后呢？"卡兹俯身靠前，显然，如果不提示，菲尔就不打算说下去了，"难道他是什么怪物？是个间谍？"她把手放在桌子上，"你说，德福林有段不明不白的过去。因为我见到过本人，倒也不觉得吃惊。"**一个一辈子坐办公室的人，是不可能具备那种魄力、那种英气逼人的气质的，**"那他说的那件事呢？"

"两者不能分开。"菲尔心满意足地吃完，把盘子一推，"太好吃了，姐姐，一如既往。"

卡兹不知道，从物理学角度讲，耳朵会不会冒气，或许她该找一下答案。但是不知从什么时候开始，她的小伙伴一样的菲尔舅舅，竟然变成了个——老夫人！

"你的，能吃完吗？"菲尔指着她面前根本没碰的盘子。卡兹把盘子推到他面前。"我可不想浪费美食。"菲尔毫不客气，舀着吃起来。卡兹小口抿着酒，等着。菲尔是最没有耐心的，最受不了沉默。他抬起眼睛，摇着头说："我不想这么说，可是卡兹宝贝儿，如果你对那个男人说的事抱有任何希望，那么你会失望的。"

"可他为什么要编这么一个故事？"

"难道是什么骗局？"苏珊娜轻声说。

"什么骗局？为什么要骗？"卡兹问母亲。

"或许，他喜欢操纵别人——操纵别人的希望、悲伤，并以此为乐。”

“在这个过程中，他可能会发现什么，或是获得什么。”菲尔挥了挥酒杯，“真的抱歉，卡兹，”他的声音突然柔和起来，“我知道你很想相信，可是这个男人，有着可疑的过去，跑来给你讲了一个故事，而且说白了，还是个不可思议的故事：说你前夫策划并实施了某种阴谋，偷走了你的女儿？”

“杰夫看到了这个机会，于是抓住了它，把另一个孩子当作了嘉美。”卡兹一直在想着这事。过去的这四十八个小时，她满脑子只有这一件事，从每一个角度、每一种可能都细细地去想。她毫不怀疑杰夫有这种能力，只要结果是他想要的，他就会抓住任何机会。**甚至，不惜娶一个根本不爱的女人。难怪，从一开始就不对劲。哈！大概是你不想承认自己傻吧。假使他一直计划着要和嘉美一起消失，那倒是一份礼物了。但归根到底——你相信德福林吗？你真的不顾一切地相信他，就算是跳入他设的陷阱？**

“你有没有问负责车祸的美国警察？问的是治安警官，还是谁？”

“我正在核对当时是否还有一起车祸，”菲尔小心翼翼地附和，“我也在查杰夫的下落，这是最重要的。只要联系上他，事情就清楚了。”

“是啊。”卡兹勉强地说。或许你该去扭住那个杂种的脖子，用钝的剪刀，剪掉他的命根子。

“耐心些，宝贝儿。”菲尔冲着她笑了笑。他还没有笨到不知道你想些什么的地步。在警察局干到这么高的职务，靠的可不是笑。再加上，他是看着你长大的，你的一切，他都清楚。

“我会竭尽全力的，”菲尔继续说，“不过我认为你必须承认，遇到一个讨厌的骗子。如果他敢再联系你，马上给我打电话。”他看着手表，“我该走了。卡兹，需要顺路带你一程吗？”

“不了，谢谢，等会儿我叫出租车。”

母亲起身送舅舅出去，卡兹闷闷不乐地盯着酒杯。她没有忘记看到德福林第一眼时的反应，跟菲尔说的差不多。**舅舅可能是对的。但是现在，你还是选择相信德福林。**

"他建议你去见一个人。"苏珊娜返了回来，给两人都斟满酒。

"精神科医生？"卡兹做了个鬼脸，"这些我都做过了，妈妈，丧亲辅导，心理治疗。我现在还定期去见黛博拉。可这一次，我又不是头脑有问题，才不要去看呢。"她把手插进头发，轻轻拽着，"德福林来时，我真的庆幸你刚好在家里。否则，所有人都会认为我在胡说八道，包括我自己。他不是我们杜撰出来的，对吗？"

"当然不是，但是我也在想，会不会是我们成了某种捕猎的对象？"

"可是为什么呢？"又是为什么。她已经从各个角度进行了考虑，还是想不出个所以然。如果真有什么原因，那也一定藏得太深，她根本找不出来，"会不会是德福林想让我们雇他，然后给我们介绍媒体，再用他的故事卖钱？"她有些恼怒地问道，"可他并没有那么做。他只是来告诉我们，嘉美是怎么死的。后来的事情，都是意外。而且他和我们一样，也很震惊。"

"我也这么看。"苏珊娜平静地说。"噢，妈妈。"卡兹又感到胸口紧得喘不过气来，她伸手把母亲抱在怀里，"谢谢。"

"你不需要谢我，从来不需要。"苏珊娜坐回座位时，有些激动了，"但是，我们该怎么办呢？"

"我不知道。"卡兹承认说，"菲尔不会再调查的，对吗？尽管他说了会继续追查线索。"

苏珊娜叹了口气，她已经下定了决心。"看样子是。"她终于开口，"最近有件新案子，他特别忙。在他看来，警告你不要再追究，已经是尽力了。我也不得不说，这位德福林先生的话……确实有点吓人。"

"相当吓人，"卡兹说，"不过没关系。我必须知道，妈妈。"卡兹不安地用手拍着椅子的扶手，"要找出真相，唯一办法，就是接受德福林抛出的诱饵，如果真是诱饵的话。我还得跟他谈谈。明早第一件事，就是给他的宾馆打电话。但愿他还没退房——"她头猛地一仰，意识到什么，仿佛肚子上挨了一拳，"他没有告诉我们他住在哪儿。"

"说明他没想跟我们再联系。"

"不过如果想找我们，他知道我们在哪儿。"卡兹皱起了鼻子，"现在怎么办？往伦敦的每个酒店打电话，碰运气？"

"等等，"卡兹突然急切地俯过身来，妈妈吓了一跳，"他给了我一张名片。那天我穿的什么衣服来着？"

卡兹手里拿着名片，在衣柜旁站着。

"要是宾馆名写在背面该多好。"苏珊娜叹了口气。

不过卡兹不再垂头丧气了："他不在，但公司里肯定还有别人。现在是芝加哥的几点？"

她还没看到德福林，德福林就看见了她。

他在离宾馆不远的地方，付完车费下了车。她就坐在窗户边，看着街上，但看的是反方向。

德福林也不知道她等了多久。她今天穿得稍微正式些，深色的西装，蓬松的头发绾了一个发髻，几缕卷发，松松地垂在脸颊旁。突如其来的一股冲动令他无法保持镇定——他明白，那不是别的，是欲望。这两天来，他一直告诉自己，看到卡兹·埃尔莫尔时的身体反应，并不奇怪，而且，他不打算再见到她。可现在，她就在眼前。

鲍比打电话说这个女人找他，当时他就应该让鲍比拖住她。一般来说，他不愿意接那些苦恼少女的案子，无论这些少女有多么性感迷人。尤其不接这种性感到令人窒息的女人的案子。只是这个案子里，那个孩子牵住了他。为这，鲍比还在电话里笑话他，德福林气得骂了他浑蛋，才挂掉电话。

伦敦的事情已经办妥，本打算今天下午就返程的。可是某种预感告诉他，恐怕一时还走不了。当然，这跟卡兹脸旁垂落的卷发无关。跟性有关。

卡兹·埃尔莫尔想通过他了解些情况。他当然清楚她想问什么。要不是自己小心翼翼，说不定一下子就告诉了她。虽然他无意中在她的生活扔进一颗手雷，但这并不意味着该由他来收拾残局。伙计，一定要记住这一点。

他感到头皮发麻，他无法想象失去孩子的滋味。他从没在乎过任何人，从来没有，因为那样心会痛。他就是这样子，这就是他的性格缺陷，明显而又简单。

是这个职业选择了他。当时他尚乳臭未干，不谙世事，不知好歹，便被招去进行训练。结束之后，又被派出去做事，因为他很擅长这些。这份他擅长的工作，已经干了近十年。不过，当他厌倦了这种早晨醒来不知身在何处、永远不知道下一个任务是什么的生活之后，他打算洗手不干了。而且，他已经有了足够的能力和足够的筹码，来进行谈判。他准备撤出时，被他们送去治疗，被逼到楼上，想把他也变成为他们筛选、聚拢和培训下一批孩子的人。但是他并不买账，明确表示，任期结束了。

偶尔他们还会给他打电话，尤其是在遇到搞不定的麻烦时……有时他会告诉他们该怎么做，有时他根本不理会。还有些时候，连他也记不清了，任务和地点发生冲突，让他非常头疼。但是，无论他们是谁，无论做了什么，他们都需要被记住。当有些面孔开始变得模糊了，这时他终于明白，必须住手了。

如今，这么个漂亮女人正等着他，而在他的内心，某些他不需要的东西，也悄然发生了变化。良心、责任、需求……正义。要是他早知道这些该多好。上帝！摆脱那种地狱一般东躲西藏的生活，是个明智的选择。他正了正肩，朝着卡兹·埃尔莫尔走过去。

卡兹坐在椅子边缘，凝视着窗外，不知道还要等多久。酒店前台十分礼貌，但也说不准要等多久。

"是的，德福林先生不在。是的夫人，如果您愿意，可以在大堂等他，但是德福林先生并没有留言说什么时候回来，您可否稍后再打电话过来？"

不，这位夫人还是愿意留下来等，她没别的去处。她焦躁不安地踱来踱去。她今天的着装十分注意，看起来很酷，很职业。这样会给德福林留个好印象吗？

得了吧——这样着装是因为你不想看上去太性感。

她呼吸急促起来。好吧！对！她承认，她发现德福林的确很有魅力。

这难道不是你来这里的原因吗？

你来这儿是想雇用德福林，买他的专业技能的。

哦，对。你来这儿，并不是希望这个帅帅的家伙成为你的白马王子，对吧？

卡兹把双手牢牢地放在身体两侧的椅子上，撑着自己。这完全没必要。她并没有想到德福林会照顾她，完全没有。只不过她差点晕倒，而他抱住了她。她很喜欢他的怀抱，喜欢他的感觉，但这并不意味着他能成为她的救世主。关于他，菲尔说的，可能都是真的——也可能部分是真的。不过都无所谓了。她来这儿，是办正事儿的。

她闭上眼睛，露出惯有的那种坚强和独立。她是来谈判的。德福林有专业技能，而她需要这些技能。

了解自己的局限，也是一种优势，但这并不意味着你是个傻傻的、唾手可得的便宜货。德福林只不过是一把枪，你可以雇用他，也一定能做到。只要能再见到女儿，哪怕是魔鬼，也可以合作。

她睁开眼睛，做着深呼吸。得先把想说的话组织一下，免得他来了，还要考虑别的。假如德福林他——

"埃尔莫尔夫人？"

啊？！卡兹猝不及防。该死！他都到了，自己还没准备好！该死，怎么他看上去比记忆中还要高大。她迟疑了一下，站了起来。他正用一种读不懂的表情看着她。

"如果能占用您一点时间，我将不胜感激。"她的话听上去很正式。从他的脸上读不出任何东西——欢迎、好奇、急躁，什么都没有。**要是在牌桌上，他可一定是个出牌干净利落的高手。**

他突兀地点了点头："我们换个安静地方好吗？"卡兹的心跳加快了。是要去他的房间吗？她咬着牙。管他呢。

他带着她到了宾馆后方一个比较偏僻的房间，装饰得像是个图书馆。皮沙发是深色的，柜子里堆满了旧书。他们一坐下，咖啡就端了上来。他一定看见了她在大厅里等着。当然！她深深地吸了一口气，必须控制好自己，控制好眼下的情形。

他冲她笑了笑，提起咖啡壶。他的危险性，看起来跟盘子里的酥饼干一样。舅舅当真警告她要当心这个男人？当然——他可是个变色龙。你会付出代价的。

"有人告诉我，应该离你远点。"

德福林递给她一杯咖啡，表情意味深长："你舅舅，那个警察？"

"是的。"

"可是你还是来了。"

卡兹犹豫了一下。她本该想好怎么说的，可是却把时间给浪费了。现在她只想知道真相，或许德福林也喜欢这样。**那就直说吧。**

"我舅舅说你很危险，你想骗我。"

"你是怎么想的？"

她的心怦怦直跳："你或许是我可能再次见到女儿的唯一的人。我需要调查我丈夫。菲尔说他试着调查过，但我想他只是在糊弄我开心。你杀过人吗？"

德福林的手猛地一抖，差点把手里的咖啡打翻了。真见鬼！

两人沉默了好长一段时间。他不敢看卡兹·埃尔莫尔的眼睛。

"我认为你杀过。"她身体前倾，故意离他很近。**他不得不看着她，看那双深色的眼睛。哦，上帝。**

"很好。"她轻快地说，仿佛他回答了似的，"等我找到女儿，并确定她的安全后，我可能需要个人帮我，去拧断我前夫的脖子。"她语气十分平静，像是在谈论天气。这就是母亲！

他需要精神集中起来，嘴巴已经不管用了，他必须控制住自己的思想。

"德福林先生，我想雇你。不仅仅为了嘉美。"上帝，她甚至没给他反应的机会，继续说了下去，"如果我女儿不在那次车祸中，那就是别人的女儿死在你怀里。她是在你怀里死去的，对吗？"

这一次的沉默，似乎夹着呼吸。德福林隐约听到宾馆那边传来的嘈杂声，他眼前模糊了，思绪又回到了那条高速路，那个小女孩……而此刻，卡兹·埃尔莫尔就在身旁。

他甚至都从未对鲍比讲过那一幕……

她那双深色的眼睛恨不能将他钉在沙发上，德福林只能顾不上硬汉的形象，眨了眨有些泛潮的眼睛。

卡兹满意地靠回椅背上："我想让女儿回来。我想为那个陌生的母亲伸张正义。你能帮助我做到这些。"

德福林喉结滑动着，回过神来。做好准备，老兄，这儿需要营救。别再跑神了！

"我的公司提供安全服务、保护服务，还有昂贵的保姆服务，"他声音略带嘶哑地说，"我不是私家侦探。"

"但是以前，也干过别的。所以你能的。"她的眼睛毫不放松。

"那是很久以前了。"什么？——现在他竟然开始承认了。**还不止呢，她将会拥有他瑞士账户的数额，以及钻石矿的股份呢。**

"我敢打赌，你并没忘。除那儿之外——"她欲言又止。他明白了，她有办法钳住自己，"你一定很想知道真相，我也想知道。那个孩子让你卷了进来。既然她的名字无人知晓，也没有家……那么，你是唯一能替她伸冤的人。你我一样，都卷了进来。所以，你愿意接受我的雇用吗？给我——一周左右的时间，无论你收费多少。好吗？"

他报出了个数。她听了眨眨眼。但显然，并没有退缩。

"德福林先生，成交？"

德福林呼了口气。这个女人，是个麻烦，而且是大麻烦。这是他的麻烦。**可你何曾知难而退过？你已经过了好一阵子安逸日子了，都快没有锐气了。怎么办？找回来啊，傻瓜。**

"好。一个星期。"

"哦！"他发现她竟然惊喜得差点跳了起来，一脸的心满意足，"太好了。"她的声音有些颤抖。现在她有了他，反倒不知道该怎么办了，"我们从哪儿开始？"

该他拿主导权了："这个需要谈谈。不过，有些东西需要你先看看。就在楼上。"

"哦，好的。我……"她起身。他也跟着站起来。一缕卷发落在脸上，她噘起嘴角，想把它从脸上吹掉。可是头发又掉回脸上。德福林伸出手，帮她把头发拨到一边。她的脸上闪过一丝暧昧的神色。原来不只是他——

空气里突然充满蜜糖的味道。

"你感觉到了，对吗？"她轻喘着说，眼睛亮得像黑色的唱片。

"嗯哼。"没必要否认。

"那么……我们怎么办？"她声音微颤，抬起下巴。他明白那种表情，她不惜以跟他睡觉为代价，只要能让孩子回来。这就是母亲，勇敢、渴望、决绝而脆弱。而且还深深地吸引了他。绝对麻烦。

他叹了口气："不做什么。什么都不做。必须克服它。"他伸出手请她先行，"安全工作的金科玉律——不要和客户亲热，对工作不利。"

Chapter 4

两人站在电梯的两个角，安静地升到了九楼。

卡兹试着整理自己的情绪，将肩膀放松下来。释然、疑惑、羞耻，某种奇怪而兴奋的……力量？这是怎么了？有那么一刻，她似乎迷失了。她早就清楚，如果说服德福林同意，需要付出的不只是金钱，那她也愿意，哪怕是献出自己。这不是已经愿意献出自己了吗？可是被拒绝了。她呼了口气。关键是，她雇到了德福林，别的就不想了。**现在需要回到正事上。得让他知道你的立场**。

"我想让你知道，德福林先生，虽然我——被你吸引，但我希望我们能够公事公办，而且我会坚持我的要求的。"

"很高兴你告诉我。"他光盯着电梯楼层显示屏，"叫我德福林就好了，或者跟有些客户一样，叫我德福。"她一定下意识地做出不乐意的反应吧，眯眼睛，或者别的动作——可他看都不敢看她，又怎么能知道呢？"提供保护需要距离保护人很近，甚至是亲密的距离，这样，才能及时扑过去或抱住被保护人，不被子弹射中——所以，两人通常都会友好相处。"他流利地解释着，电梯停了下来。

卡兹跟在后面走出电梯，不知道该说些什么。如果他……她的脑海里浮现出这样的画面——他抱着她的脑袋……两人倒在地板上……

她遇上了他的目光，里面有种逗趣的神情。他当然知道自己在干什么。逗你呢。她挺了挺肩膀，白了他一眼，快步走进他替她打开的房门。

他住的是个套房，所以不会一进去就看见床。德福林走到桌旁，打开笔记本电脑，敲了几个按键，示意她过来一起看。她好奇地盯着屏幕。

"我从你家离开后，联系了我搭档——就是昨晚你通话的那位——核查了一些情况。"德福林已经收集好了一份电子邮件清单。卡兹看着他打开文件，"如果这个女孩不是嘉美，那她一定是别的谁。"卡兹愕然地看着他，他抬了抬一只肩膀，"鲍比调查了亚特兰大地区九岁及以上年龄女孩的失踪情况，他发现了这个。"德福林将电脑转向她，双击后图片打开，屏幕上出现一张小姑娘的照片。金发碧眼，十分漂亮，无忧无虑，满脸笑容，牙齿上戴着矫正牙套，"莎莉·安·切西卡，十一岁。失踪了六个月三星期零两天。最后一次见到她是去年的10月1日。"

"就在发生车祸的三天之前。"

"你说过的。难道这才是那个在车祸中死去的女孩？"

"哦，天哪！"卡兹嗵的一声跌坐进椅子里。"现在，听上去像是真的了吧？"德福林若有所思地看屏幕，"我的搭档正在继续往下追查，如果有更多发现，他会打电话的。"他看了看表，"需要叫份午餐送到房间吗？可以边吃边谈。"

卡兹叉了块生菜放进嘴里，菜又掉回了盘子。蔬菜沙拉味道很美，但是她毫无胃口。她放下叉子问："那个小女孩莎莉·安，怎么会和吉玛在一起？"

德福林低下头，微微地耸了耸肩："好像是离家出走，吉玛可能刚好在路上载上了她。"

"做好事，却酿成可怕的错误结果？"

"看样子是的。"他无动于衷地吃着烤箭鱼，"有意思的是，直到10

月8日她的家人才报警——距离她失踪已经过去了整整一周。鲍比也正在调查这一点。"

"所以——"卡兹拿起酒杯。德福林点的葡萄酒口感很好，可以舒缓她过度紧张的神经。她慢慢地用小口抿着，"发生车祸时，没有人找她？要是这样，就很容易让杰夫……去做他想做的事。"

"是的。"德福林也端起酒杯，"跟我说说他——杰夫？"他突然问道。

"你想知道什么？"卡兹原本就没胃口，现在干脆不吃了，双手握着酒杯，"杰夫是个——呃——来自童话中的人物。一个白马王子，穿花衣的吹笛者，是彼得·潘、罗宾逊——除了他不屑与穷人分享自己的战利品之外。"

"一个行事不计后果、富有魅力的骗子，一个抓住一切机会赚钱的人。"德福林顿了片刻，顺着她的话解释，"很会审时度势，为己所用。对吗？"他平静地说。

"哪怕是面对女友以及一个陌生孩子出车祸死亡这样的情形。"卡兹砰地把酒杯放到桌上，"是的，他的确非常圆滑。"她看往别处，眼里冒着怒火。该死。她以为多年前自己为了杰夫，眼泪已经流干，可是今天的泪却依旧滚烫。是愤怒。

"如果他为争抢女儿，已做好一切准备，那么这个机会，相当于送给他一份大礼。"德福林的声音非常柔和，富有弹性。

卡兹用手捏住鼻梁，强忍着眼泪："当时，我一想到……想到所有的事情……订机票，订酒店……还有葬礼。他竟然还来安慰我，哦，看在上帝的分儿上！"

"你跟他睡觉了吗？"

"没有！"卡兹猛地一颤，"没有。"她低声重复着，迎着德福林的目光。他的提问令她吃惊，可是奇怪，她并没有觉得受到了冒犯。直接俘虏并不是德福林的风格，他比较迟钝，比较本能。她没有和杰夫上床，但她原本是想的。她颤抖着。当时她吓坏了，已经麻木，也病得厉害，但是那天晚上，杰夫抱着她痛哭的时候……

可是，他们确实是抱头痛哭……

德福林直勾勾地看着她说："当时的情形，也不是不可能。"

"我知道。"她松了一口气，"那段时间，他一直陪着我。"那真是一段难过而又漫长的时间，"他一定是把嘉美藏在了哪儿。可是，他又能把嘉美交给谁呢？"

"朋友、别的女友、助理，或者是付费请保姆？"德福林往两人杯子里分别添上酒，"这也是个可能的线索。如果我们能找到什么人，他们一定知道些情况。如果你能想到任何人，请随时告诉我。"

"一时还想不起来。他们可能还在美国吗？需要我跟你一起回美国吗？"

德福林的脸板了起来："你哪里都不要去。无论他们在哪里，我来处理。"

"不。"卡兹坚决地摇摇头说，"我要和你一起去。如果……"她哽咽起来，"如果找到了女儿，她需要我的。"她脸颊倾斜起来，一副准备开战的样子，"你对一个五岁的女孩，了解多少？"

"一无所知。"他意味深长地顿了顿，然后承认，嘴角还挂着一丝逗趣儿的神情。或许是一想到要独自对付一个五岁的孩子，就十分紧张，因而露出的一种下意识的表情吧。他举起一只手说："好了。你不用给我详细解释了。要是有了具体线索，我会打电话给你。"

"不行。"卡兹俯身趴在桌子上，"我一定要参与调查，全程参与。"

"绝对不行！这个家伙抢了你的女儿，还告诉你她已经死了。这可不是寻宝游戏。"

"你不需要保护我。"卡兹意识到自己也愤怒了，于是暗自提醒自己放松。感情用事对德福林不管用，"那个我嫁过的男人——我了解他——他的确是个机会主义者。但他从不使用暴力。当然，如果不让我参与，有别的原因，请讲出来，我们一起来解决。"

她看到，他的眼里冒出了激怒的神情，但很快又被压了下去。凭直觉，他不想让她参与，是因为不想牵扯无辜。没有不累赘的行李，也没有不烦人的营地追捧者。好吧，糟糕，不过——

"你看——我没有闹着玩，也不想当什么侦探。我不会误事的，也不会妨碍你们。只是，我没法坐在家里干等，她可是我的女儿啊。"她在尽力控制，可声音里依旧充满急切。

"这，好吧。"德福林换了个坐姿，一副极不情愿的样子。看得出来，他在极力遏制着这种不情愿。是没办法才同意，还是有了别的什么计划？此刻，她必须格外小心。"只能你一个人来——"他终于开口，"必须按吩咐行事，听我的。一切行动，必须听我的！"

"没问题。"她答应着，暗自舒了一口气。不管怎样，德福林不再拦着她了，她只有感激，"谢谢。"

"哦。"这更像一声低沉的咆哮，"依我看，你的前夫，作为丈夫，是在暴殄天物。你为什么嫁给他？"

卡兹耸了耸肩："因为他向我求婚了。"

德福林的目光，如芒刺一般扎了过来。她明白了，这个理由太假。她猛灌了一大口酒。干脆告诉他真相。她停了一秒钟，开口了："杰夫他……令我痴狂。就像我告诉你的，他是所有童话故事中，男主角式的人物，能满足女孩的一切幻想。而且……我愿意相信他，也想和他在一起，结为夫妻，组建家庭，生儿育女，在房子的周围种满玫瑰。我的爸爸妈妈……他们从没有结婚。你是知道的吧？"她瞟了他一眼，德福林微微点头。如今，她已经习惯了这种坦白，也不再为此感到难过，"奥利弗和苏珊娜，从来没有结过婚——其实他们本来也无所谓的——波希米亚式艺术家的生活，本来就如此。"卡兹皱起了鼻子，"他们分手后，家里就只有我和妈妈。妈妈非常棒，而且，奥利弗来伦敦时，我偶尔也能见到他。但是，我一直想要个完整的家，从小的梦想。就这么简单。我以为，我和杰夫，有了属于自己的家，以为嘉美会是我们六个孩子中的老大。我就是想要那种安定感，那种归属感。可能这些都是我想要的吧。我不明白……"她摆弄着盘子里的一块沙拉酱，不小心拨到了桌布上，"我一直以为，这些，也是杰夫想要的。"她抬起头。德福林的脸上毫无表情。"是我，太过盲目，过于自我沉醉，缺乏爱，想要的又太多。"她直视着德福林。他的眼中，有着某种她看不懂的东西。"却不知道，杰夫另有打算。"

"什么打算？"

"我的父亲。"她意识到，自己的声音透着平静，"如果我能给他他要的，或许一切都不会发生。但我没有。"

"杰夫想从你父亲那里得到什么？钱吗？"

"没那么简单。"卡兹摇了摇头，"杰夫是一个不得志的艺术家。他希望得到父亲的庇护，想拜在我父亲门下，受他提携。平心而论，杰夫并非毫无天赋——这么说可能不大好——但他喜欢不劳而获。所以他不打算努力，至少不打算按照奥利弗的要求去努力。他总想走捷径，想一步登天，直接跨入世界绘画艺术的巅峰。我的父亲，就是他选择的捷径，通过我。可是，我一直没有意识到这一点。"

她战胜了对回忆的畏惧。不断地吵闹，大喊大叫，摔门的声音，直到有一天杰夫当着她面终于揭出真相，告诉她实情。他们一起生活了六年，还有了一个孩子，却丝毫没有想到，会有这么一天。想到这里，她不由得闭上了眼睛。

德福林的沉默，令她说出这一切时，多少感到好受一些。"起初，奥利弗十分喜欢杰夫。虽然他曾经在我身上花了很多心血，却从未看到过一丝希望。我毫无艺术细胞。所以，当我带给他一个女婿，准备拜在他的门下时——奥利弗非常激动。不幸的是，杰夫并不打算好好地拜在奥利弗的门下。他的野心，比他的才华更大。"她停了下来，喝了一小口酒，"我多么希望，我们是幸福的。当我发现自己怀孕时，我们高兴了好一阵子。杰夫确实很爱嘉美。但后来，他还是有了别的女人。最后，我不得不承认，我们结束了。我们两人，不过是有一个那种可怜、卑鄙、老掉牙的故事罢了。"

"运气不好。"

"选得也不好。太多的假想。不过，再也不会犯同样的错误了。"她坚定地说着，靠到椅子背上，结束了讲述。现在，话头撂给了德福林，该他说话了。

德福林皱起了眉。他明白了，她的讲述到此为止。她的下巴又抬起来，脸颊倾斜着。他已经能读懂她的这个习惯性姿势了——勇气。这让他的内心生出一种慢慢的煎熬——一种也有可能是生气的感觉。杰夫·埃尔莫尔是个大浑蛋，一个绑架者——但这其中，一定还有别的什么。"你父亲认为你没有艺术天赋，但是你却在切尔西花展中拿了两枚金牌？"见她盯着自己，他往后坐了坐，解释说，"我刚刚查看了你的个人主页。"刚好他想了解一下园艺，所以小小地调研了一番，结果令他很惊奇。"设计和建造花园，可是需要技术的。"

她的眼中露出意外的表情："摆放植物和花卉——跟用油彩在画布上作画，完全一样？"

"可是你的作品，让我印象极为深刻——我竟然没想到，雏菊还能从洞里长出来，那竟然是你种的。园艺或许不是作画，但在我看来，它就是艺术，只不过，是另一种形式罢了。"看到她眼中闪着开心的光芒，他内心的煎熬似乎稍微化解了些，他感到心里暖暖的。他们就这样坐着，相互望着对方，过了好一会儿。然后，他把思绪拉回到手头的事情上。

"你的父亲有可能知道杰夫在哪儿吗？他们联系过吗？"

"不大可能吧。杰夫非常令人失望，而奥利弗从来不跟失望沾边。"她瘪了瘪嘴巴，"父亲是个伟大的人，是个天才。我非常尊重他。但是，他也有一根筋的时候，就是期望太高。"

德福林靠到椅背上，放松着："我猜想天才，一定不是那种事事亲为的父亲吧——他一定没空给你讲睡前故事，也没空带你去动物园玩吧？"

她一愣："我压根儿无法想象，奥利弗会在动物园。在雕塑公园里，还有可能。"她扬起一边嘴角笑了，"记得七岁的时候，我非常渴望爸爸能推着我荡秋千，晚上给我盖被子。但是奥利弗是绝对不会做这些的。即便那个时候，我也理解，因为我的父亲，与众不同。"

德福林明白她话中的含意，理解并不能阻止带来的伤害。这在她的眼神里也流露出来。他开始对卡特琳娜·埃尔莫尔有了不同的认识，比她想到的还要多。她在向他打开心扉。如果猜得没错，她很少这样吐露心声。

这就是他的特殊之处，总能让人开放了倾诉，甚至是比现在更为糟糕、更为恶劣的情况下。

这个想法一下子把他拽回现实，他突然不安起来。他坐在这里，脑子里全是些暧昧的念头，没一点做生意的想法。是啊，坐了这么久，他一点也没有在谈生意的感觉。

卡兹·埃尔莫尔仿佛有种魔力，能轻易击中人的软肋，那是他从未承认过的软肋。她长长的睫毛，在脸颊上跳动。或许跟它有关，又不全是。纯粹只是这个女人……

她叹了口气。真见鬼，她只是呼了口空气，竟然会让男人的肋下胀热起来？**肋下胀热？开玩笑吧？**

"自从嘉美出生后，我一度以为奥利弗打算当一个事事躬亲的好外公。"他看到了她眼中的羞愧，还有一丝转瞬即逝的嫉妒——嫉妒她自己的孩子。这位埃尔莫尔夫人，还真是老实。他的手指抽了一下，想伸出去握住她的手，但却忍住了没动。"我以为他会愤怒，因为我让他当外公的想法，太不周全。但是他确实很感兴趣。虽然他又有了新的伴侣，新的家庭，还有了另一个女儿，但是他一直非常关注嘉美。"

她一定不知道，她眼里的那种渴望刺激了他："你确定吗？他们是一家人？"

她一愣，抬起头来："好吧，我已经很久没见到他了。其间我离婚，还有嘉美的事……"她停了下来，摇着头，"他们，肯定跟他与我妈妈时，完全不同。瓦伦蒂娜很安静，是个家庭主妇。他们过得一定不一样，他的年纪也大了。"

德福林耸了耸肩。就因为年纪大了，性功能失调也没必要治了。如果奥利维尔·凯塞尔当初就是一个糟糕透顶的父亲，现在也好不到哪儿去。不过，卡兹·埃尔莫尔不仅活了下来，而且还活得不错。他停顿了片刻，脑子飞转着。她是位意志坚强的女士，现在是他的客户，是雇他的客户。

他想问的都问了，于是推开椅子，站起来。这也意味着谈话结束了。该开始行动了，该送走这位让人心神荡漾的埃尔莫尔夫人了。给男人点空间，去做他该做的事。**比如说，搞清楚卷进去的究竟是件什么事。哦，对了——那个。**

看到德福林站起来，卡兹突然感到一阵失望。她不大情愿地也站了起来。敞开心扉的倾诉已经结束。德福林又回到了一脸公事公办的样子。她告诉了他很多东西。该说的不该说的，她都说了。毫无疑问，他肯定还猜出了别的。可她并没有那种被出卖的感觉。相反，跟他在一起很舒服。想到此，她惊讶地皱起了眉。要小心这个男人。

"怎么了？"他看着她问。

"哦，你还没回答我的问题，"她灵机一动，"杰夫还在美国吗？"

他挥了一下手说："美国太大了，能藏的地儿太多了。"

"你认为他会留在那儿吗？他愿意留那儿吗？"

"不知道。我觉得不会，但是，他怎么才能让嘉美离开美国呢？"

"肯定会有办法的——不过小孩跟成年人不一样。不排除他想方设法绕过检查，然后侥幸逃脱。不过我猜想，你大概没想到，要去第一时间注销她的护照吧？"

卡兹不由得倒吸一口凉气，肚子猛地一拧，一阵痉挛袭来。她还不太明白这意味着什么："他会大摇大摆地带她上飞机？"

"因为没有人找她。"

"因为大家都以为她死了。"卡兹闭上眼睛，明白了，"这个，你也会去调查吗？"

"当然会。所以我需要你给我份名单，包括所有的亲戚朋友，认识的人，以及任何你认为可能帮到他的人。还有，你认为他有可能去的所有地方。"

"我还有些旧的通信录，可以问——不！"她猛然停下，意识到自己正坐在火山口上，还差点义无反顾地跳下去。现在想来，她的手掌不由得冒汗，"我不能告诉任何人，对吗？只能让他们觉得，我情绪不稳。"她想到了舅舅对她的怀疑，心不由得沉了下去，"如果真有人听到风声，一定会透露给杰夫的。"

"所以，你必须十分小心。"德福林倒是一点也不担心，"你好奇前夫的下落，只要不过分也没什么，这不奇怪。只是，千万不要把电话打遍半个伦敦。"

"不会的。"她过了片刻才回过神，四处找她的手提包，"谢谢你的午餐，也谢谢你做的一切。"

"不客气。如果霍格那里有新消息，我会联系你的。"

"哦，好的。"她的心里突然又笼罩起一层阴影，她犹豫着问，"我们会找到她的，对吗？"这个疑虑，让她的心一下子空了。

"或许用不了一周。别担心。"他用双手握了握她的手，然后放开，"我们会想出办法的。"他拿出一张名片放到桌上，推给她，"这上面有我的电子邮件和手机号码。你可以把名单发给我，让我知道你跟谁说过这事。注意，只能是最亲密的朋友。余下的我来处理。你搞到的任何线索，我都会继续调查的。"

"好。"她颤抖着拿起名片，"谢谢。"然后强打精神，向门口走去。

侍者来收拾桌子了，德福林向后让了一步。印着她唇印的酒杯已经放到了服务车上。她涂的是淡色的口红，带着股清香。不知从什么时候开始，这股清香让他不安。他觉得刚才的两个小时，过得特别开心，也特别刺激。卡兹·埃尔莫尔遇到了麻烦。虽然她坚强、勇敢，一副"我一定能活下去"的样子，可她仍然有了麻烦。而据他猜测，有些麻烦，连她自己都没有意识到。这些麻烦，肯定与她前夫有关，跟她的父亲也有关。

趁着咖啡壶还没收走，德福林喝了杯温咖啡，坐到窗前，陷入沉思。看来，与卡兹·埃尔莫尔有交集的这几个男人，都是浑蛋，简直是个浑蛋联盟。而且，这些人还在让她心力交瘁。

不过现在，她有了他做帮手。

地铁站里，卡兹怔怔地瞪着列车的门，开了又关上。可她根本没看见。此刻脑子很乱，一会儿德福林，一会儿杰夫，一会儿父亲。她不安地扭着肩膀，怎么会鬼使神差地说起儿时旧事？现在重要的是找到嘉美，不是自己的过去。

她早已学会不去多想奥利弗。她尝试过按照他的要求努力，也尝试过忍耐他的不耐烦，他对自己的忽视。他是个伟大的人，伟人怎么会抽出时间，给那些毫无天赋的私生子？小小的她，曾多么渴望父亲的赞许、垂爱，还有其他，多么想像故事里的女孩一样。对奥利弗的这些要求，连她自己都感到羞愧，奥利弗也完全不理解。现在，她长大了，不再渴望寻找英雄了。

"再也不会有穿着盔甲的骑士了。"坐在她对面的男人发出一声惊叫，一下子把她拉回到现实。她捂嘴忍着，没笑出声来。

给德福林说了太多无关的事，可现在后悔已经来不及了。这个人很有能耐。她感到一股战栗顺着脊椎往下扩散，既有能耐，嘴巴还漂亮。还有，她一定要跟他一起工作。她这样子，对他们两人都太糟了。

下次，一定要更加提高警惕。

卡兹顺着母亲的踪迹，一路找到了母亲和朋友一起合开的服装店。店铺很小，位于国王大道，刚好没有客人。苏珊娜正抱着一条蕾丝花边的塔夫绸阔摆晚礼裙，鼓鼓的裙摆搭在胳膊上。

卡兹进店后，斜倚在门上说："我雇了德福林，他答应帮我们找到嘉美了。"

"亲爱的，太好了。"苏珊娜丢下裙子，从最里面跑出来，飞快地给了女儿一个紧紧的拥抱。

卡兹探寻般看着她的脸："我这么做是应该的，对吗？彻查这件事？"她突然有些拿不准了。

"除此之外，你还有什么别的法子？如果德福林说的是真的——我认为是真的，那不管怎么说，菲尔在这里头，一定有利害关系。如果这是个骗局，那我们就放长线，搞清楚他究竟想干什么。"

卡兹停了一下，点点头："他已经查到死的那个小女孩了。就在发生事故前几天，那个小孩就失踪了。"

"哦，不！"

"是真的。"卡兹的呼吸也颤抖了，"是他的搭档查出来的。德福林知道他在做什么，妈妈。他非常用心，也很专业，我……我们已经说好了，一个星期。"她拳头紧握，轻声呢喃，"一个星期，我们又能做些什么？""这么说，这位德福林已经做了不少工作了，"苏珊娜轻快地说，"如果雇他，我们一定要筹到足够的钱，够我们雇他无论多久。我可以再卖掉一张你父亲的珍贵素描。新加坡的一位商人，不停地缠着我要。虽然这样你的父亲会生气，不过他生气才好呢。"她顿了顿，"当然，除了钱之外，还可以给他别的。"她弯下腰捡起刚才扔掉的那件礼服，用奇怪的眼神看着女儿，"要知道，我也背叛过你的父亲。""妈妈！"

苏珊娜使劲抖了抖裙子，伸手拿过一个衣架，自顾自地回忆起来："我们的生活——你也知道。身边总是不断涌现漂亮、富有创造力的人。我记得……有一个男孩很特别。他叫杰德，是威尼斯帕拉佐艺术团的成员，也是个画家。"她的笑容柔和起来，"你父亲很不喜欢他。杰德才华横溢，已经在巴黎和伦敦办了好几场画展。就算目中无人、不可一世的奥利弗，也发现了，我对杰德不仅仅是喜欢。"

"后来怎么了？"卡兹听得入了迷。

"后来，发生了一件可怕的事。杰德有一个坏习惯，喜欢用空酒瓶装画画的颜料。结果有一天，他搞混了，误喝了颜料——后果非常可怕。那都是过去的事儿了。"苏珊娜微微颤抖着，"我想说，德福林是一个有魅力的男人。我不一定对，但是我感觉，你们两人有化学反应。"她露出一脸坏笑，十分俏皮，"所以，如果你认为有必要给他点额外的东西——比如说勾引——我完全理解。"她大声笑了出来，"我是不是吓到你了？"

"是，也不是。"卡兹的手指插进头发，不小心弄开了几个发卡，发卡咔嗒咔嗒地掉在地板上。她趁机俯下身子，去捡发卡，掩饰着自己的脸红。她直起身子时，脸色已经正常，"要是几百年前，你一定会被当作巫婆烧死的。"她嗔责道。

"就因为我是个母亲？"苏珊娜鼻子朝天哼了一声，"只有母亲才懂得这种事情。"

"是啊。"卡兹动了动，"好吧，是的，的确是……吸引。你刚才说的，我也考虑过，"她承认道，"而且，还不是一厢情愿。"看到母亲的眼睛睁得大大的，她心里有股子满足感，"不是主动提出，是……在谈话的时候，自然而然地就谈到了。"

"然后呢？"

"德福林不愿意把公事和私情混为一谈。"

"哦，有点遗憾。"她们互相看着，突然歇斯底里地大笑起来。卡兹首先恢复了镇定。

"妈妈，我会竭尽全力，想方设法，去找嘉美。现在有了德福林——虽然他会因为钱而站在我们这边，但是我敢肯定，他跟菲尔舅舅说的一样危险。我一定要把女儿找回来。但是，如果我把他看成生命的话……"她的声音越来越细，"他只能是我达到目的的工具，仅此而已。"

到了下午五点半，卡兹才想起来要参加晚宴。

现在，已经晚上九点了，刚刚吃完主菜。卡兹也不知道都吃了些什么，好像只记得有鸸鹋肉。她的目光在屋子里扫来扫去，像个第一次来的陌生人。四周的墙壁是深红色的，餐具闪闪发光，人们的脸上泛着酒足饭饱后的绯红，低声交谈着。她要在这里做什么？

她觉得浑身痒痒，很想站起来大喊，我的女儿还活着，她的父亲带走了她，我刚雇了个不惜为钱杀人的人，帮我找到女儿。哦，上帝。

她做了个深呼吸，收回思绪。来的都是她的朋友，有的是夫妻同时出席。尽管她已经离了婚，但是依旧受到大家的欢迎。她也清楚，这非常罕见。她转过身，朝宴会的女主人走去，他们刚从意大利旅行回来，带着满脸的兴奋。

"我差点忘了。说到巧合，你们猜，我在意大利的圣·洛伦佐市场，碰到谁了？"

"亲爱的，布丁好了，该请大家吃布丁了。"

卡兹回身，正好看见男主人丢给女主人格温一个警告的目光，还冲自己轻轻地歪了下头。格温一下子涨红了脸，尴尬地从座位上站起来。"哦，对对，该上布丁了。大家都吃完了吗？"她朗声地问，"麻烦把脏盘子递给我。"

旋即，卡兹也站起来，帮忙收拾盘子。

她端着脏盘子来到厨房。

"你都看到了，对吗？"格温把盘子放进水槽，"我丈夫那个人，跟个砖头一样。我也好不到哪儿去。对不起，卡兹，是我不好，我不是故意想让你难过的。瞧我这张大嘴——"

"格温，"卡兹抬手阻止了她滔滔不绝的道歉，"没关系的。不过，请你告诉我——你在意大利碰到了谁？"

德福林皱着眉头看着笔记本电脑，反复读着搭档发来的邮件。目前为止，霍格没找到任何答案，只是提了更多的问题。查不下去了。又是自己讨厌的结果。他用手指梳着头发。没有什么是——

电脑边上的手机突然开始振动，振动得跳到了桌子的边缘。他一把抓住，按下接听键。

"德福林吗？"她的声音很高，透着兴奋。喝多了？手机里还传来嘈杂的背景杂音，是车辆驶过的声音。

"你在哪儿？"

"我必须到外面，在街上给你打电话，这样不会被人听到。我在和老朋友们一起吃晚饭。他们刚从意大利回来。德福林——"她声音颤抖了起来，又慢慢稳住，"他们三天前碰到了杰夫，在佛罗伦萨！"

Chapter 5

　　鲍比·霍格侧着身子，小心地避开脚下一堆锈迹斑斑的金属残片，那像是从某辆SUV上掉下来的。也许吧。就在它的外面，一只狗发了疯似的冲他狂叫着。一面吠叫，一面挣着链子向他扑咬。鲍比暗自祈祷，多亏它脖子上的链子，这条狗才不会冲上来咬断自己的喉咙。他冲着龇牙咧嘴的狗做了一个停的手势，继续往前走。

　　沿着路边的房车停车营地挨个儿找过来，营地的条件也越来越差，停放的房车也越来越少。他开车顺着公路从亚特兰大出发，一直到纳什维尔，开了很长一段路，还走了好几条小路，才找到了眼前的这块营地。这里可绝不是那种适合抚养孩子的地方。

　　露安妮·切西卡坐在一辆破旧房车的踏板上，一只手夹着香烟，另一只手拿着瓶啤酒。这绝对是一顿健康无比的早餐，保证让人一天都精力充沛。

　　鲍比打量着她，脑子飞快地把她跟那个死去的孩子做着比较。一看就知道是她。那一头金发是天生的，嘴唇饱满而圆润，抓着酒瓶子的手细腻精致。脸上的妆已经花了，是昨天未洗的，但是掩不住她姣好的脸型。跟她女儿一样漂亮。而且两人也很像，一定是她。只是，她两眼布满血丝，身材也有些走样，穿着喷印的T恤衫和牛仔裤，浑身没有一点母性。

"嘿，帅哥，你找我吗？"她举起瓶子致意，把他从头到脚看了一番，看得鲍比脖颈子直冒汗。他站好，迎着她的目光对视过去，忽然一阵恶心——

"是切西卡夫人吗？关于你女儿——"

露安妮摇晃着从台阶上下来，双脚重重地踩在土里。

她的脸，从懒洋洋的欢迎瞬间变得格外冰冷。鲍比叹了口气。要说友好度和配合度，看来那条狗的得分更高。

"你想知道莎莉·安什么？你又不是警察。"

"你女儿失踪了——"

"又是林奇堡的那个婊子，是她派你来的吗？"露安妮用酒瓶指着他，像武器一般挥舞着，"有本事自己去生一个啊，没谁会管她。那个小荡妇一跑走，全世界的人都跳出来，嗅她去了哪儿。我告诉你，那个婊子带着警察来时，我也是这么说的，我不知道她在哪里。她要跑，我也拦不住。现在，你从我面前滚开。"

二十分钟之后，鲍比已经开着汽车往后倒了。他的脑袋还在嗡嗡作响。露安妮·切西卡的嘴巴，污秽得连卡车司机都差愧极了。但是她很喜欢钱。所以，他顺利地拿到了她口中的那个林奇堡婊子的姓名和电话。

劳拉·凯特尔夫人住在田纳西州的林奇堡市。她有一头褪色的金发，戴着漂亮的珠宝，穿着一件缀满粉红小花的裙子。鲍比与她初见时，看到的是一双精明的灰色的眼睛。她用精致的骨瓷茶杯，给他倒了杯茶。

"请告诉我，霍格先生，你怎么会对我的外孙女感兴趣？"

"是重复调查，夫人，"鲍比随机应变，"我正在调查另外一个小女孩的失踪案，是受到她的家人委托。我想看看，两起失踪案，是不是同类型的。"他耸耸肩，"不过也许不是，但我得先调查一下。是你，而非你女儿报案，说莎莉·安失踪了的。"

"如果你见过了露安妮，就一定明白，为什么是这样。"鲍比耐心地等着她把话说完。她的手放在腿上，纤细的手指紧紧地卷成一团，"这对于找到我外孙女，有用吗？"

"说不上来，夫人，但如果有什么发现，我一定会告诉你的。"

凯特尔夫人静静地坐了一会儿，开口说："既然，已经告诉了警察，不妨也告诉你吧。当初，我真不该同意露安妮的要求——"她闭上眼睛，长长地叹了口气，又睁开，"虽然说不出口，但却是事实。我的女儿，是个非常不称职的母亲。当杰克——我的女婿，莎莉·安的父亲——还在的时候，还没那么糟。但他离开之后……露安妮说她想要自由，说她需要找到自我。"她的声音十分痛苦，"说她嫌麻烦，不想养孩子。于是莎莉·安就住在我这儿，跟我生活了四年。直到去年初，露安妮回来了，要接走孩子。她说遇到了合适的人，想再次成家，对方愿意给她们一个家。还说，他是个好人，愿意养活她们母女，想见见她的女儿。"

她的脸上闪过一丝痛苦："霍格先生，我这个当外祖母的，自然不能多说什么，尤其是这种母亲想要回自己孩子的情形。但是露安妮她——可是也必须给她做母亲的机会，必须给她这个机会。直到今天，我还是这么认为。"

她停了下来，哽咽了一会儿，又继续说："莎莉·安很高兴，也想跟妈妈一起去。我对孩子说，无论何时，只要需要我，就打电话，我会立刻去接她。我还给了她打电话的零钱。可是去年9月底，我们这里遭到强风暴的袭击，造成大面积停电，电话线也断了。"

凯特尔夫人看向别处，手指又开始颤抖。"我没想到，我的外孙女会在电话线断了的时候，打电话联系我。就在电话线切断的前一天，我还跟她通了电话，她说一切都好着呢，可声音听上去——"她犹豫着，"总觉得，有点不对，你知道吗？于是我给露安妮打了电话，结果她给我留的新家的号码，打过去才发现，是亚特兰大的一个酒吧。跟我预想的一样，她根本没有住在亚特兰大。于是我开始找她，后来，终于在房车营地里找到了她。她那时候醉醺醺的，只有一个人。我的外孙女已经失踪一个星期了。"

"所以你认为，莎莉·安想跟你取得联系，却没联系上，于是打算自己回到你这儿来，对吗？"

"一定是的。"凯特尔夫人灰色的眼睛泪如泉涌，鲍比无法想象，她有多痛苦，"她想回来找我，有人带走了她，去……"她的声音颤抖，哽咽着说不下去。良久，才凝视着鲍比说，"有时连我自己都在祈祷，霍格先生，祈祷我的外孙女还活着。"

"看来，孩子是在去林奇堡的路上，遇到了埃尔莫尔的女友的。"德福林把手机紧紧地贴到耳朵上，躲避机场广播的干扰，"有没有继续追查，看他们是在哪里遇到、然后上车的？很好。还有，那份事故报告，得认真研究一下。你能——"他把脑袋从电话上移开一点，仔细听着，然后低声咒骂了一句，"刚刚通知，我们航班登机了。是的，我们。是的，登机了。哦！你也一样，伙计。我们一落地，就给你发邮件。继续追查。"

一栋房子顶部，电话响了很久，铃声在空荡荡的房间里回荡。

终于有人接起了电话："卡兹·埃尔莫尔已经到了佛罗伦萨。"

电话那头一阵沉默，然后是一声呼吸："她会发现什么吗？""有可能。"

"那就做你该做的事。"命令十分简短，"我这儿还有别的给你。她的舅舅，菲尔，那个警察。他会不会是个麻烦？"

"可能会。"

"那就处理一下。"

"可我不在伦敦，怎么办？"

"如果不能亲自动手，就找个可靠的人。我可不想节外生枝。"

"我来，亲自做。但另一件事得推迟一点。"对方温和地提醒着。

"一定要办好。"

"付款呢？"

"记到我账上就好了。我很大方，你是知道的。"接着是一阵刺耳的狂笑，"办好之后再打电话来。尽快。"

　　卡兹推开百叶门，走进小阳台。阳台下面的广场，在清晨的阳光下正渐渐苏醒，变得富有生气。对面的咖啡店老板，正往店门口摆放桌和椅。几只鸽子满怀希望地守着店内柜台旁边的几位顾客，受到驱赶时，便扑棱着翅膀，从敞开的店门飞回广场。一个招待正往桌上摆放白色的亚麻餐布和明亮的餐具。餐具反射的光点在卡兹的脸上蹦蹦跳跳，不小心射到她的眼睛，她把眼睛眯了起来。德福林安排的这个酒店很小，位于市中心，但是很安静。

　　她张开双臂，任由太阳晒在裸露的臂膀上，让脑袋开了片刻的小差，想象着在佛罗伦萨度假，会是什么感觉。悠闲地走在街道上，和——

　　突然她转身回到房间。她还没有做白日梦的时间。

　　男人摇摇头，卡兹把杰夫的照片塞回背包侧面的口袋，用意大利语说了句："谢谢你，先生。"她看到马路对面的德福林，跟一家三明治小店柜台的服务员说了些什么，然后做出同样的反应。她叹了口气，穿过街道，朝他走去。然后，两人一起，沿着狭窄的街道，挨个儿问完了剩下的每一个店铺。还是一无所获。

　　卡兹喘着气，轻声诅咒着："我们来了已经三天了。这三天里，也该碰到谁能想起或是模糊地记起他，或者认出他！"

"那不一定。"德福林似乎在皱眉头，他戴着大墨镜，看不出来，"要知道，从上次有人见他到现在，已经很久了。"他耸了耸肩，"我们有什么？谁会记得在圣·洛伦佐市场的某个摊位上随便扫过一眼的人？或许他在城市的另一头，或许他根本不在城里。"德福林扫视着街道，"或者，他已经走了。""谢谢。真需要听你说这些。"卡兹说着生气地瞪了他一眼。

"瞧，我们必须继续这样找。也只能这么做——"她的声音透着绝望。德福林承诺的一周，正慢慢过完，她刚上飞机时的兴奋劲儿，早就没了。他们在圣·洛伦佐市场，先找到那个最像格温描述的见过杰夫的店铺，以那里为中心，向外逐家店铺挨个儿问过去。晚上，就去周围的宾馆和餐厅，挨家挨铺接着打听。杰夫的那张放大的照片，在手里捏得太久，角上已经卷了起来。她的脚酸痛不已，脾气也越来越大。要是德福林敢——

"我没说要停下来。"他转身看着她，"我只是觉得我们应该冷静一下。吃个午饭，像真正的游客那样闲逛上几个小时。"他伸手指着狭窄的街道。街道尽头，隐隐约约现出一座巨大的粉色拱形圆顶，那是佛罗伦萨的地标建筑百花大教堂，"这是一座美丽的城市，看看它也没什么坏处。"

"我……"卡兹想张开嘴争辩，又闭上了。那些看到照片的人，不是耸耸肩，就是摇摇头，这让她越来越沮丧，越来越失望。还有些人，甚至连那张该死的照片看都不看一眼，就从眼前匆匆地晃过去了。她真想一把抓住他们，把照片塞到他们面前，大喊大叫让他们看上一眼。她的呼吸有些发颤，"那太浪费时间了。"

德福林的目光仍然在街道上扫来扫去，这次是朝另外一个方向："你要知道，我们这样做的效果，可能比你想的好。"

卡兹斜眼看着他："怎么讲？"

"池塘涟漪效应。"他转向她，"想一想，我们拿着这张照片，在全城满大街地找人辨认，大家就会谈论这件事。酒吧里的家伙会说给别的家伙，他的朋友——"

"他的朋友或许会知道什么。"卡兹仔细想了想说，"然后就会有人来找我们？"

德福林点了点头："说不定就是会这样。"

卡兹咬着嘴唇："要是……要是这么做适得其反，反而让杰夫藏得更深呢？"

"只能碰运气。之前我们说过的。"德福林看上去有些无聊，"现在不是谨慎的时候。有时候必须使劲晃动树木，敲山震虎。"

"涟漪、树木，德福林，你想把我变成环境分子吗？"她笑了，身体都在晃。

"不，是诗人。"他也笑了。卡兹心里的疙瘩也解开了点，可又开始担心别的。"闻闻，空气里什么味？"他示意身后的餐厅，"去吃饭吧。"

他们把最后一张空桌抬到外面。卡兹几乎没看菜单，就点完餐，然后坐进遮阳伞阴凉里。德福林看着她。

"什么？"卡兹有些愠怒，俯过身子，把他的大墨镜推到头顶。这样就能看见他眼睛了。他头上沾着带点灰的金发，在她的指间弹动，她飞快地把手收回来，"戴上这玩意儿，我都看不出你在想什么。"

"或许你不想知道我在想什么。"他露出一种捕获猎物的微笑，目光在她的肌肤上抚过。卡兹咽了口口水。他在折磨她，因为她侵入了他的私人地盘。还好，服务生恰好把一瓶水放到桌上，他转头去看，她感到一阵轻松。轻松中还有别的，似乎感到有什么东西在皮肤上颤动，痒痒的。工作的间歇，身处佛罗伦萨这样的城市，跟德福林这样的男人在一起……

她深深地被他吸引。但他有自己的职业操守，她必须尊重。她曾不顾一切地投入男人的怀抱，结果遍体鳞伤。同样的事情，一定不能再做一遍。

他倒了杯水，推给她。然后懒洋洋地靠在椅子背上，往自己的杯子倒水。卡兹颤巍巍地吸着气，感到他诱惑的威胁在慢慢地消退。

德福林低头喝水时不由得微笑了一下。这让两个人都很吃惊。看她的反应，像是被烫了一下似的，这让他很不舒服。他不应该露出这种带刺儿的神情。一看到她的脸，他就后悔了。她的脆弱，让他显得像个傻瓜。她受伤太重，把自己包裹得太紧，他没有办法打开。无论，他多么想要打开。

想到这儿，他更坐不住了。卡兹·埃尔莫尔不仅令他想入非非，她还有着不同的层次，而他，很想去探索和发现。该死。

此刻她正盯着他，仿佛要剥掉他的皮一般。他故作镇定，靠在椅子上，放松四肢。看到她也放松下来，两人渐渐地都松懈下来。她只是个客户。把持好界限。记住，伙计。这只不过是顿午餐，不是在作战。

聊天，才是正事。她期待地看着他，希望他能率先打破尴尬的局面。

"你的意大利语讲得很好，你该不是在夜校学过吧？"他问。

"没有。"她转着手里的水杯，招待端上来一盘开胃菜，她道了声谢。德福林给自己夹了几块腊肠和橄榄，然后等着她继续。她在记忆里搜索着。是为了他，还是为了自己？"我同时住在意大利和法国，一直到十二岁，"她终于开口，"奥利弗在威尼斯租了一栋别墅，后来在普罗旺斯又买下一个庄园。我是在这两个地方长大的。"看得出来，她脸上的戒备变为另一种表情。

"你的童年跟普通人的，完全不同，"他漫不经心地说。

"确实不同。奥利弗永远是中心——怎么说呢？公社的中心？一大堆随员的中心？"她挑了一颗黑橄榄，"你知道，20世纪六七十年代的那些摇滚明星——猫王埃尔维斯、甲壳虫乐队、滚石乐队等——他们身边老是围着一大堆人，有经纪人、经理们，还有跑腿的、后援组、超级漂亮的女友们——甚至是妻子们？奥利弗也跟他们一样。无论我们住在哪儿，房子里总是有很多人，二十多人，有时是三十多人。整整二十年，妈妈一直是他最喜欢的模特。"德福林听得出来，她的话中既有维护，也透着骄傲。

"那么，你十二岁的时候呢？发生了什么？"他催促道。"一天我放学回家，妈妈站在大厅，我们的行李全都打包收拾好了。她不告诉我为什么，只是说我们要走了。后来，我听说奥利弗带了另一个女人回庄园，作为未婚妻。据说是位流亡的俄罗斯伯爵的女儿，不过我从来也没有去证实是不是真的。不久，他就在纽约娶了她。他们打算一起打造一个才华卓越的绘画王朝。而我和妈妈，那天晚上就走了。"

"看得出来，你的母亲也是那样打算的。"德福林点点头，"只是奥利弗没有得到想要的东西，没有打造出他的王朝。"他迎着她的目光，补充说。

"那位伯爵的女儿也没搞成。六个月后，她就离开了他，跟了个赛车手。离婚很麻烦，而且代价昂贵。从那以后，他就再也不提结婚了。"侍者端上来一盘意大利饭，放在她面前，卡兹向他微笑表示感谢。

"可你不是他唯一的孩子。"德福林拿起叉子。"现在不是了。"卡兹摇头说，"我同父异母的妹妹基娅拉，是我怀上嘉美前的几个星期出生的。所以，奥利弗一心想打造的绘画王朝，又有了新的机会。"德福林饶有兴趣地听着，看到她的笑忽然有些扭曲。她叉了只虾举起来说，"这个很好吃。你的意大利面味道怎么样？"

Chapter 7

菲尔·塞因特晃晃悠悠地走在走廊上，喝着手里的咖啡。这条走廊里毫无特色，看不出是栋什么建筑。跟城市里随便一栋办公楼没什么两样。

每天这个时候，伦敦警察局所在地苏格兰场的院子总是静悄悄的。在一扇紧闭的房门内，有人对着电话大喊大叫。菲尔隔壁的房间，三名警官挤在屏幕前，专注地观看着屏幕上的监控录像，仔细研究着其中的蛛丝马迹。一个人抬起头来，菲尔抬手冲他打个招呼，继续往前走着。

一进办公室，他就重重地跌进办公椅里。房间没别人。他出去了有——啊？一个小时了？！待阅公文的托盘已经满了，文件还溢了出来。又是这么多文件！他敢肯定，这些公文会繁殖，趁他不在，就又生出一堆文件。真的吗？要不要坐下来守着？

浪费大半天的时间，去采访那些不是瞎了就是聋了的目击者，毫无用处。就如同在采访失忆的人。他把最后一点咖啡倒进嘴里。手里的案子又碰了壁，毫无进展。大家越来越沮丧，队员们开始发脾气。这该死的效率。要是过去——

菲尔把纸咖啡杯捏瘪，扔进垃圾筐。案子需要突破，他的确需要抽空见见卡兹，看看她那边怎么样了。那个该死的美国佬，卡兹的情绪刚刚恢复，他就跑来惹麻烦。

他焦躁地转过身，让自己再次重重地跌坐在椅子里。

话机旁边贴着一排便条纸，比起托盘里的那堆垃圾公文让人更感兴趣。他揭下最上面的一张便条，皱着眉头看上面记录的数字。便条底部，记录人写着里昂。

菲尔的脑海里突然想起了什么。他一把拽起听筒，用手指捅着电话按键。

十五分钟后，他放下听筒，低声吹了声口哨。他一直没想好该拿德福林怎么办——只要他别将早该忘掉的事再翻出来。可他从没想到过杰夫——见鬼，他到底做了什么？卡兹——

手还没来得及离开听筒，电话铃就响了："喂？"

"我想见你一面。""你是谁？"

"你不认识我，但是我认识你。午餐时，我在酒吧里等你。你没有问正确的问题，也没有问正确的人。你在找那把猎枪，是吗？我知道在哪儿。"

菲尔一下子坐直了，心跳加速。"如果你有消息——"他小心地说道。

"电话上不能说。我还知道别的。想要，就来谈。在公园，鸟笼道上的长椅，从安妮女王大门进去。二十分钟后见。"

说完，电话就挂掉了。

菲尔环顾四周，看自己是否到达正确的位置。圣詹姆斯公园里有许多长椅，但这条长椅，安放在一丛高高的灌木前，距离其他长椅较远。一定是这里。他坐下来，用手掌抹着头上的汗。为了按时到达，他一路小跑着过来。但是，他之所以汗流浃背还有个原因——如果能拿到一份确凿的证据，手里的这个血案，就可以撕开一个口子了。

他的心怦怦直跳，强迫着让自己的呼吸慢下来。

整个事情，也有可能是一场空。

他拍了一下装烟的口袋。这是打开话题的好东西——递上一根香烟，再借个火。

他掏出烟盒，低下头，笨拙地从烟盒里往外取烟。突然，他意识到人来了，因为他感到后脖子被人贴上了一块冷冰冰的金属。

Chapter 8

"来吧。"德福林催促着卡兹，让她快点来画廊入口，"都到了佛罗伦萨，怎么能不看一看米开朗琪罗的《大卫》呢？权当是给我上一堂艺术课吧。"

卡兹的眼睛眯了起来。她怀疑德福林对艺术的了解，比自己都强。

"完全可以抽出几个小时来，"他坚持说，"你什么时候见过在佛罗伦萨参观博物馆不用大排长队？什么时候那外面排的队伍，不超过一英里长？这就是命运。"

他说得对。售票处只有几个人在排队。卡兹只好同意。

他们在凉爽而明亮的画廊里慢慢走着，边走边讨论着看到的作品。卡兹发现了几尊半真人高的奴隶或是俘虏的雕像，这些雕像原本应该是放入尤利乌斯二世教皇的坟墓里的。卡兹觉得这些雕像要比著名的《大卫》雕像更令人兴奋，德福林自然不同意。

卡兹站在意大利画家波提切利的一幅圣母像前，入神地欣赏着画面呈现出的美。在她身后，房间的另一头，德福林在跟画廊的工作人员交谈。他说的暂停一下是对的，她的紧张在慢慢消解，而内心隐藏着的对性的渴望，却愈发强烈。她只能努力控制自己。

德福林很好相处，这令她很惊讶。她抑制不住内心冲动，回头看他，恰好看见他朝自己走来。哪个女人又能够控制得住呢？他走路的样子，他的长相，还有他的牛仔裤，紧紧地绷在他的臀部。还有，他用眼睛寻找她的样子。

她赶紧转回身去，继续去看那幅画。

她敢肯定，没想要发生这事。因为她还没搞明白究竟是怎么发生的。

在离酒店约半个街区的地方，两人一前一后地经过路边停的一辆汽车。汽车横在路边，两只轮子轧在人行道上，这种停法在佛罗伦萨到处可见。此时，教堂的钟声在头顶突然响起，吓了卡兹一大跳。她不由得停下脚步，而德福林就紧跟在她后面，两人离得非常近，她都能感觉到他的体温。

她困惑地回身，和他的脸挨得如此近。

于是她的嘴巴直接贴了上去。

他也一把抱住她，嘴巴结实而热烈，舌头在她的嘴里搜寻。她的脑袋嗡嗡作响，因为钟声，也因为谁也不是俘虏。她双手抚着他的胸，身子完全融化在他的怀里。

德福林躺在床上，盯着天花板，回味着卡特琳娜·埃尔莫尔嘴巴的感觉。不知还有没有机会再次品尝它那温热、甜美、柔软的味道。大概不会了。他坐起来，心里暗自咒骂着。

她回头突然吻他，把他惊呆了，连她自己也惊呆了。他还记得，两人的长吻终于分开时，她那双又黑又亮的眼睛。只有上帝知道那时她在想什么。

接着，她又出其不意猛地转身，冲进了广场。他只好跑着跟上去。或许他该大声喊叫，让她停下，但他不知道该不该喊。

一回到宾馆，她就冲进房间，闩上房门，一句话也没说，也没有回头看一眼。

德福林看了看表，已经过去半个小时了。

他很确定，她一定在收拾行李。所有的一切，都取决于她是否愿意继续跟他合作。他使劲地揉着眼睛。真不该发生这种事情。

他的自控力见鬼去了。真是致命的吻。他觉得腹股沟的地方越来越紧，下半身也有了反应，满脑子此刻只有她。

他咬牙从床上翻身起来。必须马上跟她谈谈。可说什么呢？只有上帝才知道。道歉吗？要求她向自己道歉？咦，这倒是个好主意。尽管他鄙视自己，但是嘴角却挂上了笑。

是她将两人的关系弄得一团糟。所以，不应该由他负责恢复工作关系。即使在最糟糕的情况下，他也能在佛罗伦萨找上几个得力的帮手，帮他稳住她。那些人都是单干的，以前合作过。在卡兹满城寻找杰夫的时候，他们也一直盯着她。

不过，他真心不希望非得到那一步。还不能说为什么，除非跟他下半身的胀痛没有关系。卡兹·埃尔莫尔总是带着某种暗示，让他体内渐渐发生变化。难道是半年以前，在那条空旷无人的路边，这种变化，已经开始？

想到这里，他的性欲一下子无影无踪。

他脱下衬衫，走进浴室，想看看洗个冷水澡，是否能帮他把这事搞定。

卡兹沿着楼梯缓慢地走着，出汗的手里攥着瓶酒店里最好的巴罗洛红酒。一看到德福林的房门，她便飞也似的逃回自己的房间。

她让自己停下来，仔细地想，整理思绪。她必须这么做，也想要这么做。虽然她自己也吓得膝盖发软，但她知道，她想要做的，是正确的。想到这里，她咧嘴笑了。终于找到了，生命真太短，决不能让像德福林这么好的男人，从身边溜走。

还有，这个男人很会接吻。

一想到他或许情愿跟她一起干点别的，她的心里涌过一阵紧张和潮热。她不打算再去找所谓的"永久幸福"了。因为除了跟德福林上床，她想不出任何比这更好的幸福了。当然，如果他也愿意的话。就算他不愿意，她也打算勾引他。她咽了咽口水。首先，可以先喝上一杯。

她站直身子，咚咚地敲门："德福林，是我。可以进来吗？我只想——"

门开了，她走了进去，还没来得及张嘴，话就咽了回去。他开完门就走回屋内，站在屋子中央。一条深色的牛仔裤紧紧地贴在臀部。他就那样站在那里，光着脚，也光着整个上身。

看着他光滑而晒得均匀的皮肤和隆起的肌肉，她不由得嘴巴发干，说不出话来。她从未发现，他的身体如此壮硕。因为她一直不敢看，也不敢放开自己。牛仔裤拉链的上端，露出一团浓密的体毛，她真想用手去摸摸那里。他伸手去拿一件衬衫。她努力克制着，不让自己扑过去夺。

"卡兹？"他的目光，从她的脸上，移到她手里的酒瓶上。她轻轻地把酒放在旁边的家具上。必须张嘴说话了，因为，他除了叫她的名字，似乎做不了别的。

他把衬衫拿在手里，没往身上穿，就那样站着，看着她。她好不容易把眼睛从他的身体上移开，去看他的脸，皱了皱眉："呃，你的头发，湿的？"

"刚从浴室出来。冲了个冷水澡。"他解释说。"明白。"她点点头，笑了，"是涟漪效应起作用了？""没有。"

"那就谢天谢地。"

她走上前去，把衬衫从他的手里夺过来，扔到椅子上："我带了瓶酒。如果你真的愿意，我们可以一起喝掉它。或者，你可以再吻我一次，然后，我们从那里继续。"

有那么该死的一秒，她以为他会选择酒，或是将她抱起，嗵地靠到楼梯上。他却一把将她拉进怀里，用唇堵住了她的嘴。这一吻，果断、迅速、坚硬。一切都变得模糊起来。真是幸福。

德福林一声呻吟，终于松开了她。那声呻吟，让她体内荡过一股快乐的热流。

"你真是太会打埋伏了。"他的额头靠在她的头发上，"现在，我半裸着躺在这里，试图抵抗一个漂亮的女人，主动献上无比美妙的性爱。"

这次，兴奋变成了恐慌。她斜着身子躲开："我不是——"

"没关系的。"他温暖的手掌抚在她脖子后面，"我的抵抗早就见鬼去了。"他抬头看着她的眼睛，明白了一切，"我和你，会是很棒的一对，这个我敢保证。"他声音柔和，语气十分坚定。她内心的痛，也越来越重。

"我不指望你做任何保证。"她的声音开始颤抖，呼吸重了起来。只要能和德福林在一起，一切都不同了。这才是她来的目的。

她向前挪了挪，把胯贴紧他。隔着厚厚的牛仔裤，已经感觉到了他的坚挺。还有最后一句话："我必须说——"她的手指紧贴着他的胸膛，"如果我不是真心的，就不会出现在这里。但是记得你说过，不愿意把生意和私情混淆。所以，无论你的抵抗在哪个阶段，只要你想，我就离开。"

"女人，如果你真以为我想让你走开，那你一定是大错特错了。"他咧嘴笑着，"你想怎样？要我跪下来求你吗？我能做到。"

"不！"她的手围在他的腰上，抱着他，"我只是……"

他用手指压住她的唇，让她别说了："我知道你的意思，也很感激，但是现在，我们两人，只能这样。"

这一次的吻，缓慢绵长，那甜美的滋味，却没有在她的体内激起任何性欲的火花。他吻着她，用舌尖在她的嘴里搜寻。她心想，权当是个漫长的问候吧，如梦似幻，既是序言，也是宣言。

他把她抱起来放在床上，须臾也未曾松开她的嘴，吻得她几乎窒息。

她用手掌抚在他的胸膛，感受着他平稳的心跳。而她的心，随着德福林的手抚摩到哪里，嘴亲到哪里，就跟到哪里。上帝，他的嘴巴。她的眼睑，她的下巴，凡是他的嘴唇所及之处，总能让她发出热切的娇喘。她再也受不了了，喘出一声忘情的呻吟，伸出手去解上衣的纽扣。

"别急。"他一下子把她双手托起，用一只手抓住按在头顶，腾出另一只手，慢慢地抚摩着她的乳房。她蠕动着身子："德福林。"

"等等，宝贝，待会儿比这更刺激。"她听到他在笑，感受着他用嘴巴为她解开衣扣的感觉。他一次解开一个，每解开一个扣子，就跟上一个绵长的热吻，和轻轻的撕咬。

他一点一点地脱下她的衣服。每咬开一个扣子，就露出一寸她的肌肤。他的舌头和牙齿终于紧紧地贴在她胸前，欲火在她的体内猛地熊熊燃烧起来，她快乐到了极致。

她兴奋得几乎晕眩，抬头凝视着他。这简直太疯狂了，太狂野了。她从未料到，两个人会如此专注。他的每一个动作，每一次触摸，嘴巴在她炽热的胴体上的每一次爱抚，都是如此的完美。而且，他把她体内最原始的反应——她的本能，也激发了出来，那种知道何时触摸、何时停止、何时配合，以及何时索取的本能。

泪水刺痛了眼睑，她眨了眨眼。

有那么一秒钟，他们停住了，一动不动。德福林趴在她的上面，看着她的脸。卡兹举起手，抚摩他的脸颊，他转过头，吻了吻她的掌心。

"我要你。"她的声音十分细弱，不知道他听到了没有。探索来得比她想要的还要深，她把臀部挪了一下，撑起他的体重，用双腿围住他的腰。他盯住她的身子，眼睛一直没有离开。他的眼睛比以前更深，也更为专注，看着她的眼睛。

当他进入她的身体，她伸出双臂，把他的嘴拉回到自己唇边。她的喘息，全都呼进了他的嘴里。但她知道，自己的心意，他全都感受到了。他把她的全部心意，都回报给了她。

他们的嘴巴分开时，她无法将目光从他脸上移开。欲望，力量，精力，给予。

Chapter 9

"太不可思议了。"伦敦警察局的局长，把一份最新的《标准晚报》摔在副手的桌子上。报纸的头版头条，醒目的标题写道：男子公园遇袭。

"堂堂一名警长，光天化日之下，在公共场所竟然被枪杀。马上召集所有分局的人马，全体出动，给我调查。还要我说吗？！"他一屁股坐在椅子上，"目前为止，查到了什么？"

"有一点毫无疑问，菲尔接到一个人的电话，谎称能提供线索。他离开前做了电话记录。我们正在追踪这个来电，但是，现在基本肯定，电话是用被盗的手机打出的。"

"而那部手机如今正躺在河底，对吗？"局长截住他的话，替他说完。看到副手眼里闪着光，他不耐烦地追问，"还有呢？"

"还有一件事情很有意思。菲尔在接听最后一个来电之前，他拨出了一个电话，是打到法国去的。"

Chapter 10

　　德福林把手举在眼前，仔细看着。手还在微微地颤抖。他费劲地用胳膊肘杵在床上，撑起半个身子。卡兹躺在旁边，双眼紧闭。她的胸部在起伏，所以，还活着。

　　他靠在枕头上，看着她的胸部。她的胸很好看。等他体力恢复了，他打算好好地、狠狠地再去亲吻这两座美丽的山峰。再来点逗弄，还有抚摩。乳房、喉咙、大腿，他还有一整套的节目。

　　天哪，他又硬了起来。

　　高潮过后，他的身体仍在颤抖。他伸手想拂去散在她脸上的一绺头发。摸着那绺头发，他又开始心神荡漾起来。

　　想起刚才的快感，浑身又是一阵战栗，他喘了口气，俯身在她裸露的肩膀上吻了一下。要说眼前这个女人，简直浑身上下，每一个毛孔，都能让他兴奋。他需要更多的时间，许许多多的时间，仔细地研究她。只要他的四肢恢复正常了。

　　他意识到，自己嘴角挂着甜蜜的傻笑。这时，她睁开了眼睛，刚好看见他那迷离的表情。他几乎动不了，而她却充满活力。看来，刚才想的事儿，怕完全只是存在着可能性。

　　"嘿。"他俯身，在她的嘴上轻轻地吻了一下。小伙子，她尝起来味道不错。他的舌探得更深了。

"德福林，"她迎着他的吻，但他能感觉到嘴唇下面她的笑，"你不能想着再来一次。"

"宝贝，你不知道。"他身体放松，向后靠去，斜倚在一只胳膊上，正好能看着她，"卡特琳娜·埃尔莫尔，你简直是个女妖精。"

"谢谢夸奖。"她的笑纯洁柔美，带着一股子猫儿吃到了奶油般的满足。自己喜欢的女人露出这样的表情，谁看了会不高兴？

他用手指在她的嘴上画着圈："那么，既然你已经拥有了我，你打算解雇我吗？"

"既然我已经拥有了你，你打算辞职吗？"她反问，翻了个身，把脸抬得和他一样高。

"不，"他歪着脑袋，"但我不打算收你的钱了。"

"德福林！"她一下子坐了起来，"我不是为了——"

"嘿，我从没那样想。"他把她搂在怀里，把她的头靠在自己胸前。这种感觉真好，尽管，她浑身肌肉紧张。

他稍稍抬起身子，亲吻着她的后颈，等她放松。他轻轻拿掉沾在脸上的她的头发。她的秀发闻起来有股青草地和香草混合的味道。老兄，所有的感官中，气味诱惑，是最强大的。刚刚修葺平整的草地，新鲜出炉的烘焙品，将永远成为属于她的味道，会永远让人立刻想起她。他轻轻地摇着她，逗着她，把她肩头最后一丝紧张甩掉。看到她的双肩抖动，她笑出了声。他感到困惑，用手指托住她的下巴，抬起她的脸："我说了什么了？"

"不是你。"她咯咯地笑着，脸一下红了，他心里一紧，"是我妈妈。刚想起。我可能不该告诉你，不过我妈妈说过，如果我必须跟你上床，才能让你出手相助的话，她说她没有意见。"

德福林发出一阵大笑："你妈妈，可真有意思。"

卡兹用手抚着他的胸，看着他的脸。"我跟你上床，是因为我是真心想的，没有任何别的原因。"她一边说，一边捂住他的嘴，不让他打断自己，"刚才，我们两人，在我看来，几乎完美。我只想说这些。我需要你的帮助，作为朋友，作为情人，帮我找到我女儿。但如果你因为事业，或是别的什么，需要离开我，你只需告诉我就好，没关系的。"她的眼睛湿润了，眨了起来。为什么躺在他的怀里，她就有了勇气，让他可以随时离开？仿佛，力量正从他的体内一点一点地流走，却在她的体内，一点一点堆累。这才是最疯狂的事。"就这么说定了？"

"说定了。"他握住她的双手，吻了吻她的掌心，"你刚才说，几乎完美。那，想不想尝尝什么是完美？"他的嘴顺着她的手腕，舔着向上移动。不知不觉，她的臀部扭了起来。他提醒说："这回可得花点时间，慢慢来。"

手在卡兹肌肤的敏感位置来回抚摩，她开始娇喘起来。"多长时间都可以。"她紧贴着他的身子，蠕动着，看着他的眼睛越来越深，"都听你的。"她说。

　　跟德福林一起走在维奇欧桥上熙熙攘攘的人群中，有点怪怪的，但是正确的。桥上的行人，大都是到对岸去吃夜宵，或是吃完往回走的。德福林的手臂松松地搭在她的肩上，她挽着他的腰，手指卡在他牛仔裤的皮带上。

　　天空墨蓝而柔和，不是很暗，跟别的城市一样。金色的灯光从商店里透出来。有些算不上商店，是桥上摆的售货亭。精心打造的金色器皿，在玻璃橱窗内闪闪发光。情侣们依偎在窗边的座位上，窃窃私语，不时拥吻。两个小男孩相互追逐，打闹着跑过来。德福林赶紧拉着卡兹侧身，轻松地让他们过去。几位年纪大的女士，牵着无聊的狗狗，站在路中央闲聊，堵住了过往的通道。还有一家子，每人手里拿根冰激凌。卡兹叹了一口气。这里真好，一切正常，竟让她忘了来的初衷。

　　他们穿过昏暗杂乱的街道，继续前行。

　　在酒店广场的入口，德福林站住了："想回酒店吗？"卡兹看着四周。夜色柔和温暖，诱使她多留一会儿。

　　"要不，喝杯咖啡？"

　　酒店对面的酒吧很小，不过，已经摆了很多桌子在广场上。鸽子依旧在周围啄食，希望捡到丢弃的面包屑。卡兹抬起头，可以看见她房间的窗户和小阳台。他们抵达的当晚，就是从这儿开始，拿着照片让人辨认。也是在这儿，收到第一轮礼貌的微笑和握手。今晚，她不打算想这个。只有今晚。

她挑了张桌子坐下来，看着德福林去点喝的，欣赏着他靠在柜台上的样子。那家伙的臀真够壮观，可惜她从没仔细欣赏过。她瞥了一眼旁边，正好看见邻桌一位意大利姑娘，用同样的目光，看着同样的方向。那年轻女孩冲她一笑，做了个赞的手势，两人就咯咯地笑起来。德福林端着两小杯意式浓缩咖啡走过来，狐疑地看着她们。

"女孩间的秘密。"看着他把咖啡放到自己面前，她并没有解释，只说了声"谢谢"。

"哈！"德福林用脚钩出椅子，把他那壮观的臀放了上去，"吧台的家伙说他们还有一个分店，在奥尔特拉诺区。那家店有位女服务生，在这两家店都干，而且午餐时，还到另一家餐馆打工。说我们可以拿着照片问问她。"

"她现在不在这儿吗？"

德福林摇摇头，朝广场看去。卡兹仔细欣赏着他侧脸的轮廓。她认识这个男人，还不到两周，如今，竟跟他一起，来到异国他乡。就在刚才，还让她享受到了前所未有的美妙床笫滋味，那是她这辈子最美好的。"你是谁，德福林？"她轻轻地问，"我为什么要信任你？"

话说出口，她自己都一颤。可是，已经说了。

他回头看着她。"跟工作的领域有关吧，"他出乎意料地说，"你保护别人，还有他们的财产，就必须得到受保护者的信任。这就是我。我也不知道为什么。"他的眼睛暗了一下，又咧嘴笑了，"再加上，通常，我还有每个好姑娘都渴望的东西。"

卡兹皱起眉，不确定自己是否愿意当个好姑娘。听上去好无聊。"什么东西？"

他咧嘴笑得更厉害了："你妈妈同意的东西。""我就不该告诉你。"

德福林耸耸肩："你已经告诉我了。你妈妈是位很棒的女性，真的很棒。她和你爸爸，怎么开始的？"

"她是个模特儿。"卡兹往咖啡里放了块方糖，"不过，人们已经不大记得了。她不到十八岁，就做了《时尚》杂志的封面女郎，而且两次。她的经纪人，名叫荷西，能说会道，特别精明。"卡兹面带微笑，"她还留着当时的新闻剪报和照片。有张照片上——妈妈画着夸张的巨大的熊猫眼妆，腿上穿得跟马腿似的；荷西则穿着拖到地上的长卷毛服装。他对钱的事情非常在行，给她置办了不少房产。她切尔西的房子，诺丁山的公寓，还有她的商店等，全都是荷西帮她置办的。再加上我父亲画的许多画，还有素描、草图等。"

德福林向后靠在椅背上："荷西还在吗？"

卡兹摇摇头："艾滋病——1989年就死了。不过在那之前，我父亲老早就把妈妈从他身边勾引走了。他见了她的照片，决定要她。他比妈妈大十岁，而且是她的第一个情人。只要人合适，父亲会变得相当迷人。据妈妈说，跟她一块儿长大的女孩，要么是几杯好酒就满足了，要么是坐在豪车上，就被俘虏了。只有她一直坚持了下来。最后，还在威尼斯买了香槟酒庄和别墅。虽然是座几近废弃的别墅，但依然是别墅。"

卡兹喝完咖啡，嘴巴抽了一下。该死！德福林又成功地把话题引向她的父母。他没有明说，她便讲起父母的陈年往事。怎么做到的？是时候该敲打他一下了。她倾身向前："你有没有——"

"先生！"酒吧女招待来到桌边，用意大利语问候着。是位年轻的姑娘，黑色的工作服外面，搭了件牛仔夹克，就在他的身后，"这位是朱利亚娜。她是来拿报酬的。我跟她说了照片的事。她想看看。对吧？"

说着他已经起身，拿出照片。朱利亚娜走过来，带着性感的微笑。她用手指扶着他的手，稳住照片，仔细地看。卡兹屏住呼吸。

　　女孩眯起眼睛，抬头用挑逗的目光看着德福林。她的英语夹着浓厚的意大利腔："哦，我认识他。"她长睫毛跳动着，"这是埃尔莫尔先生，名叫杰夫，对吧？"

Chapter 12

卡兹站在酒店门口，看着德福林穿过广场，朝她走来。他的大长腿迈出的步伐迅速矫健，她感到体内又蠢蠢欲动了。这个男人，浑身都散发着雄性的魅力和性感。

她看到德福林脑袋微斜，意识到自己应该消失，让他独自去问那个女孩儿。

她还没进玻璃门，他就赶上来，替她把门打开，飞快地给了她结实的一吻，她体内的欲火更旺了。"谢谢。还挺快的。"

"显然，我不在场，你肯定能问到更多。"

"包括她的电话号码。"他一脸的坏笑，拢了拢头发，说，"她认识杰夫没错。不过据我看，她应该是嫉妒了，嫉妒别的女招待，否则才不会大老远地跑来，讲那么多。"

"没想到有这么多人想独占杰夫。"卡兹干巴巴地说，"先上楼吧，然后再告诉我，好吗？"

卡兹盘腿坐在德福林的床上，心不在焉地喝着他递过来的酒。德福林坐在椅子上，正往自己的杯里倒酒。

"杰夫定期会去她打工的那家午餐馆吃午饭，付小费很慷慨。这个女孩你见过的，估计不是这一个原因。据我猜，他们肯定在约会，可能杰夫盯上了别人，对她冷下来，所以她才愿意收我的钱，出卖杰夫。通常，他周末去那里吃饭，有时周四也去。"

"明天就是周四了。"

"这下明天有吃午饭的地方了。"他停顿了一下，"在不让她起疑的情况下，我仔细问过了，卡兹。可听起来她从来没见过杰夫带着孩子，也从没听他谈起过。"

他看见卡兹的脸稍稍变了颜色，一丝小小的希望破灭了。她咬着唇，低下头。过了一会儿，她抬起头来，眼睛里露出勇敢，他不由得咬紧牙齿。

要是找到了杰夫·埃尔莫尔，他一定要暴揍那个家伙一顿。

"真没想到，是吗？"她叹着气，"突然撞见格温，他一定会更加谨慎，找别人来照顾嘉美。一定会待在城外。也许在菲耶索莱吧，嘉美最可能在那儿。"

"我们会找到她的。"德福林伸过手，拿走她手里满满的酒杯，不小心钩起她一缕头发，"明早我们计划一下。杰夫还不清楚我们知道了嘉美的事。这一点可以利用。你需要好好睡一觉。你想睡自己房间，还是睡这儿？"

"自己房间吧，"她顿了顿，"我需要思考。谢谢你，德福林。"她把手放在他的手上，"谢谢你为我做的一切。"

卡兹趴在床上，脸颊枕在枕头上，整理着思绪。她强迫自己把德福林和性推到脑后。现在，必须集中精力对付杰夫，怎样把他引出来，让他承认——

手机响了，她伸手接起来。

"妈妈？啊？不，我们在外面。"她的心里一下子充满内疚。刚才去德福林房间时，关掉了手机，结果忘了开机。电话里母亲在大哭。"怎么了？快说啊。"

德福林喝完自己杯里的酒，又看看卡兹的那杯酒，几乎没动，就放在床头。服务员没有来打扫房间，床上还是下午离开时的凌乱——一片狼藉。他把被子拉好，从地上捡起一只枕头。淡淡的香草味扑面而来，他感到下身又有了反应。果然，气味是最强的诱发剂。

突然有人猛敲房门，他一下子跳了起来。

"卡兹！"他打开门，卡兹差点摔进来。原本他想说些是不是又改了主意之类的俏皮话，可看到她的脸，就咽了回去，"怎么了？"

"是菲尔舅舅。妈妈刚刚打来电话。她一直在给我打，结果打不通。舅舅他……他今天下午，被人枪杀了。"她抬起头来，茫然地睁大眼睛，"有人开枪打死了他。"

"钱。"微风吹过早餐区域的平台，掀了桌布。卡兹把黄油抹在一块面包上，犹豫了一下，塞进了嘴里。德福林注视着她。昨晚她受到惊吓，今天脸色仍然苍白，不过看起来还好。这让他放松了一些。

"这计划听起来不错。"他搅着咖啡，"怎么讲？"

她耸耸肩说："其实也没啥，不过是找他的一个借口，一个能让他露面的借口。离婚后，有些东西需要两人共同签字。我那时还没有财产意识。是奥利弗的一幅画，是我们结婚时，他送的贺礼。嘉美出生时，又送了一幅。画由我处理，比较合适。而且，杰夫不喜欢找律师打官司。"

"但是，他想要他的那份。"

"是的。"她盯着德福林的眼睛，"他并不清楚我知道了嘉美的事。所以，虽然警惕，但他并不知道我来的真正原因。还有件事——"

她顿住了，德福林明白，接下来的话，肯定是他不喜欢听的。

"我应该单独去。先别——"她举起一只手，止住了他的反对，"我了解杰夫。他并不危险。但如果我跟别的男人一同出现，他会立刻明白一切的。"她脸上有种奇怪的表情，像是幽默，又像是别的。德福林握紧了拳头。"我是他的前妻，但这并不意味着，他一定就会把东西藏起来，不肯向前主人炫耀。他肯对我有反应。这才是激发他的睾丸激素，加以利用的最好办法。"她轻拍着桌子继续强调，"我和他见面时，一定要让他放松，不能有一丝的怀疑。接下来，我们要么跟踪他，要么拉到个没人的地方，让他开口。"她脸上的笑，有些可怕，"要怎么办，你来决定。"

德福林靠在椅子背上，盘算着两个选择。卡兹说得很在理。他不必非要喜欢它。

"还是跟踪吧，"他考虑了一下，回答说，"当前的首要任务，是先找到嘉美。如果能说服杰夫，不要有后顾之忧，或许，他会直接带你去见孩子。你说得对，最好你一个人去。要是他知道我到过车祸现场，恐怕就不好办了。但是我不会走远的，还会找些后援，几个我认识的人。"这番话打消了她眼中的疑虑，"现在，知道菲尔出事了，还有别的，你今天行吗？"

他已经在网上读了菲尔出事的经过。是一次干净利索、专业的刺杀，只用了几秒钟。菲尔根本没有时间反应。杀手冷酷无情，自信镇定，干完就走，从公园消失。没有目击者，也没有嫌疑人。

卡兹点点头，吃完饭把盘子推开："听起来虽然不像真的，但作为警察，时刻面临危险，随时有可能受伤，甚至被杀。只不过，舅舅他，就要退休了。"她说不下去了，眼中闪着泪水和困惑，"他结过两次婚，没有孩子，也不了解孩子。但在我和妈妈回英国后，他竭尽全力，像父亲一样对我。"

德福林握住她的手："如果你还没准备好，不必非选今天。我们可以周末再去。"

"我不想等了。"她的眼睛充满了黑暗，"如果今天杰夫去那家餐厅，我也一定要去。"

卡兹坐在柜台旁，小口喝着矿泉水。餐厅的顾客不断地进进出出，没有看到朱利亚娜的影子。她试探性地向吧台服务员打听，得到的只是个冷漠的耸肩。她咬着嘴唇。吧台里的钟已经指向两点三刻，午餐时间马上结束。接下来，她只能面对失败。

有几个人是独自前来的。她看到个黑色的后脑袋，心开始突突地狂跳。可是那人转过脸来，却不是杰夫。失望犹如重拳般，砸在她脸上。她没想到，自己如此看重这次会面。

她不安地在座位上换了个姿势。大约十五分钟前，德福林从她面前走过去，他的人也分散在周围，但是她并不知道他们是谁，在哪儿。德福林找他们用的是这样的借口——说有个女的，可能会跟杰夫吵架。谁知道她在玩什么把戏？或是杰夫在玩什么把戏？也许他——

"打扰下！"卡兹往下看。不知从哪儿冒出一个小男孩，站在面前，正用意大利语给她打招呼。他的黑发蓬蓬的，盖住了一只眼睛，小手里紧紧地抓着个信封，"你是卡特琳娜·埃尔莫尔？"他认真地说着她的名字，像是经过专门训练。

他抬头望着她，充满渴望。见卡兹做出承认的反应，便灿烂地笑了。卡兹用意大利语回答他："是的。你是谁？有人叫你找我的吗？怎么——"

"这个给你。"男孩把信封塞给她，转身就跑。

卡兹忙喊："等等！站住！"说着从凳子上下来，伸手去抓，但是男孩躲开了，"请等一下。告诉我，谁给你的这个……"

他躲过一个服务员和两个正往外走的客人，绕过一个婴儿餐椅，朝门口跑去。

卡兹起身想追他，可是手包的带子挂在吧台角上，绊了一下，信封掉在地上。

她捡起信封，男孩已经不见了踪影。

Chapter 13

"一无所获。"德福林打开车门，坐进驾驶室，卡兹坐进副驾驶座，手里还紧攥着那张皱巴巴的字条。"餐馆里的人说以前没见过这孩子。据我打听，他不住在那一带，也没住在周围或是附近的街上。而且，朱利亚娜也没在这家餐馆打工。你没事吧？"

"嗯，"她冲出餐厅时浑身发抖，现在好多了，"是杰夫的字。"

"是吗？字条上也没说什么。"德福林把字条抽走，捏着，"圣母领报大殿教堂。明天十点。一个人来。"他出声念着，"连个签名都没有！"如果真是埃尔莫尔写的，那这个家伙够傲慢的，居然觉得前妻肯定能认出自己的笔迹，而且肯定会招之即来，"传奇剧本里的废话！"他感到强烈的挫败感，双手愤怒地捶打了一下面前的方向盘。这一击用力太猛，震得他双臂发麻，指关节发疼，把卡兹也吓得一哆嗦。**漂亮，德福林。是个爷们儿，很有力量**。他瘫在座位上，满腔怒火，"他为什么来这么一手？"

"因为这次，杰夫在挑事儿。我们一直在找他，拿着照片到处让人看。他肯定很恼火，这是他的反击。"

卡兹揉揉他僵硬的肩膀。对于他受伤的自尊，她的手就是灵丹妙药。"算了，德福林。事情没搞砸。我们得到了想要的，找到了杰夫。"

卡兹眯起眼睛，凝视着挡风玻璃。一只肥嘟嘟的黑猫，试探着想要跳上引擎盖。它斜眼看着生气地皱着眉的德福林，又试探了一下，然后，悄悄溜到了一家大门的台阶上，去晒太阳。卡兹呼了口气说："昨天晚上，我们被朱利亚娜耍了。一定有人指使她怎么做、怎么说。杰夫想扭转局面。轮到他发号施令了。"

"你这么认为？""还能是什么？"

德福林把手插进头发："倒也说得通。你认为他会来吗？还是说，是个圈套？"

"不知道。"德福林发动汽车，眼睛的余光看见，她的嘴巴瘪了下去，"明天我就知道了。"

"我们，"德福林纠正道，"明天你不能一个人去。"他使劲地挂上挡，"我跟你一起去。"

"嘉美是我的孩子，"卡兹咬牙说，"所以，我必须完全按照字条说的做。"她指着德福林说，"你跟我一起去，出了事怎么办？难道你要在她的祭坛上，暴揍杰夫，让他说出真相吗？"

"倒也是个主意。"德福林如同困兽般，在屋里踱来踱去。

"你以为我不怕冒险吗？"卡兹坐在床上，沉重地说，"但我必须试着先跟他谈谈。"她补充道。德福林转向她，看得出，他非常固执，非常傲慢。她应该走开，回自己房间，而不是待在这儿，试图说服他。

"假如明天那家伙来了，你以为你向他要，他就会把女儿还给你吗？"德福林不小心撞到了墙上，一下子弹了回来。卡兹默默地欣赏着他那潇洒的动作，遏制住自己不要分心。在这儿跟他争辩，毫无用处。她该走了。

她站起来找自己的包，包在窗台上。她径直走过去拿。

"卡兹！"

"好了。"她举起一只手，"是的，我没想着他会把嘉美还给我。不过是给他些自信，然后，你或许有机会插进来帮忙，是或许！"她警告道。

德福林愤怒地吼着："我会跟他继续讲分割签字的事，不会提嘉美的。"看着愤怒的德福林，她也生气了："那可是座位于佛罗伦萨市中心的教堂，我在那里能出什么事？"

回应她的是另一声怒吼。德福林仿佛是一只老虎，或穴居的野人。

她闭上了眼睛。她不打算改变主意，一定要独自前去。她雇德福林，是让他帮助调查，而不是当保镖的。可是保护她、为她冲锋陷阵，俨然已成了他的本能，像呼吸一样，十分执着。沉溺于他的保护固然很容易。**可德福林走了，你该怎么办？你的依赖、需求、空虚又该怎么办？还不是得另找男人，重新构筑生活？**

她眼睛睁开，看见德福林愁眉紧锁，眼神复杂，让人看不懂。但看得出来，他的挫败感很强。

"这件事——"看到她开始注意自己，他开口说道，"真他妈浑蛋。谁知道教堂里会——"

"杰夫在报复我。他疯了，因为我们拿照片四处打探，让他很难堪。也许，他开始顾忌我们了。这正是我所希望的。但这并不说明，他会变得危险。"她伸手去拿她的包，"其实，我不明白，为什么会有这场对话。你我都知道，或许根本就不去。"

"所以，我跟你一起去，真的没关系。"德福林顺势插了一句，"好了，卡兹，我会在教堂周围不露面。不让杰夫知道我去了。"

他脸色缓和了下来，卡兹只觉得胸口堵得慌，手指无力地松开了包带。他拉她转身，到自己面前，双手捧着她的脸颊。他的手指挨着她的肌肤，危险而又温暖，轻轻地抚摩着她的颧骨，如羽毛一般轻柔，手指的碰触，在她体内激起一股热流。他的腰紧贴在她身上，把她朝床边推去，手顺着她毛衣的V领向下滑，她的胸酥痒起来。

"你的前夫自以为聪明。"他附在她的耳边，声音温柔，"但他还不知道对手是谁。我可以——"

卡兹大脑深处的几条神经突然触碰在一起。

"哇哦！"她一把推开了德福林的手，后退一步，"就是因为这个吗？看你俩谁更像男人，是吗？就因为我跟你上了床？！"她生气地扭身，浑身僵硬，躲着不让他拉回自己。

"卡兹，听着——"

"不，你听着。"她坚持道，"明天我一定会去教堂，一个人。如果你想用色相诱使我改变注意——"她的目光扫过他裤裆，"那你就好好地等着吧。"

说完，她一把抓起包扑到门口，砰地关上房门。

德福林站在原地，茫然地双手捂住后脖颈，整个人都蒙住了。房间里的空气似乎都在颤动，感受着房门重摔的余震。好久，他才慢慢放下双手，摇了摇头。

"上帝。"**好吧，干得可真好。**

他嘶地跌在床上，挤弄着眉眼。卡兹拿钱做借口是对的。此刻他又紧又重又硬——刚才她就是这样骂自己的。想到这儿，怒吼变成了尴尬的笑。他盯着门口，若有所思，挑起一边的嘴角。要是对女人足够了解，他开始疑惑，刚才自己该不该主动进攻？如果想再次跟这个女人上床。真见鬼，这个卡兹简直——

他立马又摆脱这个念头。这件事情，有失控的危险。如果这个女人，执意去见她的前夫，关他什么事？看来，那句谁更像男人的胡话，真的刺痛了他。他从未对哪个女人，有如此强烈的占有欲。他不知道，对他们在教堂见面，自己怎会有这么大的反应。不过，一种……不安苦苦地折磨着他。不对劲儿。不知是哪里出了岔子，但他很肯定，自己没办法理性地处理这件事。卡兹不会改主意的，哪怕把这种……感觉告诉她。这意味着，他得换个方式，来处理这件事。

他坐起身来，去拿电话。

回到自己房间，卡兹坐在床上，忍不住掉下泪来。紧张、失望，以及一直压抑的对菲尔舅舅的悲伤，都化作滚烫而愤怒的泪水，夺眶而出，她再也控制不住，大哭起来。

哭过之后，她擦干眼泪，擤净鼻涕，盯着天花板。虽然筋疲力尽，但还是不服气。不管怎样，明天必须去教堂，不带德福林。

一个小时过去了，还没有想出甩开他的办法。

传来敲门声。但是很轻，她没有听见。敲门声再次响起，声音大了点，她立刻火冒三丈："如果是你，德福林，请马上消失。"

接下来，她看到门开了，刚才她怒气冲冲地回来，一头扑在床上哭，却忘了锁门。她疯狂地四周看着，想找个可以砸他的东西。最近的是一只鞋子，她一把攥在手里。可是，她看到门逢里进来的，是个白色的旗子，不由得捂住嘴，不让自己笑出来。

"休战？"跟在旗子后面进来的，是德福林的脑袋。

"决不！"但是手里的鞋子放下了。德福林这才把整个身子溜进门来。"德福林，关闭的房门是种信号。它的意思是，外面的人，就应该待在门外。"她嘟囔着，"那是什么？"

他把一只手提袋放在床头："这个叫折中。"

卡兹推了一下袋子："看起来像是电线之类的。"又晃了晃，"咦？这不是——叫什么来着？无线电？"

"嗯哼。你去教堂时戴着。这样，我在外面，也能听到里面的动静。"说着举起她一只手，在手背上吻了吻，露出邪邪的坏笑，"现在，我可以用色相勾引你了吗？"

这一次又是不同的体验，更加柔软缓慢，甜蜜得骨头都酥了。当他终于滑进她身体时，彼此的心跳，更近了。

Chapter 14

卡兹悄悄地走进教堂，沉重的大门在身后关上。

广场上光线刺眼，这里很昏暗，她站了一会儿，让眼睛逐渐适应。一眼望去，教堂空无一人。墙壁上有很多装饰，但这些壁画，多出自没名气的艺术家，所以前来参观的人很少。或许，这也是杰夫选它的原因。她小心翼翼地向前走。教堂内烛光摇曳。在一幅纯洁女神像的周围，堆着供奉的花束，花儿已经枯萎，有股葬礼的味道。

教堂后面不知哪儿传来一阵窸窣的声音，吓了她一跳。她朝墙上的壁龛望去，壁龛里有一盏灯在燃烧。壁龛的下方，墙面上镶着一个牌位。或许，该祈祷了。

"你能听见我说话吗？"是用压低成近乎耳语说的，可听起来依然很响亮。

"能听见你的每一声呼吸。"德福林温柔的声音在耳朵里响起，"很性感。"

她知道德福林在开玩笑，但还是微微笑了："这儿没人。"

"现在还不到十点，咱们的时间正好。不要再说话了，也不要摸耳机。一旦暴露就死定了。"卡兹一惊，愧疚得赶紧把手从耳朵上放下来。会不会有人正监视？从神像背后，还是头顶哪儿？她想到了屋顶的绘画，抬起头看去。其实也不必紧张。如果杰夫来了，就好好谈谈。她已经想好了说什么。来这儿是为了钱——卖画的钱。还有，就是要控制自己的脾气，这是最难的。她必须让杰夫信任自己，然后趁机安排再见一次。如果他没有起疑，离开教堂后，他们就可以跟踪他。德福林希望她把杰夫引到外面的广场，这样他们就能看见了。但她不知道能否做到。至于在教堂里，能发生什么呢？只是外面——如果德福林觉得有必要插手……

她走到小教堂边上一个门口。她现在很安全。要真有什么吓到她——当然这不可能——德福林和两个美国人很近，就在门外。门罗和罗西——两人都是大块头，话不多，有跟德福林一样强壮的体魄。他只是简单地说两人是他的助手，在佛罗伦萨从事保安工作。实际情况当然不只如此，他们肯定以前共事过，她很确定。不过没关系，德福林信任他们，她也……

她没听见他走近。

"卡兹。"她吓了一大跳。"别回头。"声音沙哑、低沉。他走到她身旁，她斜眼偷偷看了一下。他把手扶在低矮的栏杆上，婚戒不在手上，但她认出了手上的那枚金色图章。腕表是新的，而且很昂贵。

她不耐烦地爆发了，打算转身："杰夫，你搞什么名堂？我只是来谈谈——"

"别说话。"这次是带着嘘声的耳语。太痛苦了？

突然她觉得脖子后面的寒毛都竖了起来，不对劲。

"杰夫，什么——"

"你必须停止，卡兹。"说话的语速变快了，有些气喘吁吁，"如果你不的话——"声音刚提高一点点，又刹住了，变成耳语，几乎疯狂，"你必须停下来，不要再找我了。你找我，只会跟嘉美有关。但是我再也没有她了！"

"什么？"卡兹惊得天旋地转，目瞪口呆。

结婚多年，她在杰夫的脸上，从未见过恐惧。

"杰夫，求求你——"她抓住他的胳膊，却发现他脸上的恐惧加剧了，"难道嘉美还活着？她在哪儿？"双手越抓越紧，"你对女儿做了什么？"

"她……很安全。"杰夫恐惧地朝着教堂黑暗的角落里张望着，"必须停止，卡兹，不要看，快回家。趁我们都还没死，回家！"

他猛地一甩，挣脱了她的手。

身后，教堂大门砰的一声开了。

卡兹吓了一跳，回头去看。一群叽叽喳喳的游客向她涌了过来，领头的是个打伞的女子。卡兹赶紧侧身避开，以免被游客包围，然后顺着边儿挤到人群的外面。人群外面是空的。

杰夫已经走了。

Chapter 15

　　卡兹从教堂冲出来，跑到阳光灿烂的广场，德福林快步向她跑来。

　　"没事的。"他紧紧地把她搂在怀里，"门罗和罗西跟着了。从教堂出来后，有人开车接上他走了。"手机响了，他从口袋里一把掏出手机，"是的，我们在路上了。"他冲卡兹点点头，"他往城外方向去了，上车。"

　　门罗朝他们的汽车走过来，摇摇头。德福林推开门下了车。

　　"对不起，伙计。他的那辆车，比我们的速度快一些。已经不见了。"

　　"也不见得找不到。"罗西啪地打开地图，铺在引擎盖上，用手指滑动着找起来。卡兹静静地走到德福林身旁。"我了解这个区域。几年前我在这儿工作过。他一定是在这儿拐弯了。往那条路走，一共只有三栋房子。找出他在哪一栋，应该不难。"

　　果然是第三栋，即最后一栋房子。他们把车停在山上一个可以俯瞰整栋房屋的地方。在车里就能看见杰夫的那辆深红色的莲花轿车。这是栋白色的农庄瓦房，周围是一圈附属建筑——看上去像对外出租的小屋，好像在翻修，边上还有马厩和谷仓。房子外面有个蓝色的泳池。杰夫的车，就停在谷仓门口。德福林用望远镜研究着地形。

"没有任何动静。"他把望远镜递给卡兹，"为什么不把车开进去？"谷仓的门是敞开的。

"也许，打算再出去一趟？"卡兹推测道，"他不可能知道被跟踪了。"她放下望远镜。门罗和罗西从房子前顺路直开了过去，去检查远处还有没有其他的出入口。

德福林按下了录音机的播放键，放在两人座位中间，眼睛依旧盯着那栋房子。教堂里的对话重新播放出来，声音很小但是很清晰。"他着急地想让你回去。"

"他很恐惧。"卡兹颤抖着说，"从没见过他那个样子。他从来没怕过什么。"

"他的演技怎么样？"

"非常好。但这次没有演戏。"

"又是人人都会死的这一套，听起来像廉价剧本的台词。"

"你在场就好了。他一直装着，让我们看起来互不相识的样子。好像有人盯着他。"猛地，她从座位上扭过来，"他知道我在找嘉美。"

"或许是猜测。愧疚会让人错下结论的。"德福林避开了她的目光。手机嗡嗡地振动起来，他掀开手机盖接听，"是吗？"眉头皱了起来，卡兹也紧张起来，"罗西和门罗已经就位了。"他把电话放回口袋，"可以下去拜访你前夫了。"

房子看上去并不可怕。所有的百叶帘都闭着，阻挡阳光。没有杰夫的影子，也看不到有人的迹象。卡兹感到特别紧张。迎接她的会是什么？冲出来，对她大喊大叫，让她离开？她观察着院子和房子，心怦怦直跳。

四周静得很是蹊跷，令人压抑。她想象着嘉美在这儿跑来跑去，在水池里拍水玩。女儿来过这儿吗？还在这里吗？她和杰夫是藏在哪个角落了吗？他是不是告诉她，他们在玩游戏？

身后，德福林在给汽车掉头，让车头对着马路。可她等不及了，不由得独自朝安静的房子走去。她伸着脖子往杰夫的车里看。会不会有什么东西——孩子的书或是玩具？可车里除了一个空矿泉水瓶子，和座位上扔着的一件牛仔服，啥也没有。她轻轻地绕过汽车，看向另一侧，从谷仓开着的门朝里看。

这一看，她突然尖叫起来。

德福林从身后跑过来，将她拦腰搂住，抱在怀里安慰着，然后往回拉。她双手拼命地胡乱拍打，打中了他下巴一下。他疼得骂了一句。"放开我！"她拼命挣扎，面对着他，"看在上帝的分儿上，快把他放下来，快帮帮他——"

"卡兹。"德福林把她脑袋紧紧搂在怀里，捂住眼睛，不让她看谷仓里挂的东西，"太晚了，他已经死了。"

"你怎么知道？"她浑身颤抖，牙齿发出咯咯的撞击声，"也许他——"她抬头，看见德福林脸色煞白，停止挣扎，"你怎么知道的？"

"想一想，我们在上面观察了至少半个小时，根本没看到有人进出。"他头猛地一扬，"宝贝，我们到之前，他已经死了。现在进去，只会破坏现场。"

"噢，天哪！"卡兹用手捂住了嘴，"见面之后，他直接来了这里，就做了这事，杀死自己。"她从德福林的手里挣开，在草地上干呕起来。

德福林耐心地等她吐完，然后，站在谷仓门口比较保险的地方，仔细看着里面的情形。杰夫的身体挂在一根横梁上，微风吹过，微微摇摆。虽然隔着一段距离，但还是能清楚地看到，他脸上毫无血色，已经扭曲变形，脖子的角度极不自然。一架梯子倒在他空悬着的脚下。也有可能，梯子倒地之前，这家伙已经死了。卡兹站起身，德福林递过一块手帕。

"谢谢。对不起……"

"正常反应。"德福林耸耸肩，扭头看着房子。

"我们得报警。"卡兹手放在脑袋上。

"先别。"

"为什么？"

"一旦报警，我们必须马上离开。"说着，电话已经拿在他手中，"门罗吗？过来一下，遇到麻烦了。"他挂掉电话，"晚二三十分钟再报警也没关系。如果这里有嘉美的痕迹，我们一定会发现的。"

"有什么发现？"德福林从餐厅出来，走进大厅，遇到正在下楼梯的门罗。门罗摇摇头。

"楼上房间大多是空的。没有像小孩住的房间。"他脱下了薄乳胶手套，放进口袋里，"我们待得够久了，该打电话叫警察了。"

"是的。"德福林回头，从餐厅门以及外面的法式窗望出去。在露台上的花盆旁边，有个破烂的足球。五岁的女孩，会玩那个吗？"你和罗西一起先走。我去拿一下那个。"说完，他褪下手套，递给门罗，去找房子里的电话。

卡兹坐在一条长凳上，就在翻修了一半的农舍外面。他停下来，把这些农舍再次仔细查了一遍。农舍都是典型的田园小屋，非常漂亮。埃尔莫尔可以好好地利用这些农舍。他在卡兹身旁坐下来。她已经哭完了。

"给警察打过电话了。"

卡兹点点头，望着远方："要是她来过这儿，肯定已经有所发现了。"

"我也这么想。"

她木木地转过来看着他，一脸茫然："她在哪儿？现在该怎么办？杰夫已经——"她别过头去，又抹起泪来。

德福林转头仔细地听着，但没听她讲话。远处的警笛声越来越大，越来越刺耳。她吃惊地张大嘴巴，三辆警车沿着车道，飞驰而来。德福林刚站起身，警车就呼啸着停下，十几个警察从车上跳下来，喊叫着端着枪冲进院子。

Chapter 16

"埃尔莫尔夫人，请告诉我，你前夫喜欢使用暴力吗？或者嫉妒？"

"不！"卡兹按着太阳穴，想减轻脑袋的压力。她的意大利语太生涩了，无法流利地接受警方的讯问。警察发现她跟不上，于是换成英语。农庄的事情太扑朔迷离。当大批警员蜂拥而至时，她和德福林已经被捆起来，并分别押上了两辆汽车带走了。此刻，她坐在一个没有窗户的房间，被问些极其疯狂的问题。

"我真不明白你们想要什么。"她坐在椅子上，挺直身子，"我已经说过了，杰夫脾气不暴躁，不酗酒，也不吸毒。至少我们婚姻维系期间，他没有。"**他只不过是"通奸惯犯"，仅此而已。**"我不知道这跟他自杀有什么关系。"她的声音变了，"今早我见他时，他很害怕，但没有生气。"

"哦，对，你们在教堂见过面。能描述一下当时你丈夫穿的衣服吗？"

卡兹闭了会儿眼睛，又睁开："好像是纯棉休闲裤，深色衬衫和外套，是亚麻的，休闲鞋。"警察做着记录。

"衣服上有没有污渍或是脏的痕迹呢？""没有。当时光线不好，我没有看到。"她抓住桌子边问，"能告诉我这究竟是怎么回事吗？"

"埃尔莫尔夫人，请节哀。请先喝杯咖啡吧。然后，我希望你能再次详细讲述，到佛罗伦萨之后的经过。这次是正式记录，就是人们常说的，记录证词。明白了吗？"说着站起身来。卡兹想点头时，他已经走出去，带上了房门。她一脸茫然。

走廊外面，一位年轻警官正靠在墙上，手里小心地捏着一根点燃的香烟。看到讯问的警察，扬起眉毛问："怎么样？"

"两个人的叙述是一致的。埃尔莫尔夫人来这儿找她的女儿。"

"你认为这孩子还活着吗？"

"就今早上看到的情形？不会了。现在头等要案，是杰夫·埃尔莫尔的这个案子。"拿烟的警官做了个表示厌恶的手势，从墙上起来，"先问完吧。"

卡兹小口喝着并不想要的咖啡，结结巴巴地重新描述着到达后的经过，边说边观察着警察的表情。讯问的警官是个胖子，秃顶，约四十岁的样子。他报了自己的名字和警衔，但她没有记住。终于结结巴巴讲完之后，警察拿起一份文件，抽出一张照片，放在她面前："认识照片里的女人吗？"

"认识。"卡兹一下子认出了照片上带着笑容的黑发女孩，"是个女招待，是她告诉我杰夫在哪儿的。叫朱利亚娜。"

"朱利亚娜·斯福尔扎。"警察点点头，"这个呢？"

这是一张在学校拍的照片。小孩的头发梳得很整齐，衬衫和毛衣也很整洁。

"像……像是餐厅里的小男孩。就是给我送信的那个。"

警察再次点点头。他目光凌厉，嘴上却挂着满意。"多米尼克·斯福尔扎，朱利亚娜的儿子。"他确认道，"埃尔莫尔夫人，请告诉我，这是你丈夫的笔迹吗？"

他递过来一个塑料文件夹，里面装着一张纸。卡兹把纸拿出来，打开。上面写着：

"我没有想到会以这种方式结束。我对不起多米、朱利亚娜和我的女儿。我不知道我在做什么，可我身不由己。这是我回报的唯一办法。"

卡兹重重地点了点头，喉咙发紧，说不出话来。

"是在你前夫尸体附近找到的。"说着，警察又把纸放回文件夹内，"谢谢你，埃尔莫尔夫人，非常感谢你的配合。请在我办公室稍候——"

"不，"卡兹一把抓住他，嘴在嚅动，"请等等，"她清了清嗓子，"我得知道怎么回事。朱利亚娜和她的孩子，他们出事了吗？"

警官脸上露出犹豫不决的样子，但很快不见了。他耸耸肩说："明天，你会在所有报纸上，读到相关报道的。"

他的声音陡然正式起来，脸也板正了："今天早上十点三十分，朱利亚娜·斯福尔扎和她的儿子被发现在公寓内死亡。两人都是被人用刀捅死的。"

Chapter 17

"杰夫杀死了女友和她的儿子，然后自杀了？"卡兹声音沙哑地说。

德福林确认说："这是警方调查的情况。"

"难道，这是他今早见我时，那么害怕的原因？因为杀了人？"现在，他们坐在一个酒吧的外面。她面前的桌上，放着一杯白兰地，丝毫未动。德福林把杯子朝她轻轻推了推。卡兹端起来，一饮而尽，差点呛住。她满眼泪水，"可这一切说不通啊。杰夫为什么要做这些？"

"朱利亚娜知道得太多了，"德福林提示道，"警察这么想的。"

"你懂意大利语？你偷听了警察的谈话？"卡兹感到自己的脸上，露出一种诡异的笑。德福林点点头，没有丝毫的愧疚。这时，她崩溃了，"那张自杀的遗言……警察认为，我的女儿死了。他们不是在找嘉美，而是在找她的尸体。"

德福林的目光倏地一变，很快又掩盖了过去。她还是捕捉到了，觉得浑身冰冷。

"卡兹——"

"连你也这么想。"

"卡兹——"他靠近想握住她的手，但是她躲开了，手指攥成了拳头。

"我不这么认为。说杰夫是个杀手，会伤害嘉美？但是这没道理啊。"她意识到自己声音高了起来，于是又咽了下去，"他从不使用暴力，哪怕是吵架。可是现在，竟要我相信，是他杀死了嘉美，还杀了女友和她的儿子？"

德福林满面愁容："不论发生什么，杰夫都后悔至极，非要结束自己生命不可。"

卡兹坐在那里，死盯着桌上的空杯。"我一点也想不通。"她抬起头，"可是杰夫死了，一切都完了。他是唯一的线索。现在，我们没地儿去找了。恐怕，我永远也不知道嘉美到底怎么了。"她一下子哭了起来，"我又把她丢了，而且是彻底丢了。"她无助地站起来，差点把椅子推翻。德福林扶正椅子，想把她拉到怀里。她使劲挣扎，他只好放手："你要去哪儿？"

"回酒店，收拾行李。妈妈需要我——因为菲尔舅舅。"她内心极度痛苦，浑身发抖。已经收到多条母亲发来的短信，一条比一条紧急。得马上回去。她曾梦想着，带女儿一起从佛罗伦萨返回，现在看来，只是一场白日梦而已。梦醒了，失落感在心里纠缠，远比眼泪藏得更深，"现在，待在这里毫无用处。我的女儿，再也回不来了。"

德福林站在窗边，望着楼下的广场。他订了趟深夜航班的两个位子，打发走门罗和罗西，给警局留了详细的联系方式。他的手提袋已全部收拾妥当，放在床上。租的汽车将在机场归还。他会送卡兹回家，然后再返回希斯罗机场，一早搭乘航班，飞回芝加哥。调查已经完成，案子结束了。

除非这个案子没有完全结束。

他看到一对鸽子落在附近的房顶。那只雄鸽膨起胸部的羽毛，抬头挺胸，昂首阔步，展示着自己的雄性魅力，而那只雌鸽，却十分冷淡。

他没有跟自己开玩笑。警察认为，嘉美·埃尔莫尔已经死了，他无法反驳警方的逻辑。刚才在广场上，他从卡兹眼里看到的，也是绝望。他带给她的，只有巨大的痛苦，让她不得不再次哀悼女儿。她一定想把这种痛苦，以及对他的记忆，都深埋进无底的黑洞里。

正是该死的他，把所有的痛苦强加到卡兹身上。所以，如果他感到此刻内心被撕咬，被什么所吞噬，连他自己也说不清道不明，那就是活该。

卡兹机械地办理着登机手续，候机，然后登上航班。整个过程中，她只是模糊地记起德福林。从迷茫和痛苦中偶尔清醒过来时，她感激他对自己的一路悉心照顾。起飞之后，他的肩膀温暖而有力。她想谢谢他，却找不出合适的话，只是把手放在他的胸前，用手指抓着他的衬衣。

最后，她精疲力竭，沉沉睡去，她只记得最后，德福林的手握着她的手。

一男一女站在行李提取处，等着他们。两人身着便衣，板着脸，手里拿着传唤令。

"德福林先生吗？如不介意，可否借一步，先生？""我他妈当然介意！"德福林终于吐出怒气，"介不介意有区别吗？"他的目光逐一看着两人，然后又看向一脸茫然、站在身边的卡兹，"能告诉我，怎么回事吗？"

两人交换了一下眼神。看来，只是小麻烦，不用恐慌。

男的先开口："要问几个问题，事关菲尔·塞因特警长被杀一案。"女的一直注视着卡兹，露出像是关心的神情。

德福林的下巴松弛下来。他猜想了种种可能，唯独没料到这一点。

卡兹抬起头："菲尔舅舅？"她的迷茫让德福林感到心疼，是你我两人的，宝贝。

他一只手用力地扯了把头发："必须现在吗？"一阵沉默："恐怕是的。"他叹着气，从推车上取下自己的行李袋，把车推给那个女的："我跟他去。"他又回头嘱咐说，"你送埃尔莫尔夫人出去。外面有车，司机在车里等着，是用我名字叫的车。拜托把她送上车。我会回答你们所有的问题。"

两个人又交换了一下眼神，微微点头。女的接过了推车。德福林犹豫了一下，低下头吻了吻卡兹的脸颊。她的脸冰凉。他朝着出口方向轻轻地推了她一下。她瞪大眼睛，脸色苍白。"没事的，去吧，到车里去。"

她看了他一下，眼神让人看不懂。女警官拍拍她的手臂，指着出口。卡兹转身跟她离去。

德福林站在那里，看她离开。

Chapter 18

卡兹紧握电话，似乎要捏碎："德福林走了！"

"我以为你早知道，亲爱的。"苏珊娜的声音十分不安，"警察讯问结束，他就飞回国了，机场都没出。忘了谁告诉我的——哦，对，是警局的联络警官——我给你说过没有？他真的——"

"菲尔舅舅的事，警察为什么要问德福林？"卡兹打断她。

"可能，他名字，写在菲尔桌上的哪个文件上吧。菲尔在调查他，对吗？警方必须调查每个可能的线索。"苏珊娜没法再圆下去了，"我只是在胡说八道，不是吗？我没法集中精力。他们想在电视上报道这事——好向公众征集线索，打电话。"她冷不丁又说，"警方有监控录像，想把杀害菲尔疑凶的照片，在电视上向全国播出。"接着，她又大哭起来，"直到现在，我都不敢相信，菲尔死了。还有那个可怜的意大利女人和她的小孩，还有杰夫和嘉美。这个世界，什么时候变成了噩梦啊？卡兹，哦！"她放声痛哭，声音越来越大，"哦！不！"

"怎么了？"卡兹也警觉起来。

"像是什么东西烧着了。该死，烤面包机又堵住了。"刺耳的声音很像烟感报警声，但显然，是从电话机那儿传来的。电话啪的一声挂上，"哦，讨厌！我该走了，亲爱的。"

卡兹双臂抱膝，坐在楼梯上晃着。德福林走了，连句再见都没说。她回想着机场他们在一起的最后时光。难道不该让她早早知道吗？但那样，她肯定会崩溃的，肯定会震惊和悲伤不已，还有内疚。回忆像碎玻璃一样扎进脑袋。她曾不经意地威胁过，说要拧断杰夫的脖子……

她泣不成声，人又恢复到机场时的麻木状态，又陷入了奇怪的、让人窒息的迷茫。就因为德福林。

离开前，他吻了她的脸。嘴唇碰触她的皮肤，那么温暖。可她走了，把他独自留在机场。他们两人，究竟是谁走出了谁的生活？

很快，她将独自面对一切，还有嘉美的事。

警察认为嘉美死了。

但是杰夫说过，她是安全的？

害怕的男人，杀手？

没有比死亡更安全了。现在，谁也无法伤害她。

如果你杀了一个女人的孩子，你会怎样告诉她？

我再也没有她了——因为没有人拥有她？

卡兹紧咬着牙。不管她心里有多空、多失落，也不管将面对什么障碍，她都不能放弃。杰夫不在了，她要做的更多。不论代价如何，她都必须弄清真相，弄清女儿到底怎么了。而且，一定要把她带回家。可在眼下的特殊时期，她得先照顾好母亲。

尤其是在整个诺丁山被怒火吞噬之前。

这一次，楼顶房间的电话刚一响，就立刻被接了起来："看在上帝的分儿上——我没有下令屠杀！"

电话那头传来低沉、嘲弄的笑声："你得到了想要的结果。怎么安排是我的事。这次的结果我当然满意。那个女人和她的儿子，是个意外的乐子。一时心血来潮，就把他们也带上了，没有额外收费。""你已经拿到费用了。"

"是拿到了。"

停顿了一下。

"确信一切都安全吗？"

"没有任何东西会指向你……不过，有个小小的尾巴。"声音渐渐消失，双方都在等待。

问题终于问出来，低调而又谨慎。"是什么？""警察在找孩子的尸体。"

吸气的声音："还有呢？"

"是时候给他们了。"

"回来，德福林。拜托，伙计，你在听吗？""嗯！"德福林把注意力拉回办公室，他搭档的身上，此刻，鲍比正懒洋洋地坐在办公桌对面的椅子上。

"该死，伙计——整整二十分钟，我一直在给你介绍奥哈拉那活儿——那是个大合同，是迄今为止我们拿过的最大的合同。我好不容易把这个合同拿上，你却在那儿计算半个欧洲的警力——你知道我没有吹牛。我说了这么多，可你却一个字都没听。"

"奥哈拉，全新大型电影节，回那个家伙的故乡，西海岸，明星、导演、制片人，还有其他，杂七杂八的，安全、保护。"德福林嘟囔着。

鲍比嫉妒地点点头："好啊——原来你会一边犯傻，一边听我说话，好把戏。"然后，他后靠着椅背跷起腿来，"如果说保护人员的名单中，卡梅隆和凯瑟琳·泽塔·琼斯都不会让你激动的话，你好歹对这一单的赚头感点兴趣好不好？"鲍比建议道。

他仔细地看了德福林一眼："还是没用，是吗？"他站起来，绕过桌子，走到德福林跟前，靠在桌子上，"你半颗脑袋都在欧洲。为工作还是为女人？"看到德福林的眼睛微微动了下，"两者都是？天哪！"他踢了德福林的椅子一脚，"说出来？"

"谁让你当我心理医生了？"

"没人。是我太愚蠢，自告奋勇咯。考虑到这最后一单你的表现，我已经够包容了。拜托，德福，透露一下。"鲍比不耐烦地打着手势，"我知道些基本情况。卡兹·埃尔莫尔是个漂亮妞儿，可是活儿却让你搞砸了。我是不是该揍你个半死？"

"试试？"德福林吼道。鲍比盯着他："如果管用的话。"

德福林先收回目光，看向别处。鲍比等着他开口。"这跟卡兹·埃尔莫尔毫无关系。"德福林说。

鲍比挺直身子，打量着这位老友，既替他同情也替他遗憾。同时，还得藏好这种情感，不能被他发现，否则自己就完蛋了。那种眼神又出现了。德福林要么已经上了卡兹·埃尔莫尔，且极渴望再上一次；要么还没上，后悔不已，想抽自己。鲍比想笑却不敢笑。这点嘛，可以旁敲侧击出来。有的是人喜欢钱。现在，他也想见见这位宝贝儿埃尔莫尔。她一定特漂亮，甚至超乎想象，否则怎么能把这位冷血杀手勾得颠三倒四？跟世上俗人一样，这家伙思考前程，用的也是下半身……真他妈棒。

鲍比做了个深呼吸，清醒过来。这件事很严肃。如果德福林想聊这位女士，他得听着，就像不知从哪个鬼地方又冒出个雪地车订单一样。同时也意味着，自己必须接手这个烂摊子。他们或许还能搞定。他也吃不准。

"好吧——我得跟你一起出神吗？我们要做什么？"她看着德福林的眼睛睁大了，鲍比有点偷着乐。

"我们？"

"这事牵扯到两个小女孩，忘了？"鲍比平静地说。

"我见过那几个女的了。莎莉·安的妈妈……"他停了一下。他也在琢磨，在她敌意、愤怒和酒醉的背后，能有多少痛苦和内疚。他耸耸肩。

"她的外祖母非常伤心。告诉她外孙女死了也没用，所以，还不能透露给她这个消息。首先，必须证明嘉美·埃尔莫尔没在那次车祸中，然后，再证明车祸中死的女孩是莎莉·安。除非我们把嘉美·埃尔莫尔带回家，无论是死还是活，否则就没法结案。"他挺直了身子，"所以——再问一遍——我们要做什么？"

德福林犹豫了一下："谢谢。"

鲍比晃着一根手指："少来这些装模作样的废话，我可不吃你这套。别跟我道歉，赶紧回来继续讨论嘉美的案子、奥哈拉的订单，还有其他的例行狗屎工作。明白了吗？"

"这就谈嘛，"德福林拖了拖身子说，"还是谢谢你。"

"好。"鲍比低头凑到德福林面前说，"咱哥俩一起时间很久了。他妈太久了。"说完，耸耸肩，离开办公桌，"奥哈拉希望近几周跟我们见面。见面时，我们得拿点像样的东西给他看。所以，还有时间，再去嗅点东西出来。"

"还可以继续深挖，挖出一大堆东西，也可能说明不了什么，毫无用处。"

"但这是必须抓住的机会。"鲍比听上去很有哲理，"你在想莎莉·安跟埃尔莫尔的女友，两人怎么搞到一起的，对吧？"

"还有，失踪期间，她究竟在哪儿？埃尔莫尔怎样把女儿带出美国的？"德福林伸手拿起电话，拨了个号，然后，做了简短的电话留言。"是门罗和罗西，"面对鲍比疑问的目光，他解释说，"想看看他们那头查到些什么。整个嘉美这件事……"

他焦躁不安地挪动着身子："一切都对上了。""全对上了？"

"这讲得通，也讲不通。埃尔莫尔杀了他的女儿、他的新女友，还有女友的儿子，然后悔恨交加，无以求生。故事很漂亮。可他为什么要抢孩子？难道为了杀她？"

"还有车祸，为什么？想掩盖真相，却遭到女友勒索？"

"有可能。"德福林看向旁边，"再说一遍，大家都认为嘉美死了。"

"但如果没死——"

"那人究竟在哪里？"德福林轻轻说完，看着鲍比。鲍比与他的目光相遇，吓了一跳。这种目光深邃、烦恼，又毫无防备，他从来没料到会挂在德福林的脸上。

他俩第一次见面，什么时候来着？六年前？七年前？是卡斯泰尔斯的那个案子。一听说要跟个英国佬合作，他挺不乐意的。但是命令就是命令——国际合作，必须干。妈的，结果还真他妈管用。两人合作得非常愉快，经常一起说笑，一起咒骂他们的阴毒、枯萎的灵魂。六个月后，他在另一起国际合作中出了点岔子，当时德福林就救了他一命。不出一个月，他以同样的方式，报了德福林的救命之恩。所以，合作久了，新鲜劲过了，两人越来越熟。后来，德福林带着计划来找他——换新身份，干新事业，开始新生活。恰好，他也正想离开。于是，他成了今天的鲍比·霍格，也有了存款，这不，马上就去拥抱好莱坞的漂亮宝贝。而他的搭档，穿着高档的西装，看上去却非常痛苦。

德福林继续说："这个案子，我很困惑，一开始就纳闷儿，老是有种预感——具体也说不上来是什么。好像这背后，有个什么东西，或是什么人。"他挠挠脖子，"好吧，告诉你，我疯了。"

"你疯了。"鲍比乖乖地说。**或许是太过心急，想把女儿还给卡兹·埃尔莫尔，迷雾重重，就开始胡乱出手了。**"能具体说出点什么特别漏掉的吗？"

"这……还不能。"德福林停住，"没有。"

"除了？"鲍比提醒着，想让他想起点啥。或许，因为他想到的东西，会不会揍自己一顿？

"那个谷仓，有点……有点让我想起了卢斯。""卢斯死了。"鲍比发誓说。

"你见过尸体？"

"嗯？执着的偏执狂？你脑子坏了吧，伙计。"鲍比站起来，到窗边，从小冰箱里拿出两瓶啤酒，递给他一瓶。

德福林对着瓶嘴猛喝一口，眯起眼睛："正是偏执，才让你还活着的。"

"对，好吧。"鲍比屁股靠在墙上，"你说的是在奥地利的时候，谋杀伪装成自杀的样子，尸体挂在——一个谷仓里。"他慢悠悠地说。

"对，"德福林点头，"就是那个案子。当时我忘了你也在那儿。我后来在医院醒来后，才想起的。"

"我没在现场，不过你描述得非常生动，现在想起来，非常不敬。"鲍比摇摇头，"可是这次，伙计，你却失魂落魄。除了杰夫·埃尔莫尔的死法，还有什么能让他跟卢斯联系起来？"

德福林耸耸肩："没有。要不怎么叫偏执狂呢！"鲍比若有所思地把酒杯举到嘴边："要是卢斯没死，而且，发现你也没死……那就热闹喽。"

"我去出票。"德福林的声音沉了下去，"不会有人知道我活着。如果卢斯没死，那他早就知道我还活着了。"

Chapter 19

　　德福林斜在车里，对着水瓶猛喝一口，把瓶子扔回座位上。他和鲍比已经上路三天了，在亚特兰大的周围，寻找埃尔莫尔的足迹。这好歹是个办法。目前为止，他们对小镇挨个进行了拉网式的搜查。今天是排查的最后一天。奥哈拉那边的事，还有别的，都放在一边。

　　街对面的一个招牌闪闪发光，欢迎他来到快乐时日汽车旅馆。他们住这儿第四晚或是第五晚了？反正忘了。旅馆看起来名副其实，很干净，打理得不错。裤兜里手机振动起来，他拿出接听。"是吗？"

　　"有什么发现？"鲍比从小镇的另一头开始排查。汽车旅馆、宾馆、旅舍等挨个去过问，大约需要一个小时，两人会在小镇主街的中间会合。

　　"没有。你呢？"

　　"两个大概加一个电话号码，是位洗衣女佣的，她觉得我特帅。"

　　德福林哼了一声："大概呢？"

　　"就是不一定是真的。一个是一家酒店的咖啡厅。有位女服务生回忆说，好像埃尔莫尔在那儿吃过几次早餐，小费给得很多。但不确定是否有别人一起，因为太久了。"

　　"这小费听起来倒像是埃尔莫尔。"德福林叹了口气，"继续吧。回头见。"

"对不起，先生，住宿记录——"

"我不看住宿记录。你只消说是或不是。"德福林把四张照片放在前台上，"你见过这几个人吗？"他已经想到会是否定答案，但他没有听他嘴里的嘟囔，而是看着他的眼睛。

服务员的眼中闪过一丝认出的神情，德福林立刻明白了。"不认识，对不起。"说着，开始整理柜台里的文件。"那太糟了。谢谢你帮我看这些照片。"

他在第二十四号单元门口找到了想要的东西：一辆清洁车。一个橄榄肤色的小男孩，坐在清洁车旁边的地板上。太好了！德福林蹲下来。

"你妈妈，在里面打扫卫生对吗？"

男孩小心翼翼地点点头。

"你每天和她一起来上班吗？"

小孩很谨慎，又点了下头，不太确定。

德福林从口袋拿出照片："你跟妈妈来时，有没有见到过这些照片上的人呢？他们在这儿住过吗？"

他把照片一张张递过去。递到埃尔莫尔和吉玛时，小男孩又分别点了下头，他一下子心跳加快。刚要递嘉美的照片时，身后传来咔嗒一声："保罗，你在——哦！"

"对不起，女士，我吓了您一跳。"德福林旋即站起来，转过身，面带微笑对着她，"只是问孩子几个问题。没事的。"

"什么问题？"她的眼睛跟她儿子一模一样，露着愤怒和惊慌，"我从没带他上班过。这是头一次——"

"没事的。"德福林张开双手，不让她辩解，一只手心捏着一张二十元美钞。

钞票不见了。德福林解释了照片的事，拿出来让她看。女保洁员拿着照片，一张张地翻看，脸上的表情突然亮了："这是埃尔莫尔先生和埃尔莫尔夫人，"她看着照片，轻轻地叹口气，"还有两个漂亮的小女孩，一个黑黑的，另一个很白，像个天使。非常温馨的一家子。他们在这里住了五天。"

"五天？两个孩子？像一家人一样住着？"鲍比吹了声口哨。两人正在当地一家餐馆里吃晚饭。鲍比往嘴里大口地塞着汉堡和薯条。德福林倒了一杯黑咖啡。

"保洁员是这么说的。9月底，正好是他们住到事故现场附近的汽车旅馆之前，警察也检查过那里那家旅馆。保洁员能记得他们，是因为她的孩子和两个小姑娘一起玩过。他们走后，她孩子还难过了一阵。"

"但那——"鲍比困惑地摇摇头，"那时候，他们一定已经开始谋划逃跑的事了。""肯定了，"德福林同意说，"再加上没时间了。"

"五天，"鲍比思忖着，"看来我得再去见见那个露安妮·切西卡了。"

德福林点点头："是的。"他做了个鬼脸，"你还记得我说的不祥预感吗？"

"别说了。"鲍比翻了个白眼，"比我们想的更糟？"

鲍比站在酒吧入口，让眼睛适应里面的昏暗。自动点唱机传出乡村歌手的鬼嚎般的歌声，歌词唱的是男人的欺骗，听不出歌手是谁。走进熟悉的酒吧，立刻被缭绕的烟雾，还有经年累月积下的烟味和酒味所笼罩。从吧台里的镜子，他找到了自己的目标。他走过去，坐到她旁边的高脚凳上，她抬起头。

吧台里，侍者走过来。"来杯啤酒，"他点了喝的，"再来一杯那位女士喝的东西。"

"苏打汽水。别忘了加片白柠檬。"侍者朝她看去，她加了句。侍者咧嘴笑了笑，给了她一个手指的动作。露安妮也笑着回了他一个手指。

她一边在座位上转来转去。"我认识你吗？"一边仔细打量他，"你是那天来问我女儿的人。"鲍比点点头。她眼里闪过一丝抽动，"永远也忘不了我的小可爱，哪怕是喝醉了。那天我醉得够呛，是吗？说吧。"看到鲍比犹豫，她鼓励道，"我能受得了。"

"是啊，"鲍比慢吞吞地说，"你能的。"

"埃迪刚离开我，莎莉·安也跑了。"她紧握着杯子，"现在我没醉。你那天走后，我就扔掉酒瓶，之后，再也没有碰过一滴酒。一定是被你的魅力改造了吧。"侍者把一杯饮料放在她面前，她点头表示感谢，"你有名字吗，帅哥？"

鲍比说了名字，她在嘴里反复念叨着。鲍比仔细打量着她，竟有些吃惊。她脸上的浓妆不见了，白金色的头发不再凌乱地堆在脸上，而是整齐梳到脑袋后，像瀑布一样披在肩上。身穿一条淡粉色的裙子，虽然不能完全遮住有点走样的丰满身材，不过一点也不让人恶心。他突然觉得腹部冒出一股激动。卸掉浓妆艳抹，没有了暴露着装，露安妮·切西卡原来挺迷人的。而且，不仅如此。

"你搬出房车营地了？"先从那儿问起，然后再问酒吧的事。

"那个房车是埃迪的。我回到我自己的地方了，在镇上，是个狗窝般的小公寓。"她叹了口气，"至少很干净，很便宜。我又找了工作，当服务员。"她指了指自己的裙子。鲍比仔细一看，这才发现，她穿的，是件套头工作服套。"鲍比·霍格，你知道我能做到的——改掉不良行为。我猜，我女儿死了。为了纪念她，至少，我得先让自己好好地活着。"她噘起嘴巴，"有点晚了，可管他呢。"她侧过脸来斜眼瞧着他，"帅哥，他们才是我的烦恼。我这人很讨厌，老爱挑剔，也经常焦虑。现在，我本该跟莎莉·安的爸爸，一起好好过日子的。他是一个好人，虽然不像你这么可爱。"她喝了一小口饮料，"但也算可爱。他是个管理员。是我太笨，现在才知道他的好。为什么我会告诉你这些？"

"因为我长着那种脸？"

"或许。"她把钱包摸出来，放在吧台上，"你还有许多问题要问，对吗？关于莎莉·安。"

鲍比趁机说："你说她失踪了的时候，其实她并没有？"

"是的。"她脸上笑容消失了，"那是以前。我和埃迪，有点问题……其实，我并不清楚莎莉·安什么时候离开的。或许，我们可以对一下时间。"她转过来看着鲍比，在他的脸上搜寻着，"你必须告诉我为什么要知道这个。别说废话。"

鲍比考虑着。还是听从腹部的感受吧。**只有他的腹部？**

"好啊。要不到那边去说？"他指着酒吧的包间。

"不行。"她喝光苏打水，"得上班去了。"她跳下凳子，笑着说，"你可以一起去，鲍比·霍格。你去餐厅吃饭，坐在角落，可以喝喝咖啡，吃吃玛丽洛山核桃馅饼，那是全美最好吃的山核桃馅饼。我十点半下班。"她平视着，久久地凝望他，眼底习惯性地露出一丝挑逗，"然后，你可以陪着我，让我远离这种酒吧。"她把手放在他大腿上，"鲍比·霍格，陪我熬过漫长的黑夜，我会告诉你想知道的一切。"

德福林正吃着熏肉和华夫饼，鲍比一屁股坐进对面的座位。他刚想说点俏皮话，看到鲍比的脸，又咽了回去。鲍比朝服务生点点头，服务生立刻给他倒了杯咖啡，递过菜单。"来一份他吃的。"鲍比没看菜单，对服务生说。

"还在做梦呢，孩子？"德福林扬扬得意地说。鲍比没有抬眼，只是盯着咖啡。

"汽车旅馆的保洁员是对的。露安妮不知道莎莉·安失踪的确切时间。所以跟她告诉警察的不一样。她说失踪了有两三天，甚至更长时间。在那儿之前，很长时间了，孩子一到白天就不见了。孩子最后一次回来，是取自己东西的。"

"莎莉·安跟埃尔莫尔还有他的女友待在一起后，打算永远离开。"德福林边想边说，"埃尔莫尔骗了她，然后把她卷了进来。他应该是答应带她去外祖母那里吧？"

"很有可能。"

德福林双手搓脸："这个婊子养的冷酷东西。"

鲍比的早餐端了上来，他拨弄着培根："我不得不告诉露安妮，我们为什么要调查莎莉·安。但我只说了车祸之后，埃尔莫尔趁机抢走女儿的事，没讲别的。我也说了，目前没法证明，但正在努力。她，也不会告诉别人的。"

德福林犹豫地看着埋头吃东西的鲍比："好吧。"说着，从椅背上拿起外套，"我去取点钱，半小时后，车那儿见。"

"你要去哪儿？"

"镇上随便一个加油站，都有拖吊车。"

"到底要找什么？"鲍比嫌恶地看着四周。全是汽车残骸，废弃的机器零件，堆积如山。还好，这儿没狗。

"找吉玛开的那辆车。"德福林看着堆积如山的金属垃圾，"据拖走的那个家伙说，撞毁的车，最终都会到这儿。一定要找到它，买下来，然后送到最近的法医实验室。"

找车花了两个小时。鲍比眼看着德福林用一卷钱，换回一堆生锈的金属残骸。

"过去这么久了，这堆垃圾还能带来线索吗？是治安警漏掉了什么吗？"

"治安警不会查车的。也无须检查，司机醉驾，还吸了毒，开车撞毁了。案子出来，案子结束。"

"那车究竟是在马路上，还是冲出马路了？"

德福林点点头："知道吗？我的那种不祥感觉，这是其中之一。"

Chapter 20

芝加哥正在下雨。下得正好，因为很符合德福林此时的心情。这些日子，即便阳光明媚，一切都还笼罩着一层灰暗。尤其出太阳时，灰暗更加明显。

德福林把文件夹和三个信封倒在鲍比的桌子上，鲍比拿起文件，一边翻阅一边笑得合不拢嘴。是向奥哈拉提交的工作计划。"不错啊，伙计。都能听美钞的声音，能看到性感宝贝儿们踩红地毯、扭猫步了。"

"别急着清理你的燕尾服。就等着被围追堵截，被疯狂的粉丝和狗仔队堵在路上吧。"

鲍比笑着，伸手去拿信封。德福林敲着最上面一封说："吉玛·史密斯私人医生的证词。先别问，还有她前室友的证词。这个女孩很干净。大学期间，有位朋友因为吸毒过量，聚会后死在她的当面。所以，她从来不碰毒品，也滴酒不沾。"

"又是头一次发现。"

"看看下面的。"

是法医实验室和事故调查员出具的报告，一共五页。报告记录十分仔细、详尽、彻底，也很昂贵。最重要的在第三页，关于汽车安全气囊和刹车系统的检测报告。还有第四页，汽车尾部、侧面的油漆刮痕报告。鲍比皱着眉，打开最后一个信封，滑出来一封带有保险公司标识的电子邮件。读完后，他吹了声口哨。

"一百万？什么币种？美元？"鲍比皱着眉，放弃了心算，"这交易可不傻。"说着，把信封都叠起来，"这里面，没一样是决定性的。"

"单个看不是，但是放在一起呢？没必要用法庭查证衡量。"

"可是这些，究竟能把我们引向哪儿？"

"一场并非意外的车祸。是杰夫·埃尔莫尔设计了这一切吗？"**我再也没有嘉美了，**"还是别的什么人？"

德福林的步伐重重地踩在人行道上，一步紧接着一步。他大口呼吸，加快了速度。早晨此时，跑步的人很多。有些人慢跑，有些人成双成对，大都戴着耳机或音乐播放器。还有个人带着一条毛是银色的狗一起跑，轻快的跑鞋后面，画着天蓝色的眼睛。人若想有这种颜色的眼睛，需借助隐形眼镜才行。运动，既有助于健康，又有利于社交，而且效果很好。但对于德福林，只是跑步。他运动，是因为他必须这样，因为腿上肌肉的速度和力量，没准哪天就会救他的命。

他跑步进入另一条路。他可能置身任何地方。这儿不是日本，因为脸不对；也不是阿姆斯特丹或威尼斯，因为没有运河；这儿也不是阿拉斯加，因为没有雪。可谁又知道这个呢？

没有家，又怎会想家？他右拐，朝着山的方向继续跑下去。

淋浴水很热，浴室湿漉漉的，澡冲了很长时间。穿衣服时，德福林不停地去瞅那个斗柜，上面就放着昨天他拿给鲍比看的信封。信封的上面，又新添了两个信封。肚子里一阵儿恶心。昨天，他和鲍比把事情都串了起来，可是现在该怎么办？拿到伦敦，给她看？看她茫然而绝望的眼神？因为，无论他发现了什么，都无法把女儿还给她。

或许应该告诉她，他是如何在夜里醒来，伸手去摸她，结果碰上硬物，撞得生疼。告诉她，如果她允许……

他骂了一声，抓起床上的外套。那个可以再等等。还没有收到门罗和罗西的回信。他拉开斗柜抽屉，把信封全扫到里面，头也不回地走出房门。

电话一直在响，始终没人接听。最后，他把听筒扔了回去。门罗和罗西，两人同时音信皆无，办公室的电话永远没人接听。他忍着内心的怒火。他们大概出城了，要么办案，要么度假……

看到鲍比悠闲地进了办公室，他才把注意力转过来。

"这是奥哈拉给的备选场地名单，初步的。让提意见，看是否合适。"

"是吗？"德福林伸手接过来，觉得眼睛发涨，"社区大厅，美术工艺品中心，"他慢慢念着，"你说过奥哈拉想回报故乡，西海岸的小镇。你该不是说，他指的是爱尔兰西海岸吧？"

鲍比的脸露出祭坛男孩一般的天真表情："我确实提到过。我还以为你没有听呢。"

一切正常。跟往常一样去上班。还是做那些平常干的活儿，常走的路线。熟悉的院子、熟悉的环境，一座座温室，用市场棚屋改造成的办公室。卡兹忍着悲痛，俯身倚在冰冷的铁架子上，像往常一样地工作。她蹲在地上，轻快、准确、坚定地翻着一棵棵豌豆苗。泥铲飞快地插进土里再拔出来，把小苗摇松再从盆里拿出来，一棵一棵分好，扔进洞里。她不停地干着，一切看似正常。这是个完美的5月清晨，阳光明媚。她能听到隔壁的切尔西药用植物园传来的向导解说声。植物园还没有开园，导游正领着一队贵宾在周围游览。天天如此。她可以假装舅舅没有遭枪杀，前夫也没有自杀。她可以假装女儿并没有失踪，而且也可能没有死。她当然也可以假装从未遇见过一个叫德福林的男人，更不用说假装没跟他睡过。一切都可以假装，一直装到老，装到牙齿掉光。

她长呼出一口气，身体后倾，蹲在脚后跟上，审视着正在制作的这个悬挂花盆。至少现在，她不流泪了。她为菲尔、杰夫和嘉美都哭过，她当然不能因为德福林哭。一定是他觉得该走了。她无所谓，她不需要他。欲望与需要不一样。那几天只是欲望。证明需要性而无须什么承诺。但德福林也成了她对情人，也是对自己的黄金标准。他的工作已经完成了。

"喝点茶？"

"嗯？哦，谢谢。"卡兹就势坐到了小路上，接过助手特丽莎递过来的茶杯，杯子上印着粉色的青蛙，"特丽莎，谢谢，你真是个小可爱。"

特丽莎推了推简易手推车，看是否稳固，然后优雅地坐在上面。她的杯子上是只蓝色青蛙。"你还好吗？"她轻轻地问。

"你也知道——"卡兹双手一摊，"一阵儿好，一阵儿坏。我明天约了一位调查员，是专门调查儿童海外失踪的，希望能得到点建议。"

"那个美国人没查出什么吗？"

"他的确帮助很大，但他不是长久之计，他得回美国。"卡兹把一棵歪苗扶正，按进盆里。

特丽莎点点头，表示理解。"继续装盆吧，我们一定会为你骄傲庆祝的。噢，"而后她抬头用手指着，"有人叫你呢。"她咯咯地笑了，"要么是找你帮忙，要么就是汤姆又玩什么花样了。"只见领班在办公室的窗口，冲她们做着电话的手势。"我帮你装完这只花篮，放到货车上。"特丽莎自告奋勇，"快去，看他什么事。"

卡兹急忙站起来。汤姆在办公室门口迎接她，皱着眉，一脸关心："警察打电话找你。从意大利打来的。"

卡兹的手放在门把手上，静静地站着。无论多么艰难，她都必须这样做。行李已经收拾好，就在楼下大厅。手提包里的东西也检查过了，查了两遍。护照、现金、匆忙打印的航班时刻表。她看了看表，腋下的手提包轻轻地撞了她一下。再过不到二十分钟，特丽莎就会来，接她去机场。她们会在去的路上，核对一周的工作计划。这是眼下最后一件事了。意大利警察对需要的东西非常明确，详细地讲了怎样包装、怎样快递。说完她挂掉电话。不能乖乖地在这儿坐等。

她迅速地拧着门把手，一把推开门。

她身体晃了一下，吃惊地站在门口。

她都忘了这是嘉美的房间。对儿童蜡笔画和漂亮图案的记忆已经消失。房门猛地撞到墙上，一阵颤动。房间里是欢快的颜色，有种节日般的氛围，迎面而来。这是适合小女孩的房间，她已经不再是婴儿了，马上就该过五岁生日了。这些颜色和家具是她们一起选的，浅色的木质家具，深蓝色的地毯，还有墙壁的颜色。卡兹在门口犹豫着。阳光闪耀在奇异鸟和树叶上，这是嘉美从迷人的仙女、小马，以及各种卡通人物等众多的形象中，特意精心挑选出来的。树叶繁茂的树枝上，鹦鹉和爱情鸟们，或是飞翔，或是起舞，或是打闹，或是歪着脑袋，探询着什么。

"哦，宝贝再也看不到它们了。"

卡兹哽咽着，抽泣起来。她闭眼站了一会儿，咬咬牙。必须赶快，没有时间了。

那只圆圆的发梳就在梳妆台上。卡兹看着它，眼睛又湿润了。这是她们一起买的旅行套装里的，还有一只浅粉色刷子和梳子，是专为美国之行买的。嘉美特别高兴。刷子和梳子可能被苏珊娜打包了，跟装有女儿物品的箱子一起，放在商店的储藏室里，以免她见了，又伤心落泪。卡兹抓起发刷，从裤子口袋里掏出一个塑料袋抖开，把发梳放进去包好，捆成一个小卷，用微微颤抖的手指，塞进手提包的最里面。

她站在那里抽泣了一会儿，慢慢平静下来。房间的氛围包围着她。这里安全、安静、一尘不染。她怀疑，是苏珊娜经常悄悄地溜进来打扫，这里才这样干净。因为自己一直不敢面对。直到昨天……昨天开始……一切都结束了。

她站在房间，环顾着四周。这是一个鲜活的孩子的房间，已经布置停当，只等小女孩归来。女孩跟父亲去度假了，等她回来，给她个惊喜。

除了……

卡兹突然膝盖发软，一下子坐在床上。画中鸟儿们的眼睛，似乎活了，仿佛在嘲笑。它们从墙上看着她，还有什么从枕头上看着她。"哦！小马派奇！"卡兹将那匹瘦瘦的斑马布偶抱在胸前，紧紧地搂着，摸着它那熟悉的长鼻子大脑袋，和弯曲的、柔软的、带着关节的长腿。这只斑马布偶是陪伴嘉美最久的玩具，也是最能给她安慰的玩具。

卡兹想咽下眼泪，却发现做不到。女儿的脸，庄严而坚决，在她的眼前浮现，伸出拿着斑马玩具的小手说："我不想把斑马派奇带去美国，它会迷路的，小马说要留下来，照顾你。"

"噢，亲爱的宝贝。"卡兹把布偶抱得更紧了，身体剧烈地颤动着。

阳光明媚，寂静无声，唯有自己的抽泣声。楼下传来门铃声。卡兹深吸一口气，停止哭泣，放开派奇。斑马倾斜着小脑袋，似乎在抬头看她。黑纽扣的眼睛闪闪发光。

警察想要嘉美用过的东西。梳子是用的，可派奇是嘉美爱的。卡兹低吟一声，把小斑马也扔进手提包，背在肩上，朝门口走去。

特丽莎站在门口。她身后，苏珊娜正从街对面过马路，挥手打招呼。"太好了，正赶上你在。院子门关着，我正打算绕过来给你送这个。"她举起手里的一堆文件，"我们需要选择……"她提高声音说，"为了菲尔的纪念仪式。"突然看到女儿的表情，她打住了，"怎么了亲爱的？出什么事了？"

"警察从意大利打电话了，说发现杰夫的另一处房产。"卡兹犹豫着，看到母亲一脸紧张，不得不撒谎，"警方……警方正在搜索。"特丽莎先是瞪大眼睛，瞬间明白后，眼神又恢复正常。"他们想要……"卡兹抓在提包上的手不由得抽搐了一下，"我离开意大利之前，给他们留了DNA样本。"样本采集过程相当简单，只用棉签在她嘴里蘸了一下，与她之前想的完全不同。"现在警察要嘉美的DNA来匹配。万一他们找到……什么证据的话。他们让我把东西寄过去，但是我不想待在这里干等，我必须亲自去。"她的声音越来越高，盖过了内心的痛苦和恐慌，"可你……是我想得不周全。菲尔的纪念仪式，我该陪你一起的。"

苏珊娜用力摇摇头，脸色苍白，但还镇定："没必要，亲爱的，我能应付。菲尔已经出了事，再怎么着也回不来了。意大利那边，你一定要去。这就出发去机场吗？我可以开车送你，车就在院子外面。"

"不了！"她差点喊出来，"有特丽莎送我，"她继续道，声音平静了许多。如果母亲送她去机场，她不知道还能不能保持冷静。苏珊娜满怀感激，拥抱了特丽莎一下："拜托你了，安全地送她上飞机。"她回身转向卡兹："去吧……落地后，给我打个电话。"

都柏林正在下雨。德福林走进酒店门厅，抖掉头发上的水。乌云似乎一直跟着他。或许这些乌云，是用他的心情做成的。他把鲍比一个人丢在餐厅，由他在自助早餐的餐台前挨个取食，仿佛不吃，就没吃的了似的。现在，他大步流星，顺着街道往前走。这会儿没啥事情，就等着搭档吃饱喝足，准备开工了，去检查备选的场地。

鲍比站在酒店前台，前台的女服务员刚递给他一张折叠的字条。

"奥哈拉想重新安排时间？"德福林难以置信地盯着留言条，"这是个什么消息？"

"这是密码，"鲍比解释说，"意思是，奥哈拉想重新安排个时间。"

"真是头聪明的驴！妈的，这家伙让我们横穿大西洋飞来，却……"

"德福！"鲍比推搡着他转身来到走廊，走廊空无一人。他飞快地扭头，来回查看一番，打开最近一扇门，半推半搡地把挣扎的德福林推了进去。里面是个空会议室。他一把掏出手机，递过去，"给她打电话。"

"给谁打电话？"德福林没理递过来的电话，走到窗前，愠怒地看着下雨的街道。

"你当然知道给谁打。"鲍比跟着他走到窗前，手里还拿着电话，"奥哈拉推迟会面，我们还有一天时间。伦敦不远，也就是一两个小时的距离。你要是不打，我给她打。"

"打电话说什么？"

"说我被迫开枪打死了你，把尸体扔到附近的沼泽地。"鲍比白了他一眼，"打个电话吧，好吗？"他递过电话，硬塞给德福林，可他死活不肯接，鲍比只好把手垂下来，"真该死，德福，我们费了那么大的劲，好容易才把她女儿失踪的事，捋顺时间，拼出点眉目。你不觉得她有权知道吗？"

德福林靠在墙上，双手插在口袋里："又没把孩子带回来。"

"这重要吗？""当然重要。"

"或许没那么重要。也许她没想到你会告诉她这些。而更重要的是，为了她，你才做这么多的。好好想想吧。拜托，给我个面子，打个电话给她吧。"鲍比转身朝门口走去，"她要是不挂断电话，你就明白了。"

"明白什么？"

"明白你不是超人，可是女人却从来不管这一点。"鲍比抓着房门，又回头说，"你必须告诉她，德福林。她若不想听，那是另一码事。要是那样，我还得开枪打死你。"他的右手做出手枪的姿势，砰地开了一枪，然后关门走了出去，留德福林一个人站在屋里。

德福林看着闭上的房门，待了一会儿，发现没什么动静，没人进来。于是，急忙拿出手机和钱包，又抽出一张名片，手指微颤着开始拨号。

鲍比懒洋洋地坐在大厅椅子上，伸着大长腿，警惕地盯着走廊，和空会议室的门。他不知道自己的举动，会不会引发一场爆炸。但他有种预感，于是推了德福林一把，希望朝的是正确的方向。对，"希望"，就是这个词。要是德福林从那门里出来想找麻烦，那就不用客气，给一记鲍比式拳击。

门慢慢开了。德福林居然一脸茫然地出来了。哦，该死。

"她不在。"他站在鲍比的椅子前，"接电话的是她同事，说她正赶去机场。意大利警方在距离上次那个农庄很远的地方，找到埃尔莫尔的另外一处葡萄园，还发现了一座坟墓。"

Chapter 21

"埃尔莫尔夫人到楼下会客室了。"来人说完，带上房门出去了，只留下房间里的人，考虑着这个消息。

局长叹了口气："来得真快，一分钟都没耽搁。唉，我给她往伦敦打电话时，就怕她这么做。一个女人，找孩子……"他做了一个"能有什么办法"的手势，"不得不说，有人警告过我的，是佛罗伦萨的同事们。得知我联系她时，就提醒我了。他们早就料到会这样。"

"她若不来，就好办多了。可以让她把需要的额外检测物寄过来。就算她来了，也会一无所获。"

局长抬头看看手下，手下站在窗前，看着街道。他又叹了口气，年轻人就是麻木，总有一天他会明白的。

"你还没有孩子吧？"

"没有。"窗口的年轻人转过身，皱着眉，"她没打招呼不请自来，想知道消息——"

"也不全是没打招呼。"

"比萨机场落了地才打个电话，也算打招呼？"手下不赞成地猛地一摆手，"你要去见她吗？"

"怎能不去？"局长低头看着桌上的简短的法医报告，"现在该怎办呢？除非……喂？"电话响了，只一声，他就接了起来。通话非常简短，"法医实验室的人到了。你能带他上来吗？然后，看埃尔莫尔夫人还有没有别的要求。告诉她，我马上去见她。"

他呆呆地等着，手指轻轻地敲着报告。很快，法医被带了进来，坐下。他想倒杯咖啡招待，但被谢绝了。

局长仔细打量着来人，暗自感叹。专家怎么会这么年轻？看眼前的这位，乳臭未干，怕是才刚开始刮胡子吧。坐在那里，看上去局促不安，难道跟如今的年轻人一样，天生就静不下来？他的报告一直很细致详尽。局长发觉自己又要叹息，便咽了回去。

"你得出的结果，"他轻轻拍着文件，"我看只是个初步结论，这让我们有些麻烦。"他双手交叉，双肘放在桌上说，"我希望你也在场，帮我解决几个紧迫的难点。希望你理解我的难处。此刻楼下办公室里，有位年轻的女士，正等着我们，想知道我们是否找到了她女儿的尸体。"

年轻的专家摘下眼镜，用袖子擦干净，又戴上。局长知道，他在拖延时间。他静静地等着，让年轻人整理着想法。

考虑好了，年轻法医开口说："那份报告只是初步发现。这一点说得很清楚。尸体的情况……不容乐观。我希望在提交定论之前，再多一些检测。你也知道，遗体挪动过。"

"先是埋在别处，后来移到葡萄园的。"局长点点头。

"两个因素都使情况更复杂了。还有，目前为止，我们尚无法确定死因。"年轻人低下了头，"这你也是知道的。"

局长挥手表示同意。"但DNA的检测结果呢？"他继续说，"尸体的DNA样本，跟月初埃尔莫尔夫人在佛罗伦萨留的DNA，比对过了吗？"

年轻人扭了扭身子，像是坐得很不舒服："比对过了，但还是无法得出最终结论。还需要跟父亲的DNA比对。但父亲的样本有些耽误，所以还在等。"接着又说，"也没关系。可以用埃尔莫尔夫人带来的她女儿的物品，做进一步检测的。这是核准过的程序。检测完后，才能给出定论。"

"可是这份报告上说——"局长双手平放在桌子上，"DNA是匹配的。"

专家坐直了身子："我没这么说，也不打算这么说。"

"那你准备怎么说？"

法医看着局长的双手，咽了口口水说："埃尔莫尔夫人和那个孩子的DNA，较任意样本，相似度更高。"

"只能说埃尔莫尔夫人和那个死去的孩子之间，存在某种关系。"

法医用探寻的目光仔细地看着局长，头向前倾，说："我的发现支持这一点。初步发现就支持。"接着他又强调，"埃尔莫尔夫人，和这个孩子，有着相似的DNA。"

"就如同母女俩会有相似的DNA一样，"局长失望地说着，起身绕过桌子，手搭在法医的肩膀上，"请务必尽快完成检测。埃尔莫尔夫人一定带来了你需要的东西。相信此刻，东西就在楼下的办公桌上，等你带走。"说完，朝门口走去。

"你打算告诉埃尔莫尔夫人什么？""我只能告诉她，你所讲的。""一定要告诉她吗？"

局长考虑了一下："恐怕是的。她是个聪明人，会理解你的位置的。"

"你当然知道她会怎么想！她会以为那是她女儿的尸体。"

"当然。不过我会解释的，说还要继续检测。新的检测结果出来前，不能下任何定论。但就眼下的情形，也难得出别的结论。还有别的可能性吗？"

德福林靠在机场租来的汽车上，盯着警察局的大门。他是从佛罗伦萨的警察总部，又来到这个位于山上的小镇。刚才在问讯处打听了，说埃尔莫尔夫人已经到了，但警局并没有让他也等着。

　　他细细打量着警察局大楼，看着临街的那排窗户。卡兹就在某个窗户里面，听人讲那个突然冒出来的废弃坟墓的事。他突然觉得心里很不舒服。一个女人，怎么承受得了这样的消息？看来无论何事，只要跟卡兹·埃尔莫尔有关，总能让他心有不安。偏偏他又找回来，想要知道更多她的情况。可是她的事，你又办好过哪一宗？现在，唯一能做的，只有等在这里。他要驻扎在这儿，这个她出来第一眼就能看见的地方，让她选择。汗水顺着他的脊背流下来。如果她对他视而不见，径直走过——

　　警察局的门口，出现个小小的身影，他立刻站直了身子。上帝，从没发现她那么弱小——她脆弱、娇气，但很坚强。看到她直接看向自己，德福林身上的每一块肌肉都绷紧了。她一下子站住，呆呆看着，然后穿过马路，直接扑进他的怀里。

Chapter 22

他感到她的颤抖，也许是他的颤抖？

"怎么……"她咳了一下，"你怎么会在这儿？"

"我在都柏林，打电话到你办公室，你的同事接的电话，告诉了我，我就赶下一趟航班飞来了。我做得对，是吗？"他扫视着她的脸，脸色白得可怕，眼睛下有团晕染黑色，可她依然美丽。她微微点点头。他心都快融化了。

"先离开这儿好吗？"她看了一眼汽车，又看着他，"我想……"她哽咽着停住，忍着泪水。德福林一言不发，打开车门，扶她进去坐好，帮她系上安全带，然后才绕回司机座位。

"你能带我去……我想去找到她的地方。"

"是……"德福林怎么也不想说出来，"是嘉美吗？"

卡兹双手放在腿上，紧紧地绞着："还不能肯定，现在不能。我们离开后，警察就发现了那个地方，已经做了些法医检测……足以怀疑……"她停住，"他们说，还需要别的检测。局长人很好，给我解释得很仔细。"犹豫着，她重复了局长的话，"我还抱有希望，想着他们都是错的，可是，除了嘉美，还能是谁？"

周围非常寂静。那块地不大，在炎热的蓝天下，立着几排葡萄架。警方标志的是个角落，还围着警戒线，但土已经被深翻了一遍。德福林靠在一大块界碑石上。一只小鸟在头顶盘旋，一只小蜥蜴冲过来，消失在大石头下面。卡兹静静地走到警戒线那边，站了好久，然后回到他身边。

"这是个好地方。如果真能在这里安息，也不错了。"她环顾四周，"杰夫竟然还有这么个地方。"她的脸上浮起了难过，"农庄，这里，警方说他是直接买下的。"

德福林靠在界石粗糙的表面上。杰夫·埃尔莫尔，牵扯到这么多事情，可前妻却从未怀疑过他。该告诉她了，此刻说最合适。

"你知道吗，杰夫给嘉美买了保险？"

"什么？"卡兹正在研究地上的土，听到这话，头一下子歪过来，"哦，是——旅行保险。我也签过类似文件，是发生医疗、行李遗失等的保险。"

"不是，"德福林纠正说，"是人寿保险。一年前，杰夫为嘉美买了人寿保险，保额为一百万。"卡兹忽然摇晃着站不稳，他立刻俯身，咒骂一句，将她紧紧搂进怀里，"该死，对不起，我不该一下子这么说出来，你刚经历了这么多。"

"不，"她用手捂住他的嘴，打断他，直盯着他眼睛，着急地问，"还有别的，是吗？"

德福林点点头："我和鲍比·霍格一直在追查。这也是我往你办公室打电话的原因。上车吧，我都告诉你。"

把车停在一处树荫下，车门开着，外面没有一丝风。觅食的蜜蜂嗡嗡作响。那只蜥蜴又出来了，惬意地爬上岩石。

"回去后，我本想……"他停住话，看着自己的双手。这件事情，他自己尚未全搞清楚，又怎么能给她解释清楚呢？"鲍比找到一些人交谈过了——车祸中死的女孩的母亲、外祖母，还有，治安警察办公室的人，所以，他是有把握的。于是，我们就从他得到的线索往下查。"

他凝视着挡风玻璃，迟迟不肯继续。

从前，也像今天这样，坐在偏远的地方，用简洁的话汇报。但是，他从未面对过失去孩子的女人。卡兹用手抚摩他的胳膊，轻轻地捏着他紧实的肌肉，让他继续时，他打了个激灵。

他终于继续开口："鲍比和我把搞到的信息放在一起，有很多——都是动用社会关系才得到的。信息提供者必须匿名，而且有人问起，他们会断然否认给过我们信息。所以，其中或许与真相有差距，而且很多东西无法证明，至少不能像法庭证据那样去坐实。它极其丑陋，而且不一定真实。"

"但你认为，它是真的，对吗？""是的。"

"那么，我想听听。"

德福林动了一下，清清嗓子："好吧。目前得到的情况是这样的：杰夫和他的女友早在车祸之前，就遇到了另一个小女孩，莎莉·安。莎莉·安和他们还有嘉美一起，在汽车旅馆里住了五天。车祸当天，他们搬到了五十英里外的另一个地方。是杰夫给她们办理的入住手续——入住的，是两个大人，一个孩子。治安警察调查过，也确认这一点。现在，表面上是没有问题。但莎莉·安已经掉出了侦查视线。"

"你是说……"卡兹的声音开始发抖。

"莎莉·安是被选中来替换嘉美的。她跟嘉美长得一点不像，但这并不重要。只是她恰好在那里，想要从她母亲身边逃走。大概他们答应她，会送她到林奇堡的祖母那儿。车祸当晚，根据杰夫对治安警察的描述，他和吉玛闹分手，因为他厌倦了吉玛酗酒，也怀疑她吸毒，所以不想让女儿跟她在一起。于是他给她买了辆车，哄她离开。结果两人吵了起来，她愤怒离去。治安警察调查过，汽车旅馆里也有几个人记得，确实听到了砸东西的声音，和吵架声。但是谁也没有看到任何人。后来，杰夫发现吉玛为了报复，把嘉美也带走了，于是他就开车去追。吉玛走前喝了伏特加，还嗑了药，所以他疯狂地想追上她们，却跑错了方向。"

"这不是我听到的。"卡兹把头发从脸上拨开，"我没有直接跟警察对话。现在想想，杰夫很有把握让我远离警察。我不是目击者，警察不需要见我，我也从没想过要去见警察。杰夫对我说，他不知道为什么嘉美会和吉玛一起在她的车里。他走的时候，两人在汽车旅馆的游泳池里。"她的声音冰冷得吓人，"他一直都知道，车里的女孩，不是嘉美。"手从他的胳膊上滑下去，握住了他的手指。

"两个说法都不对，没一个是真的。"德福林的声音透着平淡，"吉玛·史密斯从不喝酒，也从不吸毒，相反，她非常憎恶这些东西。不知道她是怎样被说服，服用那些东西的。极有可能是被强灌进去的。如果她遭到袭击和恐吓，那她一定拼命想逃走，哪怕已经不适合开车了。而且，她逃走时，肯定会带上那个孩子。于是她被允许逃走，开着那辆据说是杰夫为了哄她买来的旧汽车。而那辆车……"他停下来，摇着头，"这是场意料之中的意外。汽车安全气囊早没了，刹车也是失灵的。而且，有证据表明，车是故意被人从路上挤出去的。我认为杰夫并没有追错方向。我还记得，现场是有一辆汽车经过的，当时……我正和莎莉·安在一起。我敢打赌，杰夫想成为第一个发现事故现场的人。却没想到，我先到了。他一定气得想用屎砸我了。"德福林发出一声刺耳的笑，那笑声没有一丝暖意，"这件事情，从头到尾，都是精心策划的。他们找了一个合适的孩子，一直带着她，直到一切就绪。然后，把吉玛·史密斯灌醉，恐吓她，把她吓傻，并迫使她把车从公路上翻出去。这是个精心策划的骗局，而我却无意中走了进去。"

"你说'他们'。杰夫，他不是……"她说不下去了。

"他不是一个人干的。他甚至没必要直接参与，等到该去车祸现场的时候才出面。这是个非常专业的策划。该死，差点连我也骗了。"他转过身来看着卡兹，"杰夫是其中的一部分，这是肯定的。据我猜，是他一手委托的。"

"为了保险？"卡兹皱起眉头，"是保险把这些都串了起来？"

"他得到了嘉美，和所有的钱。"卡兹慢吞吞地说。他仿佛能听到她的脑海来回跳跃的连接声，"他不光是看到了这么个认错孩子的机会，而且还抓住了这个机会。这件事策划了——有一年多。"

突然，她身子蜷起来，把头伸到车外，干呕起来。德福林从座位之间摸出一瓶水递给她。当她把水瓶子还给他时，黑暗的眼睛里既有痛苦，也有愤怒："他花钱让他的女友和那个小女孩送死。难怪他要自杀了。"

"是啊，好吧。"德福林转过脸去。他还没有做好准备，去告诉她自己对这件事的感觉，而且，那也只是一种感觉，一个记忆，还有脖子后面感到的凉意。这是不可能的，但一切都合乎情理。如果有人能策划组织那样一场车祸，并且吓唬一个女人开车去送死……

他从园子望出去，凝视着远方："你听到的，只是我的观点。而这个人，是你所嫁的人，是你孩子的父亲。"

"你是说我不该相信你？"

"我不知道。"他转过身来，"我赌你是信任我的。不过，既然你问我，我不知道，"他重复着，心里像是抓住什么突如其来的重要东西，"你知道了我的一切，包括我那讨厌的过去，但你还是相信我。"

卡兹闭上眼睛回想，从什么时候开始，对他产生信任？这份信任就这么来了，谈不上开始。自从他在她家客厅坐在她的脚下，让她意识到，他不是来找故事的记者，从那时起，她就开始信任他了。而这种被信任的感觉，令他犹如新生。

"如果警察在土里发现的尸体是我女儿的，而且目前也没理由不是，那就证明了你讲的非常重要的一点——我的女儿，并没有死在车祸中。"

"上帝。"她能看到他紧张起来，"我宁可是任何可能，也不愿意车祸中的孩子就是她。"

"这不是你的错，是杰夫的错。知道了也好。"

两人沉默了好一会儿。德福林率先打破了沉默："还有别的。车祸之后，嘉美不是由杰夫带出美国的。他离开时，是一个人。"

"有专业的团队在帮他。你说过。我想，如果你能安排一次双重谋杀，也完全可以让一个小女孩消失。杰夫只是把她交给了个陌生人。"卡兹深吸一口气。接下来的沉默更长。卡兹出神地盯着地里那被挖过的地方，过了好久，才回过神来，"你认为这里发生了什么？嘉美是怎么死的？"她轻声地问。

"可能是意外，或者是疾病。"他心里想着，嘴上却没有说出来。难道是杰夫·埃尔莫尔真的害怕暴露，而不敢带女儿求医？他只能说实话："我一直在联系门罗和罗西。之前我让他们去查找，看能有什么线索，但是一直没收到他们的回音，他们像是钻地底下去了。"卡兹疑惑地转过头看着。"我们这一行，有时会这样。"他的感觉很不好，但愿是巧合吧。他伸出一只手，紧紧地握住她的手指，"现在，你打算怎么办？"

卡兹看看周围，又看看他们停车的地方，车停在树影里。她看了看眼前的男人，还有阳光下宁静的葡萄园。难道，这里就是女儿的长眠之地？"坐到汽车后排好吗？抱着我一会儿，好吗？"

天黑了。卡兹动了动。离开葡萄园后，德福林在附近的小旅馆订了间房。她的行李箱，扔在了抵达佛罗伦萨时匆忙入住的那家酒店。之后她就乘出租车到了警察局。没有叮嘱，德福林已经给她买好了牙刷和其他洗漱品。晚餐时，给她倒了一大杯酒，还哄她吃了好些饭。然后让她去洗澡，又哄她上床睡觉。是她尽力劝阻，他才没有睡在沙发上。

他并没有只想跟她做爱，这一点触动了她。

她需要他的安慰、他的温暖，陪她一起躺在这张狭窄的床上。

窗帘开着，她能看见天上的星星。以前她经常帮嘉美数星星，现在却再也不能了。她的心痛得厉害。她伸手去找德福林，偎依着他。

终于沉沉地睡去。

Chapter 23

　　鲍比眯着眼睛看着亮粉红色的留言条。字条边缘的字模糊了，颜色却刺眼。他的脑袋有些嗡响。不，是响得厉害。

　　德福林昨天火急火燎地赶到机场，飞往意大利，仿佛屁股后有狼追一般。这很有意思。看起来他这位老友真的爱上了卡特琳娜·埃尔莫尔。鲍比小心地左右转转脑袋，还好，地板、天花板都保持在原地，十分高兴。他打算等头脑清醒些了，好考虑这个问题。眼下，他得集中精力看字条上的字，可很难做到。

　　他的嘴巴歪着，不过没有大碍。酷！已经恢复了一半。刚才在酒店餐厅吃的丰盛早餐，开始起作用了。再来上一根烟，就能圆满地结束这顿早餐了。只可惜他戒烟了。是第二次戒。

　　这是个美好的夜晚，脑袋却跟早晨时一样还是嗡嗡作响。

　　独自一人浪迹都柏林的男人，除了去上几个酒吧，品尝吉尼斯黑啤酒外，还能干什么？毕竟，一个孤身的美国人，只能这么做。没有人会批评他对母国荣誉的坚持，实在落后的。跟奥哈拉会面之前，他可是花了整整一天，去查看城里所有可能用来走红地毯的场地。原本他想和德福林一起去看的，然后，再带上奥哈拉的人，把西海岸再过一遍。他还打算，等这事完了，旅游一番，给当地经济贡献点美元。对了，想起来了，贡献的可不止一点。他学会了爱尔兰语"姑娘"这个词——"colleens"——而且很喜欢，路上也跟几个爱尔兰姑娘聊过天。这里的女孩漂亮、时髦、活泼、友好，正是他喜欢的类型。不过现在，他需要集中精力。字条上的话并不难懂："请打电话给奥哈拉先生，越快越好。"后面附着电话号码。

鲍比拍遍所有口袋，然后才想起来，手机昨晚外出时不知落在哪儿了，于是轻声咒骂了一句。大概落在哪个酒吧了，好像是记了某个漂亮女孩的号码之后。今天，他会照昨晚的路线找一遍，不知能不能找回来。可以先借用电话的，于是他冲着前台女孩一笑，说："有没有电话可以借用一下？"

电话很快接通了。另一端的女人声音柔美，十分高效。

"谢谢来电，霍格先生。奥哈拉先生让我代他表示歉意，他无法按计划与您在都柏林见面了。他在伦敦走不开，将一直待到本周末。想看您在今天下午晚些时候，能来办公室见他吗？如能赏面到来，奥哈拉先生将非常感激。"

鲍比心想，要不要赏面见这位古怪的百万富翁——这个一心回报故土的电影狂人呢？他的脑袋立刻不再嗡嗡响，接下来的三秒，满脑子全是美元和美女，于是迅速决定，赏面给他，无暇顾及德福林赶不回来怎么办。"奥哈拉先生想今天下午几点见面？"

Chapter 24

"总算来信了。"

正在往头顶绾发髻的卡兹抬起头来。总算是在德福林怀里舒服地睡了几个小时。只要不多想，她还是能控制住自己的。

德福林皱着眉盯着笔记本。"妈的，简直不敢相信，一个个都怎么了？门罗终于回信了——鲍比又不见了。"说着，转过电脑，让卡兹看，"门罗想搞另一个寻宝活动。"

"米开朗琪罗广场。"卡兹读出声来，"在那儿碰面怎么了？"

"他是有办公室的，"德福林嘟囔着，"右手第三个雕像，妈的——"

"咖啡馆。"卡兹指了指，"他说十一点在露天咖啡馆见你，而且只能在那儿见。许是有别的原因。"

"是啊。"德福林久久地凝视着她，像是在看外星人，满眼惊讶。她也回望着。德福林先笑了，"好吧。今早，我们只能去那里了。不管门罗带来什么消息，希望是好消息。"

"至少可以去看看风景。"

德福林做了个鬼脸，掏出手机，再次拨打鲍比的号码，电话直接进入语音信箱。又是语音留言。他用粗俗的脏话简短留了言，卡兹冲他扬起眉毛。他耸耸肩，抓住她的手，向门口推去："去吃早餐吧，我太需要咖啡和碳水化合物了。"

城南小山上，圣米尼亚托大殿教堂宽敞明亮，墙上镶嵌的马赛克闪闪发光。他们到达佛罗伦萨时还早。德福林建议，见门罗之前，可以在周围先转一转。卡兹欣然同意。此时，歌声在凉爽的空中飘荡，整齐而复杂的和声错落有致，听得卡兹心里酥痒，十分酣畅。

两人顺着歌声走去。这时，歌声高昂起来，进入尾声的高潮后，就结束了。旁观的路人自觉地爆发出一阵掌声，少年唱诗班的孩子们开始收拾堆在地上的行李和衣服。卡兹被一群簇拥在一起的游客所吸引，便过去攀谈了起来。

"我们来了十二天了，这是第四个城市。"说话的女孩是个美国人，"这次行程走的城市，都是一生必游的地方。教堂帮我们安排的，每到一处我们都会表演唱歌，相当于说'谢谢'。"一个男孩走过来，搂着女孩肩膀说："欧洲真的很棒。这儿一切都如此古老。"

卡兹被他们入迷的表情逗笑了，转身，发现德福林正盯着教堂的一角。

"在看什么？"她一只手抓着他的胳膊。

"看到有个东西。也没什么。可以去广场看风景了吗？"

"跟明信片上一模一样。"卡兹双手搭在眼睛上，寻找一个个地标。他们身后，穿过广场，是一段长长的台阶，和一条蜿蜒的小路，从刚才离开的教堂延伸下来。下面山谷里亚诺河的对岸，百花大教堂正安详地躺在城市的制高点，在热气中闪闪发光，看起来小得像是个模型。他们站立的广场，是山腰上的一个开阔平台，挤满了游客。周围照相机咔嗒直响，游客们不住地惊叹。

德福林在卡兹身后几步远的地方，眼睛在广场上不停地搜寻，根本无心贪恋教堂、街道等处的美景。不过，他心里的阴霾已经不见了。

在几个售卖廉价纪念品的摊位前面，摆放了桌椅，售卖饮料和冰激凌。他还没弄清楚哪个摊位，只见一个男的从摊位后走了出来。这人戴着棒球帽，帽檐压得很低，上身的衬衫图案夸张，胸前吊着相机。德福林呆呆地看着，瞪大了眼睛。

门罗？

德福林跟着这个衣着花哨的身影，走进摊位旁边的阴影里。摊位上摆着塑料制成的米开朗琪罗雕像复制品，挂着印有各种图案的T恤。

他的手刚挨到门罗的胳膊，就发现门罗在抖。旋即，他浑身肌肉紧绷，手猛地收回，不由自主地摸向肩膀，又放了下来。早就不随身佩带枪支枪套了。"怎么了？"

"马上离开这儿。"门罗身体前倾，伸手去摸挂着的T恤，脸上笑容僵硬。他假装像个游客，用身体遮挡着德福林，"情况不妙了，你要的东西拿不到了。你必须离开，带那个女的回伦敦去。"

"到底知道了什么？"德福林用眼睛快速扫视着周围，浑身紧张，"该死，快说！"

"我不能再说了。"他斜视着周围，露出眼白，"太他妈恐怖了。我必须抽身，德福。"他声音僵硬。一瞬间，德福林似乎又看到了从前的门罗，"我是帮你才来的。罗西已经走了。过几小时，我也要走。埃尔莫尔这事，是个大麻烦，别再查了。"

他说完绕到摊位后面，不见了。德福林站在原地没动，过了一会儿，才转过身，寻找卡兹。见她还站在刚才的地方，欣赏着风景，于是很快伸出手，摸着挂在上方的一件T恤。

"你去哪儿了？"卡兹看见了他，微笑着招呼。看得出，她眼底藏着隐隐的痛苦。他一阵心痛。孩子没了，怎会看似平常呢？他不想让她继续痛苦，真想此刻把自己知道的一切，全告诉她，除非他能搞定一切。仿佛他真能搞定似的。现在他要做的，就是保证她的安全。

他呼了口气："四处看了看。"说着，把一只花哨的手提袋递了过去。

"这是什么？"她好奇地翻看着，拉出一件印有大卫雕像的T恤，翘起嘴角，歪着脑袋，挑衅似的说，"谢谢。不过，我觉得他的手太大了——相比较而言。"

"我好像在哪儿读过一句话，说比较是最令人讨厌的。"德福林努力放松下来，应付着，"门罗可能不会来了。"他扫了一眼人群，"想看的东西，都看到了吗？"

"不知道能不能看到想看的。"她笑着，但眼睛十分黯淡，又让他一阵揪心，"不过，是的，都看到了。"她点点头，叹了口气，"准备走吗？"

"到那个教堂再看看，怎么样？"他尽量语气随意，把她拉到身边，收拾袋子，"我想查个东西。"

"都随你。"她有些惊讶，但并没有怀疑，"你确定，不等门罗了？""不等了，都这时候了，肯定见不到了。"他扭头看向圣米尼亚托大殿教堂，掩饰着自己的紧张，也不让自己继续扫视人群，"如果门罗想找我，他知道怎么联系我。"

观众盛情难却，合唱团只好再演唱一首。卡兹完全被音乐吸引，同游客们一起投入地观看。德福林看她十分安全，便轻轻起身，走到一个较暗的过道，悄悄地坐在罗西身旁的空位。

"谢谢你等我。"德福林跟罗西一样，目光直视前方。

"没关系。"罗西坐着，身体前倾，两只胳膊放在膝盖上，"你最好先见门罗。他在广场吗？"

"嗯。他说你已经走了。"

"还没有。"罗西继续看着前方，"我俩搭档正式结束了。他又回到从前的阴暗状态。"

"有阴暗状态？"

"有。"罗西声音很轻。

德福林吸口气："不管阴不阴暗，门罗很害怕。""是有原因的。"

德福林冒险朝侧面看，正遇到罗西的目光。罗西扭了一下嘴，德福林看到，他脸上有一层细细的汗珠，肩膀不由得绷紧起来。

罗西从两脚之间迅速拿出一个手袋，跟德福林手里装有广场买的T恤衫的袋子一模一样。

"我们发现的东西，全都在这儿。别当着卡兹的面打开，里面有照片。"他递过袋子，德福林把装着T恤衫的袋子扔进去，皱着眉头。

"你还好吧？"

罗西点点头："约翰内斯堡有份工作，大概需要六个月。今天下午起飞。"他站了起来，"里面的东西你自己看。"他示意一下袋子，"你自己拼凑吧。有些东西对我不过是垃圾，但对你可能有用。"

"这比埃尔莫尔还重要？""重要得多。"

德福林凝视着教堂对面的圣母雕像。圣母，抱着自己的孩子。"谢谢你，罗西。看来不应该把你们卷进来。我欠你的，保重。"

"你也是。"罗西站了一会儿，"你一定要搞定这事，德福。"他的笑有些扭曲，"只有你搞定了，才敢说这事结束了。"他的笑容消失了，眼睛也黯淡下来，"如果搞不定，我们谁都不安全。"

Chapter 25

德福林从车后绕过来。卡兹扬起一边的眉毛。"后备厢没盖好。"他打开门，解释着，把装着T恤衫的手袋扔到后座上，坐进车里。卡兹正在系安全带。"我觉得该送你回家，回伦敦。"他一只胳膊搭在方向盘上。卡兹停止了动作。他等着。

"是啊。"一声叹息，仿佛来自遥远的内心深处，"待在这儿，也无济于事，是吗？"她扭头看着他，紧咬下唇，不让自己哭出来。这让他心碎，可他却无能为力。除非事情有一丝转机，这取决于刚刚放进后备厢的东西，从中他能发现什么。

"佛罗伦萨的警察需要你签署些文件，对吗？"她点点头。"要不，我们现在去？"她又点点头，泪眼婆娑。"你还想去葡萄园那儿再看看吗？"

"不。"她低声说，"她已经不在那里了。"她浑身一震，努力控制着情绪，"还是去警局办手续吧。"

汽车警报很长时间不停地在响，十分刺耳。卡兹碰了碰德福林胳膊："像是咱们的车？"

"好像是的。"德福林朝警报声大作的汽车大步流星地走去。原本他们打算把车停在警察局门口的，但是他们找到的唯一空位，离警局隔了好几条街。

"哦！"看到碎了一地、闪闪发光的车窗玻璃，卡兹吃惊地捂住嘴。德福林关掉汽车警报，摇摇头。她走向他身边。**还要来多少？接下来还有什么？**

他打开门，小心地把留在车门上的碎玻璃推掉。有人走了过来，卡兹碰了碰他胳膊。德福林直起身，问道："你看到什么了吗？"

"没有。我就听到玻璃碎的声音，然后车的警报就响了。"那人指着街道拐角的三明治小摊，继续说，"我在那边打扫卫生，有个人跑了过去，但我没看见他的脸。"他举起双手，做了个道歉的姿势，"丢了什么吗？"

"后座上的两个袋子——都是纪念品。"德福林耸耸肩回答说，"谢谢。"

卡兹弯腰朝车里看，装着T恤衫的手袋不见了，装着她买的明信片的小包也不见了。她摇摇头，有些泄气："要不要再返回警察局去？"

德福林目光锐利地看着周围。不过等他再看回来时，卡兹注意到，他已经恢复了镇定："丢的都是不值钱的东西。你还想再花上个把小时，填各种表格吗？"

"不。"她声音颤抖，"那就走吧。"

德福林俯身压住后备厢盖，准备关上，同时，用眼睛扫着树荫斑驳的小院。这是卡兹入住宾馆的后院，汽车就停在这里。那个塑料手袋揉成一团，塞在后备厢的一角，里面的信封都塞进了他的上衣口袋。

他盯着破碎的车窗玻璃看了很久，仔细地研究。窃贼应该是顺手牵羊，可能纯粹运气不好，碰上了。但是，他不喜欢这事带来的感觉。

他抬头看了一眼。卡兹正在楼上洗头发。他仿佛能看见她在房里走动的影子，但这只是他的想象。他背靠在墙上，感受到了信封压在胸前的重量。不一会儿，他不得不在酒店找个没人的地方，看里面的内容，但眼下——

他又抬起头看向窗户。卡兹就在上面。他不太明白盯着窗户时，心里那股奇怪的力量。是痛苦……还是什么？他是认识痛苦的，无论内心的痛苦、肉体的痛苦，他都认识。如果能替她承担所有痛苦，哪怕只有短短几秒钟，他也愿意，也毫不犹豫。想到这儿，他抿起嘴，但不是在笑。**你很安全，伙计**。**不会有人能把你怎么样**。

他所做的，也是目前唯一能做的，就是保证她的安全。这是他的工作。胸前口袋里那该死的信封，里面究竟有什么，他心知肚明。这些信封，此刻就像一团火，在他的胸膛燃烧着，把这场游戏，烧到一个新的高度。他用手搓搓嘴巴，还是搞清楚里面的内容吧——但愿他有能力应付得来它。

他猛地推墙起身，走进宾馆。

这是一间小办公室，看钉在墙上的名单和轮值班，大概属于客房部。

德福林关上门，拉过一把椅子顶在门把手下，又试了试紧不紧，然后才坐下来，掏出信封。他用手掂了掂，挺重的。看来罗西干得不错。他迟疑地摸着封口，又伸手在口袋里摸手机，迟疑该不该给鲍比打个电话，或者，看这个小子是不是还是擅离职守。**哦，德福林**。**赶快搞定吧**！

他撕开封口，把里面的东西全部倒在桌子上，都是些复印的东西，有通话清单、信用卡账单、银行账单，甚至还有房产交易复印件等。埃尔莫尔的生活，全都在这些复印纸上。德福林把文件扫了一遍，轻吹一声口哨，又照原样塞回信封。这些得另花时间仔细研读。

还有另一个信封。

他感到后背一阵发毛，低头打开信封舌头。

他把报告复印件放在一边，拿出一沓照片放在桌上，扇形拨开。

只一秒，他就明白了照片上奇怪的形状和颜色。突然泛起一阵恶心，胃液一下涌进喉咙，又酸又辣。无须时间和地点，他也知道，都是犯罪现场的照片。

他闭上了眼睛，又努力睁开。照片里的东西曾经是个女人，年轻而又漂亮——朱利亚娜，杰夫·埃尔莫尔的女友。可照片里的她，已无人形。她的身体残缺不全，他努力遏制着自己的反胃。然而，这跟另一张小孩死状的照片相比，竟不算什么。她一定是眼睁睁看着儿子惨死眼前，受尽痛苦折磨。

德福林狠狠地挤出一句恶毒的咒骂，把照片塞进信封收起来，打算回头再来研究。罗西说得对，不能让卡兹看见。警方饶过了她，没有给她讲述可怕的细节。绝不能让她从自己这儿看到它。

他很快找到需要的东西。烟灰缸在窗台上，印着宾馆标志的火柴，堆放在架子上。他把照片撕碎，放进烟灰缸点燃。火焰冒了出来，照片上可怕的画面在火苗中卷曲、燃烧起来。

烟灰缸里只剩下一堆柔软、干净的灰烬，他从开着的窗户把灰烬撒了出去。

他把信封重新放好，取开椅子，脑门血管直跳，暗自发誓，一定要复仇、赎罪。

杰夫·埃尔莫尔吓坏了。门罗也吓坏了。

他知道为什么了。

Chapter 26

鲍比皱眉看着这栋大楼。地址是对的，就在他泊车的停车场对面。按照那位助理的指示，很容易就找到了。说是大楼底层，全是他们公司的，听上去蛮像回事的。只是，眼前这个地方极其普通，甚至让人失望，跟他想象中的与奥哈拉的会面地方，完全不同。大楼毫不起眼，在希斯罗边上一个无名小镇上。奥哈拉那家伙，应该是出入上流社区或高档酒店的。或许那只是个人想法。**伙计，想什么呢？还五星级酒店，难道奥哈拉就应该左拥右抱，不是斯嘉丽，就是凯拉吗？**

助理在电话中说得很清楚，像是要谈纳税的相关问题，说城外有个地方。这次见面要商讨价格、财务等。可总得在办公室谈吧，这可是一大笔生意呢！

鲍比扯着脖子上的领带，很不习惯。他必须买条该死的领带，而这东西差点让他窒息。现在他明白了，为什么总是连推带骂、踢着德福林去参加那些需要西装革履的会议了。那个家伙穿上西装打上领带，还真他妈好看。

霍格做生意，总是松松垮垮，从不穿西装、系领带，可多数客户对此并不买账。即使有些客户好容易同意见他一面，可是一看他的衣着，立马就打了退堂鼓。不过偶尔对个别人，确实需要注重衣着，比如奥哈拉。这也是应该让德福林一起来的原因。

因为这桩生意，他们愿意付出代价，而且是大代价。

此刻，鲍比的口袋里揣着一部新手机，英国人管它叫移动手机。要是他能记住德福林那要命的号码，他早就给对方打电话了，告诉对方欠自己多少钱了。

鲍比轻声咒骂着。现在，连这种逗趣的满足，他都无福消受。妈的，丢个电话，简直要了他半条命——电话号码簿、快捷拨号，全没了。当然，他本该记得德福林的号码，可如今的他，既慵懒又散漫，只能靠着闹钟醒过来。过去，他可从未想到过，会依赖破塑料、电子芯等玩意儿，替自己记住东西。现在，他得花上好几个小时，重新设定所有的狗屁号码，更别说好多漂亮宝贝的号码，再也弄不回来了。不过也好，有些坏蛋的号码终于永远从通信录中抹掉了……他此时站在人行道上，脑子里胡乱想着。

其实，即便他谈成这笔交易，跟以前谈成的所有交易一样，还是需要德福林的帮助，才能完成。那家伙简直是太酷了，只消站那儿看上一眼，那不怒自威的样子，就能把那些衣着考究的雇主全他妈镇住。

德福林的确厉害。可此刻他在意大利，追他的女人去了。这事儿本身就十分怪异。交易谈判马上就要开始了，他只能自己上阵。所以，赶快进去吧。

鲍比挺直肩膀，又扯了扯领带。该出场了。很快，新手机上就会又有一堆新的漂亮宝贝儿的号码了——而且是好莱坞的宝贝！

德福林返回后院。把信封塞进旅行袋的深处，放在车里很安全。他已经不恶心了，但还不想就这样进去。他两只手轮流梳头，让头发蓬起来。见卡兹之前，必须忘掉看到和知道的一切。必须自己先搞清楚，然后再想，该怎么对她说。而且，一旦说了，她会不会甚至……

宾馆后门打开了，他立刻平贴在墙上，一个服务员出来，往排水沟里泼了一桶水。

德福林靠在冰凉的水泥墙上，出神地思索着头脑里出现的图案。太难以置信了！他脑海里正在思索着的东西，渐渐让他浑身冰冷，连血液都冻住了，但是，又不可能是别的。

手掌重重地拍在墙上。他需要有人帮他过一遍，看看如果说出来，听上去会不会真的是疯话。他已经习惯了跟鲍比一起把真相倒腾出来。

想到这儿，他又拨通了电话。又是直接进入语音信箱。

他气得咒了一句，想了想，开始留言："我不知道你到底钻到哪个地狱去了，霍格，希望是个不错的地狱。尽快给我回电话。"犹豫了一下，又说道，"罗西搞了些东西。"他警惕地扫视了一下周围，"好像并非像大家认为的，卢斯已经死了。他玩刀的手法，一点不差。"

鲍比悄悄地走进多层停车场的暗处——他停车的地方。他缩着肩膀，愤怒和恐惧从心里冒出来。真不敢相信！竟然到了个错误的地方，真操蛋！冷汗顺着脊梁流下来。他真想抓个什么，狠狠揍一顿。竟然会犯下这么个愚不可及的错误。奥哈拉此时一定坐在某个地方，等着跟鲍比·霍格签署协议，而鲍比·霍格却被困在一个连自己都不知在哪儿的该死的停车场。

他四周张望着找自己的车。现在赶过去，或许还不算太晚。他又掏出那张写着地址的字条，只要搞明白……

他盯着字条看了半天，眯起眼睛又看着昏暗的停车场。头顶的灯灭了，他待的地方，在停车场的最底层，黑得如同深山隧道一样。记得开车进来的时候，没这么黑。只是，他像是受了什么刺激，头脑发热，屁颠屁颠地就跑来了。他颠来倒去看着字条，还是想不出个所以然。地址没错，他核查了两遍，还让对方给他逐个字母拼写出来。那个地址，也是真实存在的。他刚刚去过，只是奥哈拉绝不可能把办公室设在那个地方，因为他反复核对、记录下来的地址，是个警察局。

渐渐地，他意识到了什么，内心五味杂陈，十分愤怒，眼睛都红了。

不是他搞砸了，而是他遭人算计了。整件事，是个精心策划的骗局。他掉了进去，像个骄傲的傻子，一头跳了进去。什么好莱坞巨额美元，什么电影明星！上帝，德福林会怎么想？会笑话他吗？

他停住脚步。为什么有人要——

背后有轻轻的脚步声，他转过身——大棒错过了后脑勺，却顺势砸到了他的肩膀，只听见骨头断裂的声音，他一下子跪在地上。

紧接着第二棒袭来，他一下子什么都不知道了。

Chapter 27

卡兹洗完头，吹干头发坐在床上，不安地扭来扭去，不知德福林在哪里。他又直接飞走了吗？房间里没有他任何东西，凌乱放的几样物品，全是她的。昨天，德福林出现了，他们在葡萄园附近找的地方过的夜。这个房间，他从未进来过。

她弯起腿，抱着双膝，下巴托在膝上，慢慢地晃着，放松下来，嘴角微微翘起。没什么可担心的。她让自己不要太依赖，也不要太期望。然后，她需要的时候，他就出现了。

就像刚才，在警察局外面，他等着她，再自然不过了。即便之前他离她而去，回到美国，他还是把杰夫的所有信息拼在一起。

哦，杰夫。她颤了一下。现在，不要想这个，也不要分析德福林找她是什么意思，只要感激他所做的一切，就好了。或许，他根本没别的意思。

刚才在警局外认出他时，她就知道，不会孤单一人，去那座躺在安静角落的墓地了。

她下唇颤抖起来，可她硬是控制住了。不能回想过去，也没有准备好面对未来。唯一能做的，就是过好现在。过一分钟算一分钟。她凝视着房间，看着从窗户斜射进来的太阳光柱，灰尘在胡乱飞舞。

德福林的敲门声把她惊醒。她下床走到门口。他脸色苍白，双眼迷离，眉毛间的"川"字纹似乎更深了。她把他拉进房间，关上门，双臂钩住他的脖子，头靠在他的胸膛。两人就这样站着，德福林轻轻地抚着她的后背。

"离出发去机场，还有几个小时。你想……"他声音越来越小，能感觉到，似乎又将自己裹了起来。她迷惑地用手在他的胸前四处寻着，摸着他因自控而僵硬起来的肌肉。

"你想怎样都行。"她小心地说。

"好的。"她紧紧地依偎在他怀里，感受着他胸腔呼吸的隆隆声，无比安慰和满足。真想永远这样，再不分开。他们两人，只要过好眼下就行。

德福林低下头，把脸埋在她的头发里。她是这么温暖和真实，跟那些遭受百般摧残、血肉模糊的照片毫不相关。他换了换姿势，将她抱得更紧。那些血腥的场面，已经离他太久了。曾经无论有多血腥，他都熟视无睹，无动于衷。但是这次……

母亲，孩子——丢失的孩子。

他想起了自己的母亲，又停住。何必想那么远。

"怎么了？"卡兹似乎感觉到了他的变化，仰头看着他的脸。他摇摇头，一言不发。她把手滑下去，抱着他臀部。紧张感一下子从肩膀消失，他低头仔细地端详着她的脖子。她穿着紧身的棉质上衣，胸口露出高高隆起的粉色肌肤。就在两个高耸的隆起中间，有个可爱而甜美的地方，就是那儿，那曲线……就在嘴边，他可以用舌头去尝。他低下头去……

卡兹任由他脑袋落下来，享受着他的亲吻。这个男人嘴巴带给人的感觉，是永远也享受不够的。他已经放松下来，肌肉也松弛了，她的手能感觉到。他抱着她，让她正对着自己，嘴唇在她修长的脖颈上，寻找她的嘴巴，然后温柔地摸索着，直到她轻吟起来，浑身上下，也随着他嘴唇的摸索，开始微微颤抖。

他抱起她放到床上，嘴里呻吟着，她也一样。他跪在她身边，床咯吱一声，他睁大眼睛："天哪，这东西能撑得住吗？"

"我不在乎。"她笑着，拉近他。他感觉到她嘴里的微笑，就像毒品一样令他兴奋。他的嘴唇到处游走，落在她的下巴上、脸颊上，还有那柔软的小酒窝里。她搂着他的脖子，微笑着，迎接他进入那个温暖的地方。

奇迹发生了——床并没有坍塌。卡兹横躺在床上，德福林双腿张开半趴在她身上。他闭着眼睛，嘴却咧开笑着。卡兹有种专属的荣耀感——是她让那嘴咧开笑的。他发出一声呻吟，翻身摔倒，仰面躺在床上，眼睛仍然闭着。

卡兹翻身俯看着他，纵容自己放肆的目光，贪婪地看着他的躯体，欣赏着他的肌体的完美与瑕疵。他的皮肤，大部分紧致、光滑、晒得微黑，让人垂涎，瑕疵并不多。的确，**他浑身上下，到处令人垂涎。哦**。

皮肤有几处明显的旧疤，疤痕处的皮肤是银色的，周围有褶皱。胳膊肘上有一处，肋骨下有一处，还有一处在大腿上。卡兹有些畏缩，这些伤口，当初该有多么恐怖。她摇摇头，不去想那些伤痕是怎么来的，也不去想是经受了怎样的重创和痛苦，才留下的疤痕。德福林躺在身边，有体温，有呼吸。现实就在外面，蠢蠢欲动，想伺机进来。她绝不能让它进到这里。她的手顺着他臀部曲线摸着。温暖而又性感。男人的髋骨是性感区？谁知道呢？

"你要是一直这样摸，今天就赶不上飞机了。"他眼睛仍然闭着，声音有些嘶哑。她乖乖地把手移开了。德福林呻吟了一声，摸到她的手，又放回去，但是放到了另一个地方。

房间猛地一旋，一下子变黑了。难道已经很晚了？须臾她才意识到，是头发全散在了脸上。她深吸一口气，一只胳膊肘撑起身体，一只手把卷发从脸上拨开。

"该死，不过这个真是太棒了！"

德福林又闭上眼睛，直挺挺地躺在床上，举起一只手，表示同意："同意，宝贝。""你有没有——"她停住了，为打算要说的话而震惊。怎么能想到那儿去呢？

"我有没有——什么？"德福林催促道。他摸了个枕头，垫到自己背后。半个身体在地板上。

"没什么。"她感到脸颊滚烫，"没关系，笨蛋。"

她有些不安。德福林抓住她的手，吻着手指。"我有没有曾经把这，当作工作的一部分，是吗？"他温柔地接过她的话。

居然能读懂她的心思，这让她恐慌。她摇摇头说："我无权这样问。也不应该想到这个。"

"为什么不应该？"

"因为……"她说不下去了。德福林把她的手翻过来，吻着掌心。

"你可以问，卡兹。我可能不回答，但你可以问。你我就应该这样。"他瞥了眼乱糟糟的周围，"我觉得，你有知道事情的权利。"他犹豫着，仍紧握着她的手，"是的，我有过把性当作工作一部分的时候，但只是偶尔。而且，感谢上帝，我并不擅长用甜言蜜语设置陷阱。"他耸耸肩，"而且，近期都没有过。"然后话锋一转，"最近，倒是鲍比经常这么干。他很喜欢女人，而那些女人也很喜欢他，所以，也算两相情愿，谁也不受伤害。"他斜靠在床上，呼着气，"我真不敢相信，这样赤身裸体地坐着，大谈鲍比·霍格的性生活。"

卡兹笑了："你很喜欢鲍比，对吗？"

"不知道该不该用'喜欢'这个词。"他做了个鬼脸，"我已经习惯跟那个愚蠢的浑蛋共事了。"

"我会见到他吗？"

"也许会吧。"德福林想了一下，"对啊，怎么不会呢？"他一使劲，把身体直起来，开始整理地上的衣服，"你要先洗澡吗？"

"可以一起洗。"她看得出来，她那希望的眼神，马上就要降伏他了，可是，他又变回了原来的样子，"呃，如果想赶上飞机，就不行。快去。嘘——"她从床上跳下来，接过他递过来的衣服。

"卡兹。"她停在洗手间门口。他的目光在她的胴体上逡巡着，然后才看着她的脸，"想知道什么，尽管问。"

卡兹打开淋浴，走进水里，心不在焉地涂着浴液，脑子却想着别的。身体还在兴奋地颤抖。她双臂举过头顶，整个浸在温水里。

德福林是个妙不可言的情人。无论谁是他的老板，都不会认为他的价值在于性。当然，他老板肯定不会是个女人。见鬼，这个男人每一个毛孔都流淌着性感。

她停下来，仔细地想着。没有人会那么笨，德福林也绝不可能受老板指使，用性勾引别人，因为他压根儿不擅长。而她最清楚，他也绝不会按照别人的授意，去玩性爱游戏。她忍着不笑出来。德福林的确是床上高手，但这只是他的个人隐私。他是个有底线的人，内心是个真正的男人。她能看出来，他的内心深处，藏着道德和正直。而那个内心，是他自己专属的，是绝不会拿出来与人分享的，包括他的身体。**现在他却允许你把手伸进去，触碰他的内心，让你抚摩它的边缘。他还告诉你，可以抚摩更多。**

她颤抖着，把淋浴的水温调得更高了。

德福林坐在床边，牛仔裤和衬衫都放在腿上，不知道自己干了些什么。刚才，他对卡兹讲了一些自己的过去。那是只有三四个一直跟着他的人，才知道的过去。他也好多年没见过这些人了。他讲的，只是很小的一部分，但那仍然是他的过去。而且他是主动讲的，实事求是。最奇怪的是，她听到了，竟毫不介意。他倒希望她介意，希望她感到好奇，只是没想到……

是这样。

对女人来说，或许那不算什么，要紧的是那些伤疤。卡兹也看到了他的伤疤。虽然眼睛闭着，但是她用手触摸时，手的热量微微刺痛了他的皮肤。他有些羞愧，觉得应该掩饰起来。但她并没有问，也没有被吓跑。

她触碰到的，不是伤疤，而是他的内心。她只问了个很小的问题，他就如实回答了。现在，他想告诉她一切，包括自己悲惨、可怜而糟糕的一生。他想倾诉，把一切全倒在她面前。他不能这么做，可是想这么做。是为了什么？赦免，还是理解？

浴室里传出来洗澡的声音，他转过头。浴室的门半开着，他能看见，她站在淋浴下。他就这样看着，欣赏着，全身充满了感动和知足。

她站在水里扭来扭去，水顺着身体往下流淌。那是他抚摸过、亲吻过的身体。她并不完美，但是那么可爱。虽已不再年轻，还生过孩子，但她是个女人，而且就是那个对的女人。想到这些，他的每一块肌肉都静止了。

他爱上了卡特琳娜·埃尔莫尔。

Chapter 28

鲍比渐渐苏醒过来。

寒冷，黑暗，疼痛，干渴。最后的一击让他陷入大麻烦，此刻他的状况不容乐观。他微微动了下身体，意识到像是被铐在管道上，停止了动弹。肩膀和上臂钻心地疼痛，稍稍一动就疼得他叫起来。或许乱叫才是他的本色。他咬紧牙，挣扎着坐起来，然后保持姿势不敢再动，直到汗消失了，疼痛才渐缓。

上帝，这个真不习惯。他也曾处境更糟，受伤更重，只是这次的突袭，他毫无提防。必须让脑子集中精力。这是一场绑架。奥哈拉是个骗局。有人算计了他。他开始诅咒自己。什么美女、美元，就是因为贪婪和愚蠢，自己才上钩的。不过，他很快抛开这种想法，因为想这些毫无用处，只会浪费宝贵的精力。

得搞清楚怎么回事。他知道怎么做，但不知道谁干的。除非在这里脱水死掉，否则，不用多久，就能搞清楚谁干的。那时或许就知道为什么了。他得花时间好好想想。有人带着凶器，提前设好埋伏，于是自己被五花大绑，扔在这个漆黑的地方，双腿冰冷，一只肩膀火辣辣地疼痛。

难道他和德福林最近得罪了什么人？他的头小心翼翼地后仰，还好，靠住墙了。但想不出谁来。威斯康星州的那个家伙，看到高尔夫球友抱着自己老婆教她挥杆的照片，虽不开心，但也不至于这样。这就意味着，一定是过去的什么人。妈的。

恐惧从心里冒了出来，他使劲压着。如果那样，情形只会更糟。德福林还逍遥在外。感谢上帝，多亏那小子去了意大利，否则两人都会被抓到这儿，锁在这个什么管道上。德福林迟早会找来的。拜托上帝，让他快来吧。

鲍比睁开眼睛，他竟没意识到，眼睛一直是闭着的。许是刚才跑了个神。此刻，他满脑子就一个问题，自己在哪里？他究竟在哪儿？看不出来，好像前面有点光，是从门扇下的长缝透进来的。哦，那里可以逃跑，哈！背后、屁股底下，墙壁和地板十分冰冷，能感到寒气渗入伤口，不过好像对伤没什么好处。想这个没用。

他用未受伤的那只手摸索着，尽量外伸。光滑、冰冷、闪光——是瓷砖。有股子熟悉的酸臭味，淡淡的，扑进鼻孔。是尿味。他此刻膀胱憋得厉害，很不舒服。说明他没尿。所以，尿味应该是这里原有的。

加上铐住自己的管子，他想到了浴室。不对——厕所，一定是。他能模糊地辨认出门那边的台子，和它对面的水槽。据猜测，他是被绑在小便池旁边的。这里虽然阴冷潮湿，但地是干的。没有一点水声。废弃的？或者，一栋废弃大楼的厕所？旧的办公大楼？所以才这么黑。这种地方，一般都是靠人工照明的。真不错，此刻他正身处某栋废弃的办公大楼，就在伦敦的某个地方。谁会拥有或是租有这么一个地方？他在记忆中努力搜寻，但毫无结果。

他集中注意力，仔细聆听。除了自己呼吸，有没有别的动静，给他透些信息？远处，隐隐约约，不时传来一阵轰鸣声，像是感觉到的，而不是听到的，所以毫无意义。可除那之外，什么都没有。

他屏住呼吸，慢慢换了个坐姿，缓解着几乎痉挛的右腿。他必须保证，身体未受伤的部位能正常发挥作用。这样，无论谁来，只要敢动他，就有了反击的机会。所以，必须做好准备。他仔细地思索着，寻找可能的线索。

下手的人，似乎不在乎他受伤，但也不想一下子弄死他，或者，还没到让他非死不可的地步。这倒挺安慰的，他活着才有用。这个可以作为讨价还价的筹码。他需要他尽己所能——

一阵噪声传来。他身子一僵，剧痛立刻从手臂辐射到背上，疼得他缩了起来。他忍住晕眩，一动不动。门外，传来脚步声。

门猛地被狠狠地推开，撞到墙上又弹了回去。一个身影背光站在门口，光线刺痛他的眼睛，认不出是谁。

"你好，鲍比。现在改叫鲍比了，对吗？很高兴，这么久之后，又见到你。"声音轻柔，拖着长音，那特有的口齿不清的发音，传进鲍比的耳朵。疼痛和晕眩瞬间在脑子里爆炸。他痛苦地、近乎绝望地控制着膀胱的收缩，可还是没能控制住，尿了出来。

他还能说出话吗？他清了清嗓子说："你好，卢斯。"

Chapter 29

卡兹把墨镜折好，塞进上衣口袋。行李转盘上各种行李箱、旅行袋胡乱堆放着，随着转盘慢慢移动，但是没有她的。德福林拿的是手提行李，就放在脚下。他没摘掉墨镜，所以看不到他的眼睛。刚才在飞机上，他似乎在走神。现在，已经回过神来，还跟她一起来到机场。她心里直痒。

不妨直问吧："你是不是又要消失？"

"嗯？"德福林一下子转过身来，看着她，脸上一脸茫然，一副怎么会的神情。她不耐烦地拿掉他的墨镜："上次在机场，你就不辞而别，再也没回来。"

她有好几秒才明白，他脸上的表情是惊讶。

然后，又变成了……不确定吗，德福林？

他肩膀动了动，但不是耸肩。"没想到……"他的喉头在滑动，"因为我，你再次失去了嘉美。可没想到，你还愿意再见我。所以，离开，似乎是最好的选择——不过，我错了。"

她顿时一阵解脱，全身都松快了，连自己都吃惊。她没意识到，原来自己也一直在紧张地期待。她搂住德福林的胸膛。它是那么温暖、坚定、强壮，**也性感而诱惑。哦，真是该死。**

"我从没怪过你。"

"我想，你应该怪我的。"他用手盖住她搂着自己的手，"你受了伤害，我不想让你的伤害更深。"看着他困惑的眼睛，她几乎要微笑。"我不知道该怎么帮你，所以，离开或许更好。"他温柔地坦白着。看得出来，最后一句，是他刚想出来的。

"你随时需要离开的话，一定要告诉我。"她看着他。他眨了眨眼回答道："好。"

他们就那样站着，被一种说不清的东西笼罩着。德福林动了动嘴。他又要——？

他看向别处，指着她身后面嗡嗡响的传送带说："那个是你的箱子。"

天快黑了。德福林看着干净整洁的房子。窗户上的花盆已经换了。现在盆里长的是粉色和白色的小花，花儿刚开。还有好多爬藤。他只认识常春藤。

"不进来了？"她的声音说出的是事实。

"嗯。不了。"还在飞机上时，焦虑已经开始撕咬他——不过，这次的焦虑，跟谁在开飞机没有关系。这次的焦虑程度更甚。因为他急需独自一人，找个安静的地方，好好看看罗西给他的那些文件。东西此刻就在他脚下的袋子里，火烧火燎。还有那逐渐浮出的图案……他必须立刻思考清楚，得马上打电话。但是，他不能，也不愿意在卡兹的家里做这些。不能把跟她有关的任何东西，带进她家。

他需要思考，思考刚刚有点眉目的发现。思考他和……她。

"我去找家宾馆。"

她眼睛下面出现了眼袋，但还是在微笑："是保护我的名声吗，德福林？"

他也同样微笑着回答说："算是吧。"

她没有坚持，只是把脸贴到他胸膛，头抵着他的下巴，拥抱他。他真想留下来。这个女人，拥有能够征服男人的所有武器，哪怕她根本不知道，自己正用着这样的武器，不用流血就俘获了对手。上帝，他必须坚持住，否则，怦怦的心跳，会让他放弃抵抗的。

她抬头妩媚地笑着，让他两膝发软。"也好，我们俩都该好好睡一觉。我也的确还有事情。"她弯起嘴角，"我的团队是最棒的，但是这几周我都不在，大量的活都由他们承担了。"她抖抖肩膀，像要甩掉不愉快的记忆。

他皱起眉头："要不要给你妈妈打电话，让她过来？"

卡兹摇摇头："我知道回来很晚，已经告诉她明天早上打电话了。"她歪着头，"明天还能见到你吗？"

"能。"他在她的额上亲了一下，松开手，"能见到。"

卡兹把行李箱扔在厅里，走过空荡荡的房间，仔细查看柱子、花盆里植物的生长情况。查看完毕，走到厨房，想歇一歇。她煮了一大杯樱桃肉桂茶，站着一边喝，一边看着冰箱门上的绘画。或许很快，就该把这些画儿拿掉，保存起来。但是现在，她还没准备好这样做。

她转身凝望着窗户玻璃上自己的身影，慢慢地喝着茶。嘉美走了，第二次。女儿再也不会在家里笑着跑来跑去，被伪装成大灰狼的外婆追逐了；再也不会发脾气时，把家里的鞋子乱踢了；再也不会画更多的画，跟那些色彩鲜艳的画儿一起，贴在冰箱上了。

卡兹转过身，指尖触摸着绘画。这些画不是简单的涂鸦，画里藏着真正的才华。眼泪快流出来，她努力吞了回去。然而，不管多痛苦，生活总是要继续的。她和杰夫的一切，都没有了，仿佛从来就没有存在过。她的婚姻，她的女儿，如今只剩下回忆，没有任何东西。但是，她的余生还那么长，这当中，还会有美好的事发生。今晚——她太累了，筋疲力尽，累得什么都不愿想，可是各种念头，不住地往脑子里跑。

自己准备好了吗？

她鼓足勇气，放走了德福林，让他去做今晚必须做的事情。如果他回来了……

她在餐桌旁边坐下来。她想让德福林走进她的生活，尤其走进她的床。哪怕知道了他的过往，他做过的事情……她不想知道的事情。或许她想知道？知道了，会更好吗？他说过，可以问。但如果不问，她会忍不住胡思乱想，还是会假装一切从未发生过？他们两人相互吸引，有强大的性爱。让好女孩见鬼去吧，性才最重要。

德福林可能是她见过人里，最复杂的一个——或许除她父亲之外。不，这么想不对。**奥利弗喜欢自诩复杂，但那只是他的自我炒作，并对其深信不疑。咦？**这个念头打哪儿来的？卡兹歪着脑袋。拿父亲和情人做比较，这才危险呢，年轻人。她笑了。德福林还真没有丁点做父亲的样子。真实的他，拥有比所表露出来的更多。她能感觉到他内心的挣扎。他关心那个孩子——莎莉·安。哪怕离开之后，也一直在调查嘉美的一切。**这又该怎么解释？**

她手指摩挲着杯子。她信任德福林。信任令她犹豫，但她有勇气面对一切。她的确信任他，但是，她能接受他吗？因为，她将不得不接纳他的全部，他的过去，他的行李，他的一切，包括他随时进入或离开，还要接受，他可能无法时时陪在身边。**难道这也是她想要的？**

她还必须相信，自己能够接受德福林带来的一切，而不奢望过多。

她打了个哈欠。太晚了，也太累了，大概因此脑子才会胡思乱想的吧！可是坐这儿瞎想，解决不了任何问题。

她走到水槽边，洗净杯子，放进沥水筐。又走到厨房门口，手放在开关上。转过身，最后看一眼冰箱上的画儿。她会把它们取下来的，很快就会取。只是现在——

心好痛。她用另一只手，抛给那些画一个飞吻："晚安，甜心。"

德福林低头盯着那些对账单。柱状数据老是变得模糊，还跳来跳去的，一点儿也看不进去。**真是见鬼**。

有卡兹在时，这些数据总是非常容易。他愁眉苦脸地盯着床上摊开的打印纸，看着那些乱糟糟的线条和圆圈。竟有人称它们为艺术。他闭上眼，想忘掉这些东西。

刚才不该离开。也许她会遇到危险。也许他应该反身回去。

他差点从床上一跃而起。打住！回去，是因为想跟她在一起。你个浑蛋，不要逼自己。**正常呼吸**。

他突然浑身燥热，不耐烦地拉扯着领子，想起几小时前，在另一家酒店时的顿悟——**该死**。

当时的想法一定是错的。她的气味，她的触摸，她的感觉——她躺在床上的样子，简直太棒了，绝对是最棒的。自己为什么不能一直就那样躺着呢？为什么他的脑袋里，他的心里，老要想别的呢？上帝啊！他根本就不知道爱情究竟是什么，所以，谁知道这次是不是真的？怎么可能……哦，上帝……怎么会想到"爱情"这个词？

或许，是荷尔蒙分泌过旺了吧。哦，是的，因为荷尔蒙，他简直想扯下天上的月亮，摘下所有的星星，挂在她脖子上。因为荷尔蒙，他希望会魔法，或者巫术，这样就能把孩子给她变回来。上帝，荷尔蒙。哦，对。既然已经说到荷尔蒙了，或许，可以把一切都告诉她。不过，给她陡增忧虑之前，应该先把你的舌头揪下来。

一切还没说，她经受的已经够多了。"嘿，宝贝，我没有过去——我**也不会告诉你真相，除了简历，一张能让人做噩梦的简历，那可是我的真本事。不过，如果愿意记住我名字，我会很高兴的——顺便说一下，这不是我的真名——我早就不用真名了，很久之前就不用了。"**

真实姓名，结婚，去他的！他咬牙切齿。奶奶曾经灌输的老观念，竟再次从骨子里爬了出来。爱情，忠诚，婚姻。被子仿佛着了火，他一下子从床上翻下来。

他需要酒精。

房间迷你酒吧里的三瓶袖珍威士忌，已经倒进了酒杯，看上去像毒药。他喝了一小口，又放下酒杯。肠子蠕动着，脑袋深处一个邪恶的声音，不断地小声提醒，他渴望这种感觉。这种在内心深处，痛苦地翻涌着的、无法满足的渴望，与性欲无关，正是他最想要的一种感觉。难道自己扭曲变态，真的如此享受这种自我折磨吗？好吧，你可以这么做，忍不住去挠已经半愈合了的伤口，明知道很痛，还是管不住自己。

他疯狂地环视房间。如果枪还在，他一定会瞄准自己脑袋，扣动扳机，一定会。

不。

猛然间，他止住胡思乱想。决不！

生命太过宝贵，放弃太过容易。他清醒点了，看了看威士忌，一连两大口喝光，放下酒杯。他决定，一切都留给自己。为了卡兹，他会做任何事情，如果需要，甚至不惜动用自己的天赋。若果真如此，愿上帝保佑他这卑贱的小命，好让他一直保护她，直到生命的尽头。

到底受过严苛的训练。很快，他就宣泄掉所有负面情绪，把一切不快抛诸脑后。他用冷酷无情的控制力，强迫自己去看枕头上的那堆文件。那是从罗西给的包里取出来的，还有些新添的，是他离开芝加哥去都柏林之前，塞进包里的，是一些关于半个世纪以前的信息。他猛吸一口气。都柏林。明天一早，得找到鲍比，搞定那事儿。现在……

熟悉的工作效率又回来了，体内的专业机器开始发动。他把手里的文件分门别类进行筛选，铺满整个床面。

银行户头、通话记录。如果埃尔莫尔突然有大笔入账，那这笔钱是哪来的？全来自保险赔付，还是部分来自保险？还有通话记录，其中三个号码，尤其引起他的注意。第一个号码他认识，第二个号码经核对是个空号。最后一个号码，是杰夫死的那天早上打的。

德福林低头看着整理成一堆一堆的文件。死了这么多人，一个年轻女人和孩子死在无人的公路上，一个母亲和儿子死在佛罗伦萨的公寓里，还有杰夫·埃尔莫尔。嘉美·埃尔莫尔呢？他的手停在第一堆文件上方，这是他新增的一堆，是新闻剪报，菲尔·塞因特侦探，在伦敦市中心的公园，光天化日下被开枪打死。他的死，与其他所有人毫无关联——除了一个电话。

凭着直觉，他把那堆新文件，推进了另几堆文件中。一场交通事故，一次刺杀，一个自杀，一次双重谋杀。在美洲和欧洲两个大陆上的这些死亡，用恐惧交织在一起，以金钱为润滑剂。大笔的金钱。如果他是对的，那么整个事情，远比想象的牵扯更广，隐藏更深，内幕也更为黑暗。其根源，或许要追溯到遥远的过去，甚至要回到上辈子。

他打了个哈欠，伸着懒腰。再过二十分钟，就凌晨两点了。他用手刮着脸颊，发现长了胡楂儿。他可以刮个胡子，洗个淋浴，睡上一觉。但是，文件吸引着他。此外，还有两个人，就潜伏在这堆文件中的尸骨里，正悄悄地等着，就像两个影子。一个，是实施杀人的——枪手、刽子手、杀人犯；另一个，是他背后的操纵者——所有死亡的原因，也是金主。

德福林把文件叠了起来。母亲们，孩子们。父亲们呢？

他从床上下来，拿起电话，一连拨了好几个，只有一个叫醒了对方接听。

他看着手里精致的手机。真相正慢慢地浮出来，让人恶心。要不要最后拨打第四个电话呢？手指刚放到按键上，电话响了。

Chapter 30

鲍比晕眩得厉害。嘴里有股苦味，脸也是湿的，不知是汗还是血。周围全是血，很多的血。衣服已经不见了，大腿上的皮肤，也不见了。他意识到了这一点，努力挣扎着把注意力集中起来。

卢斯把他从厕所拉出来，扔到宽敞的办公室中央，已经好一会儿了。在被拽起来时，他的双手已经被解开。他假装昏迷，乘其不备，猛地打出两拳。卢斯毫无防备，被打得脑袋后仰，啪地撞在瓷砖墙上，这让他一阵喜悦。他夺门而出，经过过道，跑进外面空荡荡的大开间。跟他想的一样，的确是个废弃的办公室。开间的中央，一只亮着的灯泡，从天花板上吊下来。一定有根电线，顺天花板拉到墙边，然后有根开关绳。那开关一定在卢斯手里。他想尽快躲开灯光的范围，可惜速度不够快。就在他快跑出灯光、进入可以护身的阴暗时，一把小刀飞了过来，刺中他的小腿。他一下子跪倒在地，那疼痛，简直堪比炼狱烈火，而他的心里，疼得更厉害。

此刻，跟其他死去的人一样，他已经没有感觉了。

他浑身寒冷，牙齿打战，像是坐在冰块上。双手被紧紧地绑在背后，不知被绑在什么东西上。想什么都没用了，双臂已经没了知觉。不过，有一件事，在脑子里盘旋半天了，他想知道。干脆问吧。

"嘿，卢斯。"他抬起头。

黑暗的身影，从侧面移进他的视线。影子雾蒙蒙的，可能因为他的眼睛已完全肿胀，眼睛周围，布满血口子。他也终于明白了那隆隆的声音，是火车。他们在铁路附近的某个地方。不过，已经好久没听到火车过去的声音了。只有寂静，笼罩着空空的建筑。他坐直身子，打算开口问。至少现在，舌头还能动。

"卢斯——"连呼吸都疼痛不已，可他就想知道，自己究竟是不是个容易上当的人？**金钱、美女——一个人还能怎么上当？**

现在，卢斯就在眼前，手里摆弄着那把该死的沾血的小刀。打起精神，问吧："奥哈拉，所有的这些，都不是真的，对吗？你设的局？"

男人发出低沉的笑声，这个浑蛋，当真觉得这一切很好笑。"不，鲍比。奥哈拉是真的。一个真正的怪胎，钱多得烧得慌。我只是得到了他要另找见面时间的留言。就在几小时前——"卢斯抬手看着手表——妈的，是块劳力士，"他正在都柏林的豪华酒店里坐着等你，尚不知你人在哪里。"

"妈的。"鲍比不知道该笑还是该哭？**大笔金钱近在眼前，还有漂亮女人，竟然擦肩而过。**

"你该小心些，鲍比。咖啡店的那位金发碧眼的咖啡师，你每天聊天的那位，你不该向她吹嘘什么奥哈拉。尤其她还有个一心想打职业篮球的弟弟。不过现在，她弟弟的腿，断成几截了，大好前程，算是毁了。"接着又是一阵低沉得意的笑，"你们跑到欧洲，冲我而来。干掉你，可比在你们美国更容易。要不是德福林去了意大利，我也不想把你扯进来的。不过又一想，为什么不呢？可以用你当诱饵。你和他们一样，背叛了我，你们都背叛了我。"声音提高了，但又压了下去，"鲍比，你只是个顺带的伤害，是我实现目的的手段，一个我十分渴望的目的。"

卢斯打量着他，像是在看一块肉似的："我想，是时候了。"

鲍比警惕起来，他试图振作，把双肩靠在座位上。可是，只有一个肩膀能动，另一个……已经断了。

"很简单。"那个浑蛋又笑了，"给德福林打个电话。"

眼看油尽灯枯的鲍比，忽地有种胜利的温暖："打不了。没号码。"

"我有。"卢斯举起一部手机，放到离他很近的地方，让他看，"他一直在找你，还有好几条语音留言。"

"那是我的手机！"

"一位穿红色连衣裙的黑发性感女郎，在都柏林的酒吧捡到的。"

"红色连衣裙？"鲍比试图回忆，可是脑子里一片模糊，"萨曼莎？"发音是含糊的。妈的。

"对，是这个名字。一个女人，为了几百欧元什么都能做，令人吃惊啊。顺带我把她也搞了，就在酒吧后面的巷子。出乎她的意料。"他轻轻地用手指拭着刀刃，闭上眼睛。鲍比试了试脚后跟。要是能狠狠地踢一脚就好了。又使劲地弯腿部的肌肉，想让腿动一下。

只要能拖动那把椅子——

可是，两只脚毫无知觉。

卢斯继续讲："她跟佛罗伦萨的那个女人不一样，她可不是什么好东西，她会做任何事。"鲍比看到他眼里闪出幽幽的光。变态，大变态！一直这么变态。哪怕死在眼前，还是如此变态。"佛罗伦萨那个愚蠢的婊子，还以为我会放过她儿子。"啪的一声，小刀轻快地叠起来，"浪漫的回忆到此为止，干活儿吧。"他用拇指拨通了电话。

"德福林吗？或者，应该叫你迈克尔？哦，少来，你知道我是谁。你给我留了口信。不，准确地说，应该是你留了关于我的口信的。不，他没法接电话，这会儿不行。是，就像他们说的，有些事儿夸大其词了。只是一次会面，老朋友都在这里，很好的一次聚会。现在他可以跟你说话了。"卢斯把电话贴到鲍比的耳朵上。

"不要来，德福。"鲍比使出全身的力气大喊，"我没救了。快他妈跑——"电话被拿了回去。

"不。没想到你会这么做。是的，还活着，不过状态不大好。"一阵轻笑声，"这正是我想让你做的。"

Chapter 31

德福林坐在出租车里，从车窗玻璃向外张望。出发的时候还在下雨，但这会儿已经停了。每天凌晨时分的A4区，总是非常安静。这里并不空旷，只是很安静，停着很多大卡车。

他发现自己的双手正紧紧地抓着座位的边缘，于是赶快松开。唯有保持冷静，才能搞定一切。忘掉鲍比，忘掉他听上去的惨状。况且，现在已经晚了。卢斯那个浑蛋，太了解自己，知道无论如何，自己一定会来。

车很快就到了朝海因斯方向拐的十字路口。已经有很多年没有来过这里了。躲在内心深处的记忆和恐惧，一齐涌进脑海，但很快又压下去。要是有武器，他会感觉好些，可空想无用，得想个办法出来。

毫无疑问，这次他一定要拿下卢斯，而且这次，一定要看到他的尸体，看到他的血。当然，也可能会是自己的血。这个想法不好。

悔恨让他一阵心痛。如果这次搞不定，而且照目前看可能性极大，那么卡兹会认为，他再一次离开了她。给她打电话的念头刚一闪，立刻就被否定了。或许，离开是最好的选择，他给她又能带来什么？

上帝。很快，他止住了胡思乱想。想到哪儿去了？如果这次搞不定，就再也没有人能搞明白，在酒店床上铺开的一张张纸上，究竟透出什么信息。所以，这次必须成功，并且要撬开卢斯的嘴，让他说出幕后操纵者的名字。

他身体前倾，在伦敦郊区这些昏暗弯曲的街道里，仔细搜寻着，寻找卢斯说的地标。

卢斯说的，是栋很小的办公楼，就在铁路边上，已经废弃。德福林让出租车司机绕了一圈，停在废弃的火车站外面。车站对面有一溜台阶，可以通往他要去的那条街。

街对面的那排房子非常安静，窗帘都闭着，不像有人住。一只瘦弱的姜猫，围着一个空奶瓶子转来转去，凄凉地叫着。伙计，只有你我了。他看看手表。距离通话已经五十五分钟了。卢斯一定在严阵以待，随时恭候他的到来。没时间仔细侦察了。

卢斯说的入口，在这栋楼的另一头。楼前和楼侧，是铺着柏油石子的院子，用砖墙围着。只要穿过空荡荡的院子，就能到达入口。不过，不必这么早就让卢斯知道自己到了。于是，他没有直接横穿院子，大摇大摆地走进楼门，而是顺着砖砌的围墙悄悄前行。围墙靠铁路一侧的拐角处，墙被拆了个豁口，从那里他翻了进去，然后顺着围墙里侧，慢慢接近楼的入口。

正如卢斯所说，入口处的楼门是敞开的，用什么东西撑着。德福林躲在一块摇摇欲坠的金属板下，用它掩护，仔细研究着楼的入口。看来楼门入口那里，不大可能有埋伏，那样太危险，极易被小孩或流浪汉发现，甚至被巡逻的警察发现，当然，如果周围有警察巡逻的话。要是扔进去一枚炸弹，怕是太快了，卢斯定会不高兴的。兴许，他还正盼着你这么做呢。他皱着眉。也许，卢斯在附近装了传感器，或是探头。不过，既然知道他要来，干吗还要搞这些？看来，要想弄明白，只有一条路可走。

他离开掩体，穿过楼门，悄悄进入狭小的门厅。潮湿和尿液混合的臊臭，扑面而来。卢斯已经想法儿接上电了，所以门厅的电梯，可以用。

德福林看了看电梯，又看了看旁边的楼梯。

“不对。”刚才在大楼外，他还发现了别的。而且，现在无法断定，卢斯是否知道他已经到了。看来给这小子个惊喜，是不大可能了，那么卢斯所期待的会是什么呢？

一番考虑后，他从门厅破烂的接待台上扯下一块板子，又在电梯里按了几个按钮，把板子卡在电梯门的中间。电梯门不停地反复关闭，将板子夹得皱了起来，只有原来一半大小了。估计板子撑不了多久，但那不重要，反正卢斯不知道。他起身从楼门出去。板子夹断时，他已经回到了楼的另一头。

逃生铁梯在隔壁那栋楼上。他还注意到，两栋大楼之间，用一条狭窄的通道连接，就在外伸的窗台旁。卢斯请他去的是顶楼。狭窄的连接通道就在顶楼下面的次顶层。如果运气好的话，次顶层的某个角落，会有个进入顶楼的竖井楼梯。而且，那里一定不会有人拿着枪，在黑暗里等着他。

果然如此。

他来到楼外面，纵身一跃，费力挣扎着爬上一堵高墙，翻进旁边那栋楼，然后扭动身体，顺着逃生铁梯，迅速而紧张地向上攀爬。不一会儿，就摸到了那个黑咕隆咚的竖井楼梯，并从那儿上了顶楼，出现在离楼梯和电梯很远的一个角落。只要穿过那扇倾斜的防火门，再登上几个台阶，就是战场了。他面前的空间里，空空如也，一览无余。借着街上路灯的光，能看到地上胡乱扔着的几件废弃的家具，几块破烂的窗纱，像是以前做分隔用的围挡。德福林快步绕过一团散乱在地上的电缆。

地上还有从天花板吊顶里掉下来的瓷片，他不小心踩中一块，脚下发出瓷片的碎裂声音。吊顶上的破洞里，能看到里面的金属龙骨、排水管道，以及各种管线。风透过破裂的窗户吹了进来。外面，天色渐渐放亮，天空呈现出黎明前柔和的灰色。大厅的中央，离电梯很近的地方，挂着的电灯泡发出刺眼的光芒。

那里的气味，闻起来苦涩而又凶残，他警觉起来。

鲍比尸体的残骸，头朝下吊在空中，挂在天花板的龙骨上。不用去看那被割开的喉咙，只需看尸体下面，破旧的地毯上一摊深色的血迹，就已然明白。那儿，就是他曾经的搭档——最好的朋友。寒冷、恶心、愤怒，一齐涌上心头，他咬紧牙关，猛地从尸体旁转身走开。

"卢斯，你个狗杂种。"声音在楼里回响，"你给我出来。你让我来的。我来了。出来，咱们算完这笔账。"

愤怒之余，大脑还保持着清醒。曾经的训练，让他在喊话的同时，不忘寻找掩护，拉开双臂，做出随时打斗的架势，等等。假如卢斯选择用子弹结束这一切，他早就死了。但如果那样，就不是卢斯了。就如电影结束时，两个超级枪手相对的画面，废话少说，直接上手，用实力证明，到底是谁最厉害。

"迈克尔。"柔和的声音让他不由得压低愤怒的喘息声。声音来自前方，而非身后。卢斯慢慢地走进了他的视线，"不喜欢坐电梯，也不喜欢走楼梯？"声音很是平静，像是在聊天，"不能说我责怪你。用木板夹电梯门的把戏不错啊。简单好用——还屡试不爽。"

德福林疯狂的目光，扫视着卢斯的全身。只见他双手放松，自然地垂在看得见的地方，没拿武器。但是卢斯的武器，什么时候让人看到过？手腕上的护套里可能藏着刀，背后可能也有一把。胖胖的身躯，脸上添了皱纹，宽宽的肩膀竟有些微驼。他更老了，更柔软，也更松弛，会不会也更慢了呢？

"好久不见。"德福林只好清清嗓子说，"你没必要这样做——"他头朝身后的尸体一仰，"来吸引我的注意。"

"不。"卢斯走上前来。德福林警惕地站在原地。"只是我知道，这会让你有多生气。"他说，"事情的解决方法太多，可不像你我之间。也罢，"他耸耸肩，"现在，全解决了。但是，我有些失望。"他厚厚的嘴唇噘了起来，"好像你再次听到我说话，并不像我想象的那样，感到惊讶。是有人告诉你了吗？"

"没有。是我自己推断出，你还活着的。埃尔莫尔——佛罗伦萨的那个女人还有她的儿子，显然都是你的手法。菲尔·塞因特，还有亚特兰大郊外的车祸，也是你的杰作，对吗？"

"当然是咯，"卢斯双手张开，一口承认，显得很高兴，"非常正确。"他赞许地说道，"我不得不说，原本只是一件私人雇用的小事，可是因为你到了车祸现场，于是升级成为一件天大的事。自我在车祸现场认出你，这事就开始升级。哦——安静会儿，我怦怦乱跳的小心脏。"他把手捂在胸前，好像他这个杂种真的有心似的。

"你追着那辆车翻车之后，就一直在对面山上观察。"当然如此，"以防万一撞得不够彻底。"

卢斯歪着脑袋。"用的是野战望远镜。标准流程。距离较远，刚好不会被发现，但同样因为距离较远，你出现时，我却没法干预。你给警察打电话太快了。不过，这人要不是你的话，我会非常生气的。"他笑了，"不过，请允许我的好奇心放纵一下。你为什么又突然跑出来，追查这件事？为什么过了这么久，才开始翻腾，从头彻查？整个事情，有许多毫无头绪、互不相关的地方，是很难……注意到的。"

仿佛一块尖冰，刺进了德福林的内心，让他从头到脚打个冷战。难道所有人的死，都怪自己不成？不，卢斯，你在玩诛心游戏。"因为，那场车祸，发生在错误的时间、错误的地点。"他回答说，"后来，我到了伦敦，联系了孩子的母亲，才发现孩子被调换了。"

"啊！"卢斯发出一声叹气，"可爱的卡特琳娜，运气真是好啊。"他摇着头，惊叹不已，"全世界所有人——"

"拜托，卢斯，"德福林打断他，声音更为嘶哑，"如果这么多年你一直活着，为什么在这之前不直接来找我？只要愿意，你肯定能找到我，然后策划个意外什么的，根本不会有人知道。"

"但那样的话，你也不会知道的，迈克尔。这点非常重要。我一直梦想着，你我会像今天这样相遇，但是，我快绝望了。你也知道，干我们这行的，头等要务，就是保护自己。虽然我不想承认，可无论如何，就是找不到你。在咱们最后一次见面后，我好长一段时间，都找不到活干。"他目光一闪，"我浑身的本领，却连个人都找不到，不如死了的好。于是决定，还是别冒险露头了，免得被人追杀。不过，车祸现场，我再次看到你时，我就知道，众神都在向我微笑，我终于找到了你。尽管如此，我还是花了相当长时间，才追踪到你在芝加哥。当然了，准备工作也很费时间的。我已经安排好了地方，一个僻静的小场地，没有盯梢，没有窥探。迈克尔，送你走之前，我们一定会度过一段非常美好的时光。原本我还以为得找个由头，才能把你引回来，不想你却自己找上门来。"

他声音突然变了："是你自己找上门的，迈克尔。死的时候，你要记住这一点。"他一字一顿地说完，便慢慢地朝德福林一步一步走了过来。德福林依旧在原地，没有退后。此时，他看到卢斯眼里冒出凶光，那无情的瞳孔里喷着毒液。

"我要让你跟他一样，一秒一秒，感受死亡。"那双眼睛，此刻犹如地狱一般。他说的或许是鲍比，但德福林知道不是。

"真是场愚蠢的车祸。谁也不会想到——"

"不会！"他吼声如雷，"只有你！就相当于你用榔头亲手干的。现在，我也要让你知道。"

一把小刀呼啸而来，德福林侧身跨步躲过，在地上打了个滚儿，又站了起来。卢斯从护腕中又拔出一把小刀，德福林冲上去，一脚把刀踢开。

两个人狠狠地扭在一起，顿时尘土飞扬。又一把刀咔嗒一声打开，从侧面刺来，刺到离德福林的脸不到几寸的地方。两个人拳打脚踢，扭作一团。德福林浑身是汗，有一秒躲闪不及，被一记侧拳狠狠击中。他踉跄着还没站稳，突然出脚去踢卢斯的腿窝。就在他倒地之际，卢斯一把抓住他，用力地拉向怀里，不停地拉。

德福林强压住内心的恐慌。他判断得对，卢斯慢多了，但仍然有重量，而且只需要把这重量压在他德福林的身体上，就够他受的了。德福林拼命地扭动着身体挣扎。就在卢斯即将压住他时，他瞅准机会，使出全身的力气，把卢斯甩开，啪地摔在地板上。他的耳朵在流血，可卢斯已经挣扎着站了起来，朝躺在地上的德福林的肚子拼命地踩了下去，他倒地时蜷曲着，来不及站起来，只能就地打滚，在靴子落下的瞬间，躲开。卢斯一脚踩空，飞快抬脚，继续不停地使劲踩。德福林只好在地上转圈，连续打滚腾挪，争取宝贵的空间，躲避着卢斯的皮靴。卢斯停止了进攻，喘着粗气站在原地观察着，胸部剧烈地起伏。他用苍白的眼睛，扫过趴在地上的德福林周围，考虑着该从哪里下手进攻。德福林一阵战栗，手不由自主地在地板上拼命乱抓，想抓住什么可以用来出击或是扔出去的东西。什么东西都行。

卢斯走了过来。他的手指突然摸到一根粗重的电缆，猛地松了口气。当卢斯抬起脚，正准备朝他的空当进攻时，德福林拼命地扭动身体，把所有的力气都集中到手臂上，"啪"地将电缆猛甩出去。卢斯咚的一声被打翻在地上。

德福林跪着艰难地站起来，双脚盘旋着、踉跄着。卢斯头朝下，一动不动，旁边是块被电缆削掉的木桌板。难道已经——

突然，一声吼叫，地板上的卢斯一跃而起，直扑过来。

德福林向后跳去，却没站稳，又摔倒在地，胳膊使劲挥着电缆。倒地时，卢斯恰好冲过来，手里的木桌板，像长矛一样刺了过来。德福林一把抓住木板，板子上的碎木刺扎进手心。他一把将木板掰断，但是已经离卢斯太近，无法躲开。卢斯一把薅住他，举过头顶，重重地往地上摔去。

被抛在空中的德福林旋转着打了个挺，一脚踢中卢斯的腹股沟，落地时竟奇迹般地站住了，只打了个趔趄。他趁势张开四肢，把全身的力量都集中在左手腕，照着卢斯劈了下去。糟糕，这一掌劈到了地板，只听咔吧一声，手腕骨开裂的声音。一股钻心的疼痛顺着左臂传来。刚要跪着起身，卢斯又扑了过来。他右手抓起已经废了的左手，开足马力，照着卢斯的脸甩了出去，前臂传来犹如万箭钻心般的疼痛，卢斯的牙齿满地都是。

他直起身子后退着，气喘吁吁。卢斯也摇摇晃晃，鲜血从瘪了的鼻子顺嘴流淌下来。德福林听到某种类似呻吟或是呜咽的声音，不知哪儿传来的。他摇摇晃晃地站着，左手无力地垂着。

两人都侧着身，慢慢地向窗户的方向移动。破损的玻璃窗外，太阳正冉冉升起。微风从一个破窗户吹了进来，鲍比的尸体在微风中怪异地抖动着。德福林佯装进攻，转到另一侧，躲过脚下的那摊可能要他命的血。

必须速战速决。他已经耗尽体力，手也废了，只剩下动物本能的狡猾。

他扶着胳膊往后退。卢斯的脑袋又抬了起来，目光凶狠而专注。德福林再次鼓起力气。右手手指已经僵硬，他想抹下眼睛，结果手无力地甩了回去。他告诉自己放松，慢慢靠在窗户上。背后窗户上，破碎的玻璃在风中嘎嘎作响，他的头垂向一边。卢斯伸出双手，朝他扑了过来，已经变形的脸上，挂着可怕的胜利。

然而，就在卢斯扑来，马上扑住他的最后一秒，德福林用尽周身最后一丝力气，用他那健壮的肌肉，突然弯胸抱膝，滚到了侧面。卢斯来不及收住，一头扑向满是玻璃碴的窗户。

接下来是一秒的寂静，仿佛什么都没发生。紧接着，是玻璃撞碎的声音，然后听到从窗户一头甩出去的卢斯的尖叫声。

德福林一屁股坐在地上，眼睁睁地看他掉下去，心里像冰块一般。卢斯的身体连同破碎的玻璃碴子，从窗户飞出去，在空中懒洋洋地画出个长长的抛物线，恰好掉在铁轨中间，一辆货运火车疾驰而来，将他吞没。

火车的急刹车，金属的摩擦发出刺耳的声音，像抗议一般响在空中，轰隆隆声过后，火车停了下来。好奇的人们围涌了过来，打破楼下的安静。

德福林浑身发抖，挣扎着坐起来。颤巍巍的手指，取了三次，才把手机从口袋里掏出来，又挣扎了两遍，才把那个号码拨出去。他从未想过会再次拨打这个号码，但也从来没忘记。而这个号码，也从未变过。

铃响第二声，电话接了起来。德福林按照要求，说出口令。电话那头短暂停顿后，响起另一个沉稳而平静的声音。问题简短而尖锐，德福林做着深呼吸，尽量吐字清晰。电话那头的注意力集中在他的讲述上，激起了沉寂多年再未有过的反应。

他不敢去看鲍比的尸体，用简短的话语汇报着。在讲到火车那一部分时，对方陷入几乎无法察觉的沉默。又暂停几下之后，是一阵敲击声，接着，话筒里传来一个新的声音："如果一大早这个时候发生了打斗和重伤，我就知道一定是你，迈克尔。"

"对不起。"他揉揉耳朵，手上全是血。

"有伤吗？"

他弯一下手，疼得缩了一下："有一些。"

"你还能动吗？"

"哦，还行。"

"那就按照美国朋友说的那样，从楼里出来，走到街上。现在就去。在那儿等着，我们马上到。"

电话挂掉了。

德福林把手机折起，塞回口袋。他忍着剧痛，艰难地站起来，朝鲍比走了一步，又耸耸肩，改了主意。

然后按照命令，转过身去，艰难地走向楼梯。

Chapter 32

　　最外面的那道路障，围着一小群人在看，都是早晨途经这里，或是晨跑的人。守候的警察一早知道她要过来，把路障挪到了一边。卡兹按照要求，把车开进去停下。前面路上横着一辆警车，堵住大半路，不远处横着另一辆警车。警车顶灯不停闪烁，偶尔传来对讲机的咝咝杂声，但除此之外，这个地方让她有种奇怪、肃静的感觉。警车边上站着一位穿制服的警察，示意她继续。她小心翼翼地开车向前，一侧的两只轮子轧上人行道，才从警车和墙之间的窄缝，把车勉强开过去。

　　她再次停下来，按照警察的指引，把车头扎进一个大门前的空地。这块地方用路障围着，还停着几辆车。另一侧空旷的停车场上，也零散地停着几辆车。透过东倒西歪的大门，她看到院里还有两辆大的面包车，一辆黑色，一辆蓝色。车辆包围的中心，像是一栋废弃的办公楼。几个人推着推车，从楼里出来，车上是具尸体，用黑袋子包着。隐约听到铁路那边传来闷闷的声响，像某种机械的噪声，时断时续。但是并没有听到火车开过来。

　　她下了车。清晨有点冷，她缩了缩肩膀。守门的警察朝她走过来，还没走到她跟前，另一个男的就快步超越他，走到卡兹面前。这个男子的体形，还有他走路的样子，让她想起了德福林。

　　他站在离她一两步的距离问："是埃尔莫尔夫人？"那张圆圆的、毫无特征的脸上，有着冰碴一般的目光。此时她身上的战栗，不只是早晨气温太低的缘故。

"我接到了电话。"她有些畏惧。那个电话把她从睡梦中惊醒。她迷迷糊糊地伸手去摸听筒和钟。她拨开散乱地糊在脸上的头发时，两只手却不停地发抖。清晨五点五十七分，这时来的电话，不会是好消息。

打电话的是个陌生人，发音清晰，说话精准，知道她的名字。那是个男人的声音，沙哑紧张，语气十分克制。

"我来接德福林先生。"她小心翼翼地说。

"德福林……先生。哦，对。"好像他从未听说过这个名字，"请跟我来。"路障外围观的人群，出现一阵小小的推搡。几个人举起手机想拍照。一位身材魁梧的警察径直走过去，挡住他们的视线。

"埃尔莫尔夫人，谢谢您赶过来。"前面领路的人扭头说，"我想他已经解释了，呃……德福林先生受了点小伤。所以，有必要让您来接他一下。"

卡兹掂量着嘴边的问题。但听筒里德福林说话时，语气中的戒备，让她警觉起来。有瞬间的恍惚，她想到德福林是不是让自己来"保"他出来。可他只是说来接他一下，未做任何解释。她也知道，不能问。后来，是第一个声音告诉她，到什么地方，以及路线和方法等。

前面带路的这个人，不知道是干吗的，透出一股傲气，估计自己的问题，他也懒得回答。这么一大早，把她从床上拽起来，让她立刻赶到伦敦一个陌生的地方，倒也没啥。但若能告诉她究竟怎么回事，就谢天谢地了。

至少，德福林还活着。那个袋子里的尸体不是他。他们不是让她来认领尸体的。她小心翼翼地从破损的楼门进去。这幢偏僻的办公楼里，一定发生了什么不好的事情，德福林牵扯其中。当然，自己也牵扯了进来。她揉着太阳穴。昨晚德福林离开之后，找了一家宾馆住宿，到现在也就十来个小时的时间，怎么会跑到伦敦郊外这么个地方，还出了意外？竟非得自己亲自把他弄出来。也不怕自己杀了他。

　　带路的男子把她带到围墙内的蓝色面包车前，不知从哪儿拿出一堆表格，让她填写。她将信将疑，不耐烦地在他指的地方签了字，又把递给自己的那份表格，一把塞进包里。他皱着眉，开始絮叨，突然又住嘴。一个女的从面包车后面悄无声息地走了过来。这女的个子不高，矮胖矮胖的，长脸，灰色的卷发，目光锋利，像剃须刀一般。带路的男子仿佛触电一般，身子猛地一紧，绷得笔直，一副敬礼的姿势，不过没有抬手罢了。这位，大概就是头儿了吧。矮胖子女人冲她微笑，牙齿不错。这么好的牙齿，是用来吃人的吗？奇怪的是，这微笑落在卡兹眼里，却让她突然不安起来。

　　"您是埃尔莫尔夫人？"女人一只手扶着卡兹的胳膊肘，示意她向前走。所有的人都知道她的名字，却没人向她介绍自己。

　　德福林瘫坐在一辆深灰色轿车的后座上，身子一半在车里，一半在车外。车停在楼的侧面，从外面看不见。卡兹的心突了一下。他脸色苍白，满脸血迹，胸前衬衫上，血迹更多，一只手臂弯着，护着另一只胳膊。

　　卡兹大口吸着气。她就知道不好，所以雾气蒙蒙的大清早，随便趿拉了一双旧运动鞋，就跑了出来。早知道见到的是位身着阿玛尼的女士，而且仿佛只是出来遛狗的样子，她才不会穿成这样的。不过，也许不是。

　　德福林斜眼看着她，似乎有些惴惴不安。很好。她的心一下子软了。

　　"这些，是你流的血？"过了会儿，她问道。

　　"大部分不是。"他动了一下，做了个鬼脸，"至少我认为不是。"

　　卡兹点点头："这么说，我得问问，另外那个家伙怎么样了？"

　　德福林吞咽了一下。"那家伙，在那边。"说着，头朝铁路方向扬了一下，"火车底下。"

　　"哦。"有点眉目了，"是你……把他弄那儿的吗？""哦，是的。"他看着自己的手，"我们打了一架。要是我……躺在那儿的，可能是我了。"

卡兹有点晕。大清早的，她竟然和德福林在这儿讨论起暴力和死亡。简直就像在托儿所里买股票一样不可思议。

德福林凝视着大楼的另一侧："卡兹，很多事情需要告诉你，给你解释。"

"比如，或许你的一生？"

他咬咬唇："类似吧，但不是在这儿。"

她点点头，挠着鼻子："昨晚，你说今天见我，可没想到会这么早。"

"哦，我也没想到。"

"是吗？好吧。"她将重心换到另一只脚上，看着脚上的那双球鞋。不知那个穿阿玛尼的女人，是不是正在背后哪儿看着他们。极有可能。"我想，现在该带你回了。"

"先去急诊。这儿，"他示意着他的左手腕，"断了。""哦！"她吃了一惊，差点没站稳，"昨晚你离开时，知道会发生这事儿吗？"

"不知道。他打电话给我的，他抓了鲍比。"说着身子猛地一颤，看向别处，"鲍比也死了。"

卡兹想起刚才看到的推车，和用黑袋子包裹的尸体，手指抽动了一下。她想去摸德福林，但手又抽了一下，没有伸出去："我们现在就走，好吧？"

德福林小心翼翼地自己挪下车，在地上站稳时，眼里分明露出解脱的神情。除了手腕，他身体的其他部位也受了重伤。她看得出来，他精神受的伤，比身体上的伤更重。但此时不是说这些的时候。会有说的时候吗？

顾不上满心紧张和好奇，她在前面，向汽车走去。

她不得不帮他系好安全带，然后，努力镇定下来，注意力集中，发动了汽车。旁观者们都散去或被赶走了。后视镜中最后的画面，是那个女的和那个男的站在墙影里，看他们开车离去。他们身旁，停了一辆低调的豪华轿车，车门打开着。

Chapter 33

天完全亮了，路上的车比来时多了很多，她开得提心吊胆。

快到一个十字路口，德福林强打精神说："希灵登医院最近。"

"好的。"她抬头看了看路标，"如果你选去那儿。"

"那儿就行。"

卡兹换挡驶入车道。德福林看着窗外，又陷入沉思。为了不引起她注意，把头扭到了一边。她快速瞥他一眼，只能看到他侧脸。即使这样，也能看见，他的嘴巴痛苦地紧闭着。

"到了医院，你打算怎么解释？"她突然问，想听听他怎么说。

"什么？哦，怎么说都行。"他用没受伤的那只手打着手势，"随便说。比如踩到猫身上，摔了一跤。"

"哦。"她假装认真地考虑着这个借口。后面有辆白色的货车，跟得特别近，前面也是一辆白色的货车。两辆车一前一后，像三明治一样把她的车夹在中间。她觉得自己已经控制不住，快彻底爆发了，"可这不能解释衬衫上那么多的血。"她反驳道。

"鼻血。"他依然看着窗外，"真的。不过不是我鼻子流的。"

她明白了："医生会相信吗？"他的脸上有大片瘀青，多在下巴和颧骨处。

"筋疲力尽的孩子，穿着老爸的白袍，刚刚上完夜班，你觉得他或她真的在乎？"

"好吧，这事儿你可比我有经验啊。"她眼睛盯着后视镜，估计他点了点头。现在他转头看她了。她感觉得到。

"怕他们会以为是你用皮带抽的？"

"少勾引我！"毫无征兆，恐惧和宽慰，瞬间化为愤怒。她终于爆发了，开始接连发问，"你到底是谁，德福林？"她愤怒地瞥他一眼，却看到他满眼震惊。好家伙，好家伙。

"深更半夜，把我从床上拽起来……"他刚想抗议是清晨，就被她用手势制止了。他明智地闭上了嘴巴。"一个陌生人，非要我大老远地跑到这儿来接你。到了之后，好嘛，居然是警察。一个恐怖的男人和一个恐怖的女人，比你还恐怖。而且还得签字。而你，浑身是血！"

"哦。"听得出，他在考虑该从哪儿说起，"我觉得你签的字，可不是一份收货单。卡兹。"

一连好几个十字路口都是红灯。卡兹把手伸进包里，拿出刚刚签字的那张纸，瞥一眼上面的标题。

"我刚签的竟然是'官方保密条款'！"

"呃，是的。"

"你只会说这些吗？"她声音颤抖，还好，手并没有颤抖。为什么刚才拿到文件时，她竟然鬼使神差地没有看到这个标题？因为你对他太着迷，害怕自己发现什么——所以不让任何人知道。

德福林仍然沉默着。"哈！你以为我不知道，"她继续指责，"你想任由我大喊大叫，直到累了自己停止，对吗？"交通灯变绿色了，她猛踩离合器，放在方向盘上的双手八字张开，做个否认的手势，"好了，我喊完了。"

车继续行驶，两人谁也不说话。卡兹打开收音机，假装在听。一辆救护车从旁边驶过，医院快到了。

"我很恐怖，嗯？"德福林用聊天似的语气说，"你让我赤身裸体的时候也恐怖吗？"

爆笑一下子从心里冒出来，到了嗓子眼，卡兹使劲咬牙憋着，心想不能服软，一下子笑出来。哦，该死，是的，她就要这样。

"赤身裸体也许没那么恐怖。"好吧，我在说谎。的确恐怖，不过是另一种意义的恐怖。

她拐进停车场，掉好车头，在车位上停好车："见鬼，我为什么要笑？"

终于忍不住了，她大笑出来，不停地笑，笑得浑身颤抖。

笑着笑着，眼泪流了出来。

德福林解开安全带，也帮她解开安全带。他咬牙忍着剧痛，笨拙地用还没断的胳膊，搂住她。不知她的发抖，是因为流泪，还是因为欢笑。或者，是他在发抖？"对不起，亲爱的。"

他抚摩着她的头发，轻轻地拍着安抚她，也安抚着自己。天哪，他的确也在发抖。今天这事过后，他觉得自己真老了。大概，这就是他该退休的原因吧。只可惜没人告诉那些坏人。

此刻，这么可爱的一个女人，在怀里哭得梨花带雨。女人？上帝帮帮他吧，他才不在乎女人。他顾不上内心的冰冷，只想搂住怀里的温暖。很甜美，很适合。这件事，一定要做好。

他挺直身子，看着她挂满泪水的脸。鼻子还在抽，但眼泪已经停止。"我已经把过去的一切，全都抛掉了，卡兹，我发誓。我，有了新的生活，新的名字，新的一切。"他抬头向上，从她的肩膀看出去。有些事情，没有眼神的交流，会更好。"我做过很多不好的事情，但都是有正当理由的，不过见鬼……我也不知道。所以就停了手。但是，过去的人和事，总会偶尔悄悄溜回来。卢斯就是其一。"

她坐直身子，手背擦着鼻子。他本想用衬衣袖子帮她擦，只是袖子实在太脏了。

"你不知道会发生今天的事，对吗？"

他想起来还不能耸肩，到处都是伤："卢斯原本已经死了的。"

"哦，现在，他死了？""是的。"

她轻轻靠在他胳膊上："怎么死的？"

"就这件事，这是场正义的战斗。也不知道这重不重要。"是的，很重要。从她的眼睛里，就能看出来，他在心里，也能感受到了，"我跌倒了，手腕也断了。他向我冲过来，结果没刹住，从窗户摔了出去。是我故意使计，让他掉出窗户的。他已经杀了鲍比。"

"他还会杀了你？""是的。"

"那，这件事虽不是什么好事，但你确实……做得对。我也不知道。"她一只手疲倦地理了理头发，"走吧，该去给你看手腕了。"

车停好了，卡兹把停车票放在前挡风玻璃下，朝急诊入口走去。幸好急诊室并不拥挤。德福林递给前台护士一张字条，护士看后，睁大眼睛，立刻拨打电话。接着，她很快问完程序性问题，一切就顺利结束，速度之快，简直破纪录。

卡兹在等候区坐下来时，扬起一边的眉毛。

"有时候认识人还是很重要的。""当然。"

分诊护士仔细查看了他衬衫上的血迹，却没有发问。卡兹不知道医生是否注意到这些血迹。石膏室的护士更难对付些，但最终，还是接受了摔伤的说辞。

他们出来的时候，停车场已经满了。卡兹在前面领路，走到车旁，两人坐进车里。德福林脸色惨白，脸颊全是胡楂儿，嘴唇周围，泛着白印。医生和护士给他用了止痛药，但她知道，那还不够。他需要休息，但首要的是——"听我说，如果你需要——"她伸出双臂。

"好的。"他犹豫了一下，俯身把头靠在她的肩膀上。她的下巴抵住他头顶，两人一动不动。尽管发生了这样的事情，他还是如此的结实和坚强，而此刻在她怀里，感觉还是那么好。哦，该死。

靠了一会儿，德福林坐起来。卡兹发动汽车，车载收音机开始响起：

"在同M25的交界处。关于公共交通，由于海因斯区域今天早晨前发生事故，目前帕丁顿车站暂时停止火车出入。建议前往该车站的乘客们——"德福林拍了一下换台按钮，车里飘荡起拉赫玛尼诺夫的音乐。

卡兹瞪大眼睛："说的是你吧。""我猜是的。"德福林闭上了眼睛，"竟能让伦敦的火车停运，我还是头一次。"

"去我家，还是宾馆？"马上快驶离A4区了。"宾馆吧。"他得赶快脱掉这身臭烘烘的衣服——最好一把火烧掉，然后再洗个澡。

"噢，妈的，"他呻吟了一下，举起打着石膏的手臂，"妈的，要是洗澡，怎么能保持这个干燥？"

卡兹咧嘴笑了："到我家吧。我那儿什么都有。"

"保鲜膜？"卡兹把他往浴室里赶时，德福林眯起眼睛看着她。

"用保鲜膜把石膏包起来，外面再套个塑料袋。不过还是得小心，别沾上水。不过很管用。"

"你怎么知道这个方法？"

"去年冬天，妈妈在雪地滑倒，摔断了胳膊。"卡兹一边解释，一边动手去解德福林的衬衣纽扣。他扭着身子挣脱她，用一只手费力地摸索着，要自己解开。"德福林，你疯了？让我来。"她杀手般犀利的眼光看着他，"我都见过你赤身裸体了。"

他的脸上不情愿、疲惫、疼痛，几种表情相互挣扎。最后，他无奈地放下手，让她帮忙，继续脱掉衬衫和牛仔裤。看到他的后背、下腰处，以及大腿上大片可怕的深紫色瘀青时，她不由得倒吸一口气。他的头发上、耳朵后面，都是斑斑血迹。把他的右手翻过来，才发现掌心全是擦伤，已经肿得老高。

"是木头碎屑。"见她举起自己的手，他斜靠在墙上解释说。

"刚才在急诊室，应该让护士处理一下的。"她看着他肿胀的手，皱着眉头。

德福林摇了摇头："不想待在那儿。不喜欢医院。"他眯起眼睛看着手，"用消毒剂消个毒就好了。"

卡兹怀疑地看着他，他正盯着刚脱下来的牛仔裤。

"帮个忙可以吗？有没有篝火、花园烧烤炉之类的东西？"

"怎么了？"她把那些脏衣服卷起来。"把这些都烧掉。"

她低头看看手里卷好的衣服，颤了一下。

"烧掉。"德福林离墙起身，"你会给我洗澡的，对吗？"

"别得寸进尺了，快去。"她拍拍他的背，心里又生出想挨着他肌肤的痒痒感。**拜托，这小子此刻浑身是血，筋疲力尽。放过他吧。**

她抬头，发现他正翘起一边嘴角在笑："肥皂掉了怎么办？"

"掉了，就自己捡起。"

德福林走进浴室，她抓起衣服转身离开，不过还是把浴室门开着，以防万一。洗完澡后，她给他擦干。他还唠唠叨叨地不愿意使用吹风机。不过，她说了湿着头发睡觉的一系列缺点，他才作罢。最后，终于把他弄到床上。医院给开的药，无论哪种，吃了都会令他昏昏欲睡。他乖乖地把那只好胳膊伸给她，让她仔细挑出扎在掌心的碎木刺。还没挑完，他就睡着了。卡兹给他盖好被子，把头发从脸上拂去。

他赤身裸体地躺在松软的羽绒被里，或许后面，还会有好玩的事。看他赤身躺在床上睡安稳了，她又冒出一个主意。

她知道他入住的宾馆，也有他的房卡，是从他裤子口袋翻着的。这样，她就可以去退掉房，拿回行李了。当然，没必要告诉他。

　　房门顺利地打开。德福林离开前，在门口挂了"请勿打扰"的牌子。她也没取掉。屋内拉着窗帘，十分昏暗。她打开窗帘，径直走到衣柜前，拖出他的箱子。箱子的一半是空的，她把挂着的上衣等一股脑全扔进箱子，把箱子搬到床上，准备把衣服叠整齐。来到床边，才意识到，床上堆放的不是被子，而是一堆堆码放整齐的文件。

　　她又把箱子拿开，把衣服倒在椅子上，站在那儿犹豫。要不要看？是些什么文件？该不该看？难道，这是昨晚德福林离开的原因？是不想让她看到什么？

　　她走过去，手指小心翼翼地翻动着那些文件。文件多是些账单和数字的复印件，她看不明白。还有剪报。她拨开剪报，心一下子剧烈地跳了起来。这些剪报全是报道菲尔的死亡的。醒目的标题映入眼帘：《光天化日下的杀警凶手》《公园里的死亡》。还有张剪报有着非常醒目的标题，就一个词《刺杀》。

　　仿佛胸口突然塞进一块冰。菲尔的死，怎会跟德福林扯上关系？难道这些——哦，上帝！她手里拿的，难道是他的战利品？

　　她重重地跌坐在床上。德福林曾经承认，自己是个杀手。可她对他又了解多少？性。的确，他们有过性爱，非常棒的性。哪怕今天早上，发生了那么多事情，两人的状态都不好的情况下，她依然渴望他的身体。但是她还是并不了解他。

　　"噢，别傻了。菲尔遇害时，他正和你在一起。"可是今天，又死了一个人，"他从没骗过你他是谁。"

　　今天早上，他打了电话给她。在他需要帮助的时候，他打电话给了她。当时，她还很害怕，害怕他万一有什么不测。

因为如果不测……

她把最上面的一张剪报展平。上面是菲尔的照片，正看着她。这是一张菲尔的官方照，是他获得英雄勋章时拍的。她眼泪泉水般涌了出来。

她环顾四周，把注意力集中在床头挂着的一幅狰狞的抽象画上，想让自己止住悲伤，平静下来。过了一会儿，那画儿上斑点线条图案果然起了作用。她朝着它嗤之以鼻，站起身来。

德福林会向她解释这一切的。她完全有信心，也完全信任他。

她小心地把文件全部拢好，放进旁边枕头上的一个信封里。不一会儿，就收拾完全部衣服，把电脑装进电脑包，挂在行李箱的拉杆上。离开时，她把"请勿打扰"的牌子扔进房内。来到大堂，将房卡扔进前台快捷退房钥匙箱内。酒店方面会从信用卡里自动扣除全部费用。

现在，德福林已无处可逃，成了她的人质。她会让他开口说话的。

等喂他吃完早饭之后。

Chapter **34**

德福林从梦中一下子惊醒，陷入无尽的恐慌。他浑身冒汗，赤裸身体。上帝，他究竟在哪里？在谁手里？妈的，为什么左臂抬不起来？

过了有十秒钟，他才慢慢想起。

他仰卧着，等着心跳平复下来。他躺在卡兹的床上。床单上有她的气味。他深深地吸着，心存感激。手腕上的重量，是因为石膏和绷带，有好几磅重，都是拜卢斯所赐。他一下子畏缩了，在梦里，卢斯并没有从窗户一下子冲出去，而是冲出去之前的刹那，一把拽住了德福林的腿，两人一起掉了出去。还有鲍比，也出现在梦里。在梦中，鲍比从空中掉下去时，"肢"离破碎，鲜血四溅，血肉横飞。

他用手捂住眼睛。他需要咖啡，还需要撒尿。

他把腿挪到床边，伸手去拿裤子，又停住了。没裤子了。如果卡兹按他说的做了，那么此时，衣服很可能正扔在花园里，余烟袅袅。

他拖着沉重的脚步，赤裸着，走上楼梯，来到顶楼。房子里很安静，卡兹似乎出去了。他喊她的名字，没人应答。估计楼下会有留言条吧！于是打算下楼，不行！得先去撒尿。

浴室镜子中映出的人，看情形实在不好，简直可以说像一堆狗屎。脸颊侧面的瘀青还罢了，可身体的其余部位，简直惨不忍睹。耳朵背后有个软软的包。他仔细查看，才发现是个肿块，有鸡蛋大小。他转头扭身，想看看背上的伤势。不过看身体僵硬的样子，估计背上和后臀部的伤，不容乐观。没找到咖啡，于是他用卡兹的牙刷胡乱刷了刷牙，倒了一杯水，回到床上。喝完水，他又躺下，凝视着天花板，陷入沉思。如今，他彻底落在了卡特琳娜·埃尔莫尔的手里。所有一切，只能听凭她的慈悲。

卡兹低头看着，只见德福林四仰八叉地躺在她床上。打着石膏的手臂，笨拙地在身边向外伸着。她的嘴角掠过一丝坏笑。早餐准备好了，就在厨房餐台上，但首先……

德福林再一次醒过来，感到什么东西在挠他的脸。他没有睁开眼睛，只把卡兹的头发从嘴里拂出来。她在笑，就在他耳边。那熟悉的青草和香草的气息，萦绕在他脑袋边上，能感觉到她的温暖。

他在脑子里过了一遍自己的现状。手腕骨折的那只胳膊，放在旁边的枕头上，另一只胳膊撑在身下，以减轻瘀伤部位的压力。

"我知道你醒了，德福林，"她趴在他耳边轻声说道，"你醒来的呼吸，是不一样的。现在，你已经醒来一分钟半了。"

他慢慢睁开眼睛，看见她面带微笑，正俯身看着。

他的心跳猛烈起来，伸出未受伤的手，钩住她的脖子，轻轻拉向自己。那柔软、缠绵的吻，简直和氧气一样不可少。

手上打着石膏，做爱终归不大方便。但如果动作轻点、慢点，也未尝不可。这次的感觉绵长缓慢，慵懒却又无限甜蜜。欢笑、激情夹杂着深沉、辛酸，有种妙不可言的激荡与解脱。既有活下来的喜悦，又夹杂着突地跳出的深深的悲伤。

缠绵过后，她头靠在他胸前。他抚摸着她的头发，把她脸上的头发拿开。

当她从他的怀里恋恋不舍地分开时，他差点脱口而出，我爱你。

这三个字，只能藏在心里，不能说，也不该说。不过，他可以告诉她些别的。即使这样，从某种角度看，也同样危险。

"斯图尔特·亚当斯。"

"什么？"她睡眼惺忪地抬头。他等着挨打。她茫然地睁大眼睛，很快就明白了，"你的名字。"

"伴随我长大的那个人。一个真正的男人。"

她摇了摇头，用肘支起半个身子，看着他的眼睛。她的眼睛十分清澈，深色的眼眸，透明、纯净、一尘不染。而他呢？他的什么不沾染一丝血迹？胸口涌起的疼痛，几乎令他窒息。

"这才是真正的男人。"她的手指贴在他的胸膛上。

"不管你叫什么名字。就是你，德福林。你的身体和灵魂。"

他一把搂住她，紧紧靠在心房。他需要这样抱住她，这样，就不会让她看见他眼中浸出的泪水。

午后的阳光轻轻洒进房间，两人都睡着了。

"吃的来了。"卡兹亲吻了一下他的鼻子，扭身离开他身边，坐在床边，"吃早餐吗？"她拍拍他未受伤的胳膊。

"裸体早餐。"他睁开一只眼睛，"在下午四点半。""随便你想怎样吃吧，反正有衣服穿。"她站起来，从门后衣架上取下她的睡袍，扭身钻进去套在身上，"我替你把行李取回来了。箱子在一楼门厅。"

他坐起身，小心地皱着眉头："你去宾馆了？""我看到那些文件了。也在箱子里。"她坐回床边，平视着他。他眼睛乌青，因为疼痛只能板着脸。"回头希望你能给我解释一下。"她温柔地说。听到他强忍疼痛的吸气声，她松了口气。

"我没有想瞒你。我只是需要先自己把所有思路，都整理清楚。"他似乎仍疑虑。她弯下身，飞快地用力亲他一下："先吃饭吧。回头再说。"

　　德福林挤了挤眉眼，咧嘴笑了。卡兹把盘子放在他面前，盘子里的咸肉和香肠已经细细地切成了小块。虽然只有一只手，他仍以破纪录的速度，吃掉全部食物。卡兹添满咖啡，将杯子推给他。

　　"说那些之前——"她头朝放信封的桌子一扬说，"先说说昨晚究竟发生了什么事，为什么？"她手摸着杯把，没有端起咖啡，"还有，那种安保工作，你还在干吗？"

　　"该死，不！"德福林一脸震惊地迅速否认，这让她紧张的神经稍稍放松些。"至少——"他有点犹豫，她下巴又扬了起来，"三年前我就正式退休了。他们安排给我新的生活、新的身份，一切重新开始，但实际上，哪能撇开得一干二净呢？我又掉进个坑里，打电话求救，他们就来了。"他伸手握住卡兹的手，"我从来没有想过，会再次拨打那个号码，但说到这儿……"他微转肩膀，疼得缩了一下，"他们终究欠我的，永远欠我的。昨晚的事情——得从两方面看。"嘴角向下撇了撇，"如果处理不好，会带来大麻烦。"

　　"嗯。"卡兹点点头，"或许能解释这个。"说着，从包里拿出一份《标准晚报》，"《袭警杀手自杀》。"她读出头版头条的醒目标题，把报纸递给他。

德福林快速浏览完整个报道，惊愕地张着嘴："自杀？有头有尾，严丝合缝。看来我还得感谢他们。"

"报上没直接说卢斯谋杀了菲尔……"卡兹犹豫着。

"是他干的。"

德福林放下报纸，直视着她。他的目光她懂。他们曾——赤裸着——这样相互凝视过。刚才在楼上，她说已经看过那些文件的时候，他也是这种目光——荒凉而又孤独。卡兹开始发抖。竟然是真的。她坐着没动，想听他先说。

德福林叹了口气："卢斯是职业的麻烦扫除者。他受雇于人，专门替人扫清任何障碍。那场车祸……还有别的一切，我得一一告诉你。"

"请吧。"她润了润嗓子，硬着头皮问，"是……是不是因为我们，菲尔才被杀的？"

"不是，"他握了握她的手，又松开，"从某种意义上，可以说是因为我，才引发这一切。说实话，我也不知道。"他脸上挂着疑虑，像是内心深处起了波澜。他居然也会脆弱？而且将这种脆弱，一览无余地暴露在她面前。她拨弄着一绺头发，他继续说，"我会告诉你我知道的，以及我怀疑的。但首先，我得跟你讲讲卢斯这个人，就是今天凌晨四点半，我亲眼看着掉下去摔死的那家伙。"他用满是血口子和擦伤的右手，揉捏着露在石膏外面的左手指关节，"卢斯和我也算同行吧。"说着深吸一口气，缓缓吐出来。卡兹看着他。"只不过我是替……好吧，今天早上你也看见了……替那些人工作。卢斯基本算是自由职业者，喜欢到处游荡。"他的眼色黯然，那目光像是在审视自己的内心，"当时就有关于他的种种传言。他的底线是，为达目的，不择手段，多问并不值得。但——"他顿了一下，"我们永远不会成为朋友，但偶尔不得不一起搭档。起初还能相安无事。后来，卢斯开始带个孩子，跟我们一起干。那男孩有十七八岁，不知是他的侄子、弟弟，还是堂表弟？我也没深究过其来历。甚至可能是他的儿子——女门徒为他生的？不管怎样吧。也有人说他俩是情人，但我不这么认为。"他不安地扭扭身子，"一次，有项工作——那种常规工作，就是需要有人做内应的那种，卢斯建议让那男孩去做。当时我没反对，而且本来就是个常规工作，可不知怎的，工作搞砸了。不知是因为对方逼问男孩，发现了他的身份，还是由于男孩紧张而把自己给暴露了。或许他想出卖我们。谁知道呢？"他朝外望去，凝视着窗外的花园，"对方把他扔进一栋废弃的办公大楼，就在金丝雀码头外面。我和卢斯找到他时，他还活着，但已经没有人形了。同时，对方也在那里等着我们。或许，对方的目标是我们，不是那男孩。或许，那个活儿压根儿就不是常规工作。"他润了润喉咙，"总之，那里重重机关且全是埋伏。他们计划不用炸弹，而是放火把我们烧死，这样干净漂亮。我设法先把卢斯弄了出去，但那个男孩……大火扑灭之前，就已经死了。可卢斯……却疯了，发誓说那个男孩还活着，并指责我故意把他放走。因为，如果传出去，是他没把事情办妥，那他成了这行的耻辱。我救他，是因为对于雇主，他更有用，所以才没有先去救男孩。"他停了下来，眼里一片空白。卡兹把咖啡杯向他推了推。

"谢谢。"他端起咖啡喝了一大口，"卢斯和我……"他低头看着杯子，良久，才抬起头，"后来的雇主都把我们俩分开。我无所谓。"他用右手，托起打着石膏的左手掂着，像是在掂石膏的重量似的，然后又放下。卡兹一动不动，等他继续。"后来，关于卢斯为达目的的说法，越来越糟——他开始享受那个过程，尤其对女人。再后来，他放出话来，说要搞掉我。雇主们也不再雇他了，而且想方设法，不让他找到我。但卢斯不傻，而且很有耐心。他精心策划了一个骗局。"说着把杯子轻轻地、悄无声息地放到桌上，"就是今天他说的，在……在杀我之前，做了很多准备，要和我一起度过美好时光。我想，他的计划是伪造两个死亡，他的和我的。那样，我就掉进他手心——只要愿意，他把我想留多久，就留多久。可他却没办成。"他的声音清朗起来，"虽然我进了医院，但他没干掉我。按照官方说法，死了三个人，其中一个是卢斯，一个是我。我想，假如没找到卢斯尸体的话，就不会报道说我也死了的。"他抬起头，"老早以前，我就考虑洗手不干了，并且想了很多退出的办法。我知道鲍比也不太想干了，所以，没费什么劲儿就说服他，跟我一起退出。后来时机成熟，于是我俩双双消失，离开这个行当，用上新名字，开始新生活。"他咧嘴想笑，却没笑出来，"妈的——才只躲了三年。"

"我就打电话让你帮我。"她心里一阵恶心。

"这件事情，卢斯本就参与其中，他恰好又跟我有过节儿，实在是太凑巧了。所以，不怪你。车祸现场，他看到了我，那时我还不知道你。也是那一刻起，他一直找我。"现在，他直视着她的眼睛，镇定而且沉着，"整件事情，你没有错。卢斯受人雇用。有人掏钱，买下所有这些死亡。"

她还是放不下："包括鲍比？"

"嗯。"他身体一下子后靠在椅背上，垂下头，右手拇指和食指压着眉心。卡兹咬牙暗想，不知怎样才能平复他的这种痛苦？

这次的沉默更长，也更扎心。

德福林挺直身子，放下手。卡兹一脸悲痛，让他又内疚又心疼。

"要说鲍比的事怪谁，就只能怪我，"他轻声说，"卢斯抓他，就是为了找到我。**倘使卢斯知道一切，那他抓走的，可能就是你卡兹了。**想到这里，德福林不寒而栗，他从未有过这样的感觉——凄凉而绝望。

"该背负死亡结果的，是我。"他继续说，"但鲍比也是个职业杀手。他本该小心的，却出现失误，所以，不得不为此买单。归根结底，我们每个人，都要为自己的生命和安全负责。可现在，我们两个人的错误，却都由他买了单。"但代价太大了。

"你真的认为是你们的错？"她眼中既有希望，又有一丝怀疑。这个女人太可怕了，她竟能读懂他心思。**难道不是因此你才愿意蹚这浑水的吗？**

她看着他，他只好回答她的问题："我也尽力这样想，多数时候也管用。"他实话实说，"有时候，脑子必须琢磨点什么，否则会发疯的。"

"的确。"她忽然冒出一个念头，"背后追杀你的，会不会另有他人？"而生出这样的念头，连他也意外。

"什么？没有。"他又停住，想了想，"没有。或许我得罪过一对夫妇，但是没有谁想要我的命。"**想要我命的人，都死了；而活着的，根本不知道我是谁**。他好奇地看着她，看来她还在琢磨着别的，不过她却没说。她站起来，走到台子前，拿起信封，又朝他走回来。他心里的暖意突然关闭，生起一阵悲凉。卡兹把信封往桌上一倒，里面的文件全掉了出来。她坐下，手指微颤着，整理好文件，看着他。

"这些是什么，德福林？跟嘉美有什么关系？"

Chapter 36

德福林压着内心的悲凉，努力控制着因太关切她而产生的烦躁。该给她汇报了。理清证据，得出结论。**哦，该死**。

已经躲不过去了，她全看见了。她已经吻了他，还爱上他，让他进入自己——那会是最后一次吗？有没有别的办法？**别光顾想着她救过你这个浑蛋。难道她无权知道吗？除你之外，谁能告诉她？所以，别继续捂着了，全说出来吧。说吧！**

他翻看着文件。先从写字的几份开始。然后……真不愿去想"**然后**"。

接着，他抽出两份关键文件，银行对账单和通话记录。一份她可以自己看，另一份需要他做解释。

"这个——"他拍着银行对账单，"是杰夫死时，他现金账户的余额。"她吃惊地瞪圆双眼。"农场、葡萄园，还有那辆汽车，全是他的。买的，用的现金。"

"但是，"她声音弱下去，"人一辈子做梦也不可能有这么多的钱。"

"不。"她使劲摇着头，脸上怀疑地皱了起来，"杰夫没那么多钱。他上哪儿搞那么多钱？"

别一下子说出来，先别说。说电话清单，从那儿引进去。他抽出通话记录，放到最上面。

"这三个电话，看到了吗？"

"怎么了？"她收敛起脸色，并无敌意，但……

他犹豫了。见鬼，继续："这个号码——"他指着，"是杰夫用回拨电话卡打出的最后一个电话，目前这部手机已无法打通。杰夫死后第二天，该手机在亚诺河里被找到，在一座桥下，摔成了碎片。"他把那张纸展平，"这是罗西在警方报告里发现的。"

卡兹吸一口气："你认为这是卢斯的电话？""这是标准的基站模块管理手机，又叫MO。"

"是干你们这行的专用手机吗？"

他做了个鬼脸："是的。"

"这么说，杰夫一直在跟卢斯电话联系。"她仔细研究着通话记录单，德福林仿佛能听到她的脑子跳来跳去，把不同线索串联起来。记录上还有多处对该号码的密集呼叫，历时很短，连续不停地反复拨打。"电话打通后，进了语音信箱？"她猜测着，"他绝望了。"她声音很低，几乎是自言自语，"是想安抚卢斯，还是想阻拦他？"她一下子停住了。德福林目不转睛地看着她。她脸色苍白，下巴还是那样微翘着。

"看来是的。"他看到她的喉咙在动，把那张纸放在一旁，"其他的呢？"

"这个——"德福林指着，却不知该怎么说出口，"这个号码，是个人专线，是打到伦敦警局苏格兰场的。"他停住，看见她恍然大悟的眼神。

"哦，天哪——这就是菲尔被杀的原因。"

"是有关联的。"德福林伸手握住她的手，她一下子轻松了许多，"或许菲尔发现了什么，想联系杰夫；或许杰夫打电话想寻求帮助。可能我们永远不知道真相，但两者的确有关联。"

卡兹闭上眼睛，深吸一口气："如果杰夫绝望了——他认为菲尔舅舅或许能帮他。菲尔很传统。尽管我跟杰夫离了婚，但他还是会尽力去帮杰夫的。可他却为此丧命，太不值了。"

德福林举起她的手放在自己的嘴唇上。她手指冰凉。还有很多要讲。最后一件，也是最坏的一件。他紧紧握住她的手，朝放在两人中间的文件扬扬头。

"第三个电话——"他费劲地咽了下嗓子，"是打给法国庄园的。"

"庄园。哦，不。"卡兹忙站起来，目光倏地变得灰暗，脸色苍白，"你认为是我父亲？哦不，不！"她猛劲地摇着头，"太恶心了，简直荒谬——"

"卡兹！"她的脚步开始踉跄，这时德福林已经从桌子旁绕过来，一把扶住她，把她轻轻地推回椅子，站在她身旁，"想一想，谁想要嘉美？谁又有钱买这一切？"说着，手朝文件一挥。

"可是为什么？不，这不可能。"她目光黯然，满脸怀疑。"因为形势所迫。"他不能撒谎，但也无法证明。但他毕竟离开这行不久，对于找上门的麻烦，烧到自己屁股上的火，不可能看不出点门道。这件事情对他来说，就如同吃了块生肉，实在难以下咽。"但是事实都摆在那儿。"他指着那堆文件。

她漆黑的眼里，恐惧和怀疑交替挣扎。

他咬咬嘴唇，决定狠心继续说完："另外那个女孩——莎莉·安，死前曾跟杰夫、吉玛还有嘉美一起住了好几天。他们住在一家汽车旅馆，就像一家人。旅馆的女清洁工还记得他们。莎莉·安是离家出走的，非常符合他们的目标。整个事情都是精心策划的——车祸，莎莉·安和吉玛的死。杰夫有职业杀手帮他策划，那人就是卢斯。是卢斯策划了这一切，而且车祸，是他最擅长的一个手法。"

这件事一直压在他心底，每每想起，总感到后背发毛。那天，太阳落山之际，在那条安静的路上，他停车查看，然后，就看到了那个孩子的死亡。从那以后，他一直有种隐隐的、总有什么不对劲的感觉。现在，他目睹的车祸的真相，已经摆在眼前。而正是当初他那可怕的第六感，才让他鬼使神差地离开那条路，成为闯入者，卷入这件本不相关的事情——而且，让他深深陷入这个……泥潭。

他抬起头，愣住了。不承想卡兹此时已面无血色，脸色苍白得可怕。干脆全部吐出来吧，把事情说完。

"杰夫做这一切，并不是为了保险金。"他语气坚定，但听上去疲惫而又沧桑，"我甚至不确定，到底有没有保险金。那只是个掩护。杰夫是拿报酬的，拿的是这个数。"他敲着那些财务报表，指着表中那列令人瞠目的数字，"而一旦他参与之后——或许又受到了勒索，也很可能是威胁。"

"后来，我们又找到他，让他压力更大。"卡兹的声音小到几乎耳语。

"不得不说，事情确实是这样发展的。"德福林慢慢坐下，身上的伤口疼得要命，可还有很多要讲。他摇着一根手指说，"怪不得旁人，卡兹。这家伙为钱，宁可让情人和一个无辜的孩子去送死。"

"他因为无法面对，所以才要自杀——"

德福林摇摇头："杰夫不是自杀。"

"什么？"卡兹的眼睛一下子瞪圆了，"但是——我看到了他的尸体。警察也说，他用刀捅死了那个女服务员和她的儿子——"她捂住了嘴。

德福林很想伸手过去，可她的眼睛瞪得太大，眼睛实在黯然，得赶紧先把话说完。

"杰夫没有杀死他们。那的确是第一现场，但经不起推敲。现场还发现了其他人的DNA。警方也知道，还有一个人，但是警方并未发布这个信息。我看过警方报告和现场的照片。那个现场，处处都留下卢斯一贯用的手法的标记。"他的手紧紧地钳着下巴，"杰夫并没有杀害朱利亚娜和她的儿子，也没有自杀——他也是被谋杀的，但是伪装成了自杀。是卢斯杀死了所有人。"

她的眼睛瞪得更大了。震撼之余，她一定又会晕眩。"是我们逼得卢斯非要杀他们吗？我们拿着照片，不停地找人问，不断地要把真相找出来。"

卢斯的确这么说。但他的话，有几分是真的？他在骗你，巴不得你这么想。所以一定要用心判断，听从内心的声音，而不能让内疚牵着鼻子走。她不该承受这么重的心理负担。

他摇摇头："我们的确在搅动事情。可事情就摆在那里，就等着有人揭开真相。杰夫有责任揭开真相，早在我们之前，他就有这个责任。只要他活着，就有可能告诉别人这一切，或者以此为要挟，索要更多的钱。照我看，一般人都会这么想。但事实上，无论怎样，杰夫都会死。由卢斯下手，清理一切后患。以前他也这么干过，手法一模一样，都是在谷仓里吊死。看到杰夫挂在谷仓时，我立刻想到卢斯。也是那时候起，我开始怀疑……杰夫之死的。"他笑了笑，"老话怎么说的——去想不可能的事？我让门罗和罗西继续跟进。线索开始堆积，但是方向却越来越不对了。最终，所有的线索，都指向了你父亲，卡兹。"说着，他的双手扣在她的手上。她的手并未抽开，握在他手心里，一动不动，毫无力气。他的心里，犹如深深扎进一根黑暗而冰冷的刺那样生疼，"对不起。"

"不。"她目光呆滞，轻轻摇着头，手指紧紧地扣住他的手。他的胸口烧痛不已，连敷着的药膏都要被灼化了。"这……"她顿住，"你真的确定，是卢斯？"

德福林转过脸。如果自己再快那么一点点，再灵活那么一点点，或者，再强那么一点点，或许，此刻卢斯还能说话。而现在，卢斯永远闭嘴了。

但卢斯确实说过，说过杀死了谁，但是，却没有说，是谁付的钱。笨蛋。

他又回想今天晨曦微露的时候，卢斯口齿不清的声音，用胜利的口吻，说话的样子："我非常确信，是他干的。今天早上，他自己也承认了。当时，他以为他会杀了我。虽然我拿不出证明，但的确是他做的，全是他干的。策划车祸，他比谁都擅长。"他不舍地放开她的手，斜靠到边上，"整件事情，精心策划——嘉美就是奖品。有人不惜金钱、鲜血和生命，也要得到她。这种事——或者说任何事，只需问一问，谁是受益者？在这个问题上，我们一直在犯错。杰夫为了得到女儿，没必要做这些。如果他想多跟女儿在一起，只需在法庭上为难你就可以。看现在的情形，显然他不仅想多跟孩子待在一起，而是要完全拥有孩子。倘使嘉美被抢走，杰夫也一并消失，找不到他们，你会善罢甘休吗？"不用她点头确认。"所以，最好的办法，就是让你必须相信，嘉美再也回不来了。而这……"他手按着那堆文件，"这需要策划和金钱，大笔的金钱。杰夫——我不相信他有能力策划这一切。但是，他无法抗拒金钱的诱惑。而你的父亲，有足够的钱来资助，也有足够的门路找卢斯。艺术世界，也一样有阴暗。找个卢斯这样的人，并不容易，也需要花时间。但是，如果有足够的耐心，以及足够的金钱，什么都能买到。这又回到刚才的问题：谁会有那么多的金钱去买这些？这是唯一合理的解释。而且，杰夫临死前，还试图打电话给你父亲。"

"但是……"卡兹欲言又止，德福林等着，让她继续说。她的目光向内审视，整理着思绪。德福林说的，简直太可怕了。"真的很难相信，我父亲会这么做。但是，他的确没时间带孩子。请相信我。"

她嘴角微微抽动，挤出一丝微笑。德福林浑身一颤，想亲吻她的冲动十分强烈。他想用这种更强大的力量，去消除她的痛苦——只是，谁说这更强大？他转过脸去。**该死，你在想什么？**

"父亲偶尔才想起我的存在，"她慢慢地说，"他从来不想真的要我这个女儿。不要我——"听得出，她的呼吸中，夹着多年积累的痛苦，"他为什么想要——"

这个答案，对她是个狠狠的一击。是她自己找出的答案。

"因为嘉美有绘画天赋，而我没有。"她声音空洞。"不！"突然，双手在空中乱舞，仿佛脸上有蜘蛛网，"不可能——孩子们是被抢走的，有人带走了他们，是坏人。"

"卡兹，"德福林站起，轻轻抓住她，转向自己，"嘉美不是在大街上被抢走的，而是被骗进汽车。有人精心策划了整个骗局，让她表面上看死掉了。唯一能骗嘉美入局的只有杰夫。所有的证据也表明，他得到了职业杀手的帮助，有人出钱让他这么做。不管是谁出的钱，他们并非随便要个孩子，他们只想要你的孩子。这一切的确疯狂，可是还有谁会这么做？"

卡兹垂下了头，全身都在战栗。"如果是真的……"她慢慢抬起脸颊，眼神已从黯然变为愤怒，"他杀死所有人，就是为了掩盖他夺走我女儿的事实——就因为，他认为她可以画画。他也曾很想让我把孩子交给他——"回忆使她的声音充满惊讶，"我拒绝了他，我以为他是在开玩笑。我跟他讲，等她长大些了，如果愿意，可以在学校放假的时候，和他一起去度假。"她说着就哽咽了，"他还很生气，可他经常那样生气，他就是爱生气的人。哦，天哪……他带走我女儿，纯粹为了满足他的自私，不想却出了意外，我的女儿死了，死在陌生的地方，离我那么远，离她所熟悉的一切都那么远，甚至都没能跟她爸爸一起。"

德福林紧咬着牙齿。痛哭过后，卡兹慢慢平静下来，脸上又露出坚毅的神色。她伸手抓住他的右胳膊："德福林，如果那个杂种夺走了我女儿，我们一定要证明，要让他付出代价。"

Chapter 37

卡兹凝视着混浊的河水。伦敦最美大桥的漂亮桥墩，从头顶上跨过，可她熟视无睹。她一口气跑到这里，仿佛受什么吸引——是水，还是对女儿的回忆？为了避免一时冲动情绪爆发，她只能出来。于是，来到这河边。四肢像灌了铅似的沉重，而此刻唯一能做的，就是趴在矮墙上，凝视着河面。

一个跑步的年轻人路过，停下来，从耳朵里摘下耳机，冲着她说："嘿，我说，你没事吧？"

卡兹呆看着他，突然注意到他的脸上因担忧和焦虑显得很警惕。

"没事。"她勉强挤出个微笑，也不知道看上去是不是在笑。**不，我不打算从阿尔伯特大桥上跳下去。只是想缓一缓，好接受这个事实：我的父亲，我尊敬的人，虽然很难让人爱他，竟是个绑架者。并且居然雇职业杀手企图掩盖他的恶行。对了，还有一个杀手，就在我的床上。一个前杀手，不过或许不太久以前的杀手——**

好心人脸上越来越重的恐慌，让她回到现实。此时，他正四处张望，想找个人帮忙。大概，他已经由担心瞬间转为了恐惧吧。她只好努力笑着露出所有牙齿："谢谢你，我真的没事。只是想静静，把一些事情想清楚。"

"哦，好吧，如果你真的确定——"他如释重负，样子十分滑稽。

卡兹看着他往桥另一头继续跑去。太阳正在落下去，水面刮来一阵凉风，她清醒了许多。下面的岸边，有一堆因流水的冲刷带来的垃圾，脏兮兮的。海鸥像是看见里面的什么，朝着垃圾堆俯冲过去。她闭上眼睛，心里一阵凄凉。奥利弗，她的父亲，真会这么做吗？是天才变成了疯子，还是她在他面前不经意的笑谈，却签下了女儿的死亡令？

内心阵阵酸楚，喉咙也哽塞了。她应该高兴，哪怕只一秒也好，因为她终于有了奥利弗想要的东西，所以应该享受这份短暂而又自私的时刻，来报复多年来父亲对自己的忽视。因为不够优秀，父亲几乎从未注意过自己。这就是她此刻的真实想法，卑微、可怜的，又满是孩子气。可是，要是早知道他会——

她伸手摸着大桥冰冷的栏杆。怎么可能早知道？谁又会未卜先知？尽管还不能完全肯定，但实在太合理了，合理得可怕。她相信德福林。那个惊愕的想法，再次掠过她的脑海，其实也不算惊愕：德福林是一位杀手，因此才为她所用。有时候，她也明白，一个杀手，后来又在她的床上，意味着什么。**或者，她大可以忘了这点，接受现在的他，而不是过去的他。**

她转身背对着河水。不光是她，还有母亲苏珊娜……妈妈会相信吗？她爱过父亲，跟他一起生活过……她呼出一口气。顾不上想那么远了，逃到这儿之前，她曾向德福林要证据，不论什么证据。临出门时，她看见他伸手拿起电话。现在，他大概已经有要说的话了吧。

德福林四仰八叉地躺在沙发上，盯着天花板。打着石膏的手臂放在胸前，压得他很不舒服。胳膊虽然笨拙，但并不疼。胳膊不方便的缺憾，身体其他部位可以弥补。他臀上的一大块瘀青，颜色很深，黑得跟非洲人似的，整个臀部几乎一片深紫。而背上的压痛，也十分剧烈。说明那儿的瘀伤，跟臀部一样严重。他可以起身找点止痛药吃，也可以一直躺着，等卡兹回来，希望她的吻能减轻他的伤痛。她可以吻他身上的任何地方。拜托。

也许，她会给他再添上几道伤。因为是他告诉她，相信一件无法想象的事情：她的父亲，几乎全世界都顶礼膜拜的人，竟是个绑架者。她需要的不仅仅是勇气、直觉、经验、模板，还有证据，如果能找到的话。他不怪她。她说完要证据之后，就匆匆离开，飞也似的逃走。真希望那只是她的一时冲动。

思绪又回到刚打过的那个电话。已经尽力了，现在只有等待，于是他闭上眼睛。干脆睡上一觉，天大的事情，明天再说。这样或许会好受些。可这是纯粹的逃避，而且睡觉也毫无用处。他的脑子转来转去，又回到黎明时铁路旁那栋废弃的办公楼。他用手使劲搓着脸。早晨杀死卢斯，纯粹是个意外，是出于动物求生的本能。而且，这个世上，不会有人哀悼卢斯，见鬼——人们甚至会排起长队，歌舞庆祝。可是，杀人就是杀人。好吧，就这最后一次。

他舌头顶着牙齿，感受着一跳一跳的疼痛。有种陌生的情感，出现在他脑海里，探究着一些从未想到过的事情——那究竟是什么？只有上帝知道，或许连上帝也不知道。就仿佛自己置身于雷区，却只有眼罩，没有地图。脸上冒着汗。卡兹知道他杀了人，却接受了这一点。更重要的是，她还接受了他——该死！一想到两人刚刚做过的事情，他下身又硬了……

他对她讲的事情，从未告诉过任何别的女性。然而真正疯狂的，是他自己竟毫不在乎。但是，他能问她——

电话突然响了，他伸手去接，差点从沙发上掉下去。背后传来砰的关门声，紧接着就听到卡兹喊他的名字，他一下子轻松无比。很快，她进来了，看到他在接电话，冲他摆摆手。他赶紧把注意力集中到电话上。

她带回好多吃的，有三明治、一大块水果蛋糕，还有一个大水壶。

"下午茶？"他看了看表，"快晚上九点了。"

卡兹把托盘放下，把他的腿踢开，腾出地方坐下。她的脸色依旧苍白，但看神情，已经下定决心。他挪动膝盖，拖着身体，让自己坐起来。卡兹把几片止痛药塞进他手里，托盘里有杯水。看来她没想要慢慢折磨他——只不过，她坐下来，屁股刚好挨着他的双腿，好暖和。他心里又痒痒起来。这是一种压抑已久的情绪的释放。说白了，就是实实在在对性的渴望。

他接住她递来的三明治。

她抬头看着他，眼睛大大的，肌肤几乎跟她女儿一样娇嫩。现在，她两度失去爱女。一种从未有过的痛苦，不知不觉、猝不及防地涌进他胸口，撕扯着他的心。他感觉自己又要冒汗了，赶紧咬口三明治，大口嚼起来。卡兹还盯着他看。"你没发烧吧？"她突然问道。

"呃？——没，不过也许，有点。"或许真发烧了，他的确十分虚弱。对于爱情这种狗屁，他一定太老了。**或者，在他体内渐渐苏醒、越来越浓的情感，让他觉得……**

难道只是觉得？

她把他细细地查看一番，然后拿起盘子："找到些什么？"

他清了清嗓子。"即便有人知道奥利弗在干什么，也不愿说出来。至少现在不愿意说。这是我没想到的。不过，再过几个小时……"他小心翼翼地说。

她没有躲避，也没有喊叫。不管之前怎样，他能感觉到，她做出决定了。她的心里，已经有了某种强烈的愿望。

"的确有些新发现——"他又拿起一块三明治，"不过还得仔细想想——"卡兹提过的关于嘉美的每一个信息，他都仔细筛选了一遍，形成一个初步印象，比较破碎，还在完善当中，"还记得说过的那个记者吗？就是那个对嘉美的画，特别感兴趣的记者。"

"记得。"她不清楚他想说什么、想干什么，眯起眼睛，回忆着，"他好像叫休……休斯。我发现他拿了两张嘉美的画。要不是我刚好走进厨房，他肯定就把画偷走了。"她皱着眉头，把蛋糕里的樱桃一颗一颗挑出来，扔进嘴里。德福林尽量不看她。哦，那嘴巴真可爱！"你认为，他会知道什么？或者，有人告诉他什么？"

"很有可能。"德福林强迫着眼睛回到面前盘子的三明治上，可眼睛就是不听使唤，他只好放弃。干脆接受她吃蛋糕和樱桃时那可爱样儿的折磨吧！还有她的一切。"要想搞清楚，最好的办法，就是直接找他问。"

卡兹欣喜地扬起眉毛："你找到他了？什么时候去？"话没说完，人就站了起来。

"今晚不行。"德福林笑了，"他叫吉尔斯·普格，曾是一些在伦敦举行的全国大赛的特约记者。"

"现在呢？"

"在一个叫《西方论坛日报》的报社，当美术编辑，总部在卡迪夫。如果想找他，就必须去西部……"

卡兹的眼睛闪闪发光，露出发现猎物般的光芒，令人不安。"哦，对的，"她轻声说，"得要找到他。"

Chapter 38

德福林躬身坐在电脑前，听着楼上卡兹在卧室和浴室来回走动的脚步声，极力遏制着也想上楼去的冲动。这个女人需要空间。电话一直没响，没有人打电话，也没有消息进来。要想知道什么，只能自己查找。

他在搜索引擎敲进"奥利维尔·凯塞尔"，按下回车。维基百科的解释，长达六页。搜索引擎也翻过十页了，后面还有。他起身到冰箱里取了瓶水，又坐回电脑旁，开始慢慢搜索。

两个多小时过去了，眼睛已经出现了重影，正在看的那篇文章，写的是凯赛尔。学术论文，杂志文章，博物馆列表，评论家、爱好者的博客，等等，网上关于他的最新报道，大都是信口开河。什么"凯塞尔大胆走向新方向""现在六十四岁了——奥利维尔·凯塞尔拥抱新原始主义？""凯塞尔重新定义天真艺术？"还有各种来自"小道消息"的明示、暗示、提示以及戏弄等的相关文字，充斥其中，多达十几万条，却没有一条详尽而具体。

他身子向后靠，用重心使椅子的两个前腿险险地翘在空中，眼睛仍盯着屏幕。凯塞尔不仅仅是位艺术家，还是一位表演家，是媒体争相报道的对象。但是，过去这十八个月，他没有接受任何直接采访。他皱着眉，从网上看不出任何眉目。手指在桌上轻轻叩着。他期待着从网上找到什么？难道是忏悔吗？

这个家伙策划一切时，精细到了每一步、每一分钟，就像作画一般。只不过，他漏算了"意外"这个因素。德福林盯着屏幕，露出可怕的笑。那个"意外"就是他，错误的时间，错误的地点，错误的道路。

凯塞尔本以为，只需不作声，就可以暗自狂喜了。过去六个月了，一切风平浪静，什么事也没有。岂不是运气太好？或者，是运气实在太坏？德福林抓起一支笔，在桌面滚来滚去。车祸过后已经六个月了，一切已经结束。凯塞尔恐怕又要蠢蠢欲动了。可情形却突然急转直下，难怪他把卢斯扯了进来。不过，孩子最终还是失去了。嘉美什么时候死的？在卢斯保护她时，还是死于什么意外？顺着这个思路，继续追查下去。

他懒洋洋地在网上翻阅着坏男孩奥利弗的网页。报道中的奥利弗，要么穿着斑马条纹的紧身裤、花衬衫，和伴侣们冲着镜头做鬼脸，要么是他在门口跌倒，或醉酒、扔石头的照片。有的是在摇滚音乐会后台拍的，有的是在喧闹的星级酒店和画廊拍的，还有一系列他搂着超短裙性感女郎的照片，个个浓妆艳抹、目光迷离，长着漂亮的大长腿，留着浓密的披肩长发。其中一张是跟苏珊娜照的。苏珊娜是所有奥利弗女郎中最惊艳的一位，金发碧眼、皮肤白皙，甜美可爱，怀里抱着个小孩。

德福林一下子坐直。照片里小卡兹直视镜头，一脸好奇，毫不畏惧。黑发编成辫子，在头顶围了一圈。辫子用漂亮的彩带点缀，耳后别着一朵花。

他关上电脑，起身轻轻推开椅子。长大成人的卡兹就在楼上，出落得更加漂亮。经过一盆花时，他顺手摘了一朵。运气好的话，她还醒着，做好准备没啥坏处。

Chapter 39

外面风很大，空气里一股海水的味道。一群海鸥尖叫着在头顶上盘旋，等站台上的人们散去，好冲下来，捡拾一张丢弃的三明治包装纸。卡兹看了看手表。乘火车到卡迪夫，用了大约两小时。他们出发时，帕丁顿火车站已经恢复正常。德福林有没有在想头天早晨在那儿发生的事情？他没说。但卡兹看着他低垂的眼眸，也猜出了七八分。给他穿衣服时，花了点时间。主要是他拒绝，不愿她帮他穿衣服。看来，让他脱掉衣服，比让他穿上衣服容易得多。

后来，她干脆不管他，由他自己挣扎了。待十五分钟后，她重返卧室，只见他还是坐在床尾，衬衣的扣子没扣上，领带也没打好，袜子仍旧整齐地叠放在身旁。看着他脸上的表情，她竟然成功憋住，没有大笑出来，这让她颇感自豪。

此刻，他一身深色西装，看上去又帅气又危险。还有，她无意中在衣服口袋看到的品牌标签，加上他身上直到下巴处的大片深色瘀伤，都给他蒙上一种异样光芒。要想吓唬一个记者，目前他这副外表和样子，刚好用得上。

"怎么了？"他怀疑地盯着她。

"没什么。"她眼睛看向别处，使劲板着脸，控制着笑，"想好该去哪儿了吗？"

"就在对面。"他指着旁边的一栋楼说。

"要是普格先生不在呢？" "那我们就等着。"

"是关于展览吗？"前台接待不确定地看着德福林，"您可以留份邀请函——或着，要是写书评的话——"她朝身后书架上的一排书扬了扬下巴，"普格先生本周一直没有取过书。他来了，我保证——"

"不用。"德福林说着从口袋拿出一张卡片。卡兹看着他把卡片垫在手上打的石膏上，在卡片背面写了什么，然后递给那女孩，"麻烦你，把这个给他看好吗？"

"嗯……好的。"女孩拿着卡片的样子，就仿佛卡片会咬人似的。

德福林带着卡兹，向对面的酒吧走去。路上她问："你两只手都会写字？"酒吧外人行道上，有空座位，"只有手腕断了的时候才会——"

"写字、射击、把人打蒙，我两只手都行，而且十分在行。"他坏坏地斜睨她一眼，拉开椅子坐下，递给她一份菜单，"想吃早餐吗？这家全天供应早餐。"

刚点完吃的，卡兹还没来得及同意，两杯上等卡布奇诺就出乎意料地端了上来。"好了。你在卡片上写的什么？我们为什么要坐在这儿？"

"写的是能把普格先生带来见我们的东西。"他看了看表，"他马上就来，再过——一分钟就到。"

"确定不是两分钟到？"

"确定。"德福林指着站在对面等待过马路的一个人说，"来了，在那儿。"卡兹惊讶得地扬起眉毛，他咧嘴笑了，"前台接待员干得不错，成功地把我们打发走。他就在楼上办公室。我算过了，给他通消息需要五分钟，下电梯需要两分钟——"

卡兹眯起眼，那人看上去确实面熟。"你真可怕，竟知道这么多。"

她接着问，"你怎么猜到他就在楼里，而且，一定会来？"

"我知道他在楼里，因为我会反着看签名表。"德福林嘴咧得更大了，"前台那儿有份出入人员签字的名单——签到栏里有普格的名字，但签出栏是空白的。所以，只要见到卡片上奥利弗的名字，不用多久，他很快会现身的。"

"哈！"卡兹知道，取笑德福林，是为了掩饰自己的紧张。他看上去也是紧绷的样子。"知道方法，果然简单。"

"要让他在这儿就吐出秘密。"德福林握一下她的手，很简短，很温暖，也很适时。

她呼出一口气："你还没说，他来了，要我做什么。"

路灯变绿了，普格走过来，离他们越来越近。

"只需保持神秘就好。当然，如果愿意，也可以装疯卖傻。"卡兹在桌下踢他一脚，不想他动作飞快，竟躲开了。他竟然能预见她的行动，这又让她心动不已，十分欢喜。只好对他做个鬼脸。德福林嘴巴一咧，回了个狼一般的笑。

吉尔斯·普格走到附近，在离三英尺远的地方停住，来回徘徊。卡兹想起了他那黑瘦的五官和警惕的眼睛。

"是德福林吗？"终于走过来。

德福林只是点了点头，用脚钩住椅子猛地拉出，示意他坐下。卡兹思忖着他的动作，有些过分，却给了这家伙一个下马威。他急切的眼神和冒汗的嘴唇，突然混入迷茫的神情，十分有趣。卡兹发现，不用招呼，服务员立刻又端过来一杯咖啡。普格的目光在两人之间看来看去。

"我……你是卡特琳娜·埃尔莫尔。"好记性，还不算傻。

他站起身，伸出手来。卡兹轻轻握了一下。普格又坐回椅子。卡兹忍住没笑，他根本没打算同德福林握手。

三人都默不作声。普格喝了口咖啡，靠到椅背上。

"你有东西出售？是消息吗？"普格眼睛仍然从她看到德福林，又看回她。这个动作与他故作放松的肢体语言很不搭，他很困惑，但又不愿表现出来，既激动万分，又不得不小心翼翼。

德福林摇摇头，身子前倾。普格又看回他。卡兹听到，他发现德福林脸上的大片瘀青时，倒吸一口凉气。

"这怎么回事？"警惕的他终于爆发，说着，已经半起身，"我还有重要工作。要是有东西给我，就直说。"

"放松，普格先生。喝点咖啡。我们不是来卖东西的。先别急嘛。"

普格动了动下巴，犹豫着该不该走："你想干吗？"

德福林看向街道尽头："去年10月，你到埃尔莫尔夫人家中拜访。当时她正处在痛苦当中，刚刚失去她唯一的孩子。采访结束后，你试图拿走些画——"

"嘿！嘿！不管什么，别乱讲。"普格做出否定的手势，离开椅子，"我马上离开这儿——"

德福林猛地站起来，普格吓得不敢动："你想要干什么？"

"谁让你去采访的？还有，为什么想拿走那些画？"

普格一只手搭在椅背上，脸上绽出惊讶。服务员已经走回酒吧门口，回头皱眉看一眼他们。德福林脑袋一歪，示意他坐回椅子。自己也坐下来。普格咕哝一声坐下，服务员立刻缩回酒吧。

"你想让我说出消息来源？"普格喝了口咖啡，"就这些？"

"就这些。"

"我……"普格停了下来，"这有我什么事？这背后一定有故事。"

"或许有。"

"我不明白——"他停住，显然在反复思索，可怎么也想不明白。

卡兹轻轻地摇晃着椅子。她那圆圈形的晃动，仿佛杀手一般，十分有趣儿。该她出手了。于是她把手伸进椅子旁的一个手提包，拿出一个包裹，递给坐在对面的普格："说出来，这个就是你的了。"

德福林一震，依然一动不动。卡兹没看他。普格盯着包裹，嘴巴微微张开，脖子上的喉结上下滑动。

"来，打开看看。"卡兹鼓励他。

他打开包装，手指开始发抖。呼吸声都急促起来。看包装的样子，他已经大概知道，里面的内容。

"这……这是……"

他虔诚地用拇指在那张沉甸甸的卡片边缘滑动。这是那种最简单的素描，昏暗的背景上，画着十条黑色的斜线，勾勒出一只快乐的小鸟，精力充沛地在空中飞翔。卡片上那张纸的一条边并不整齐，像是从练习本上撕下来的。

"奥利维尔·凯塞尔的手稿原件。"普格诺诺地喘气说，由于太过激动，他威尔士口音更重了。他难以置信地抬头瞪大眼睛，"你给我这个，就为了一个名字？"

"它是你的了，现在就可以带走。把你地址给我，我给你寄它的来源证明。"

他眼睛又回到画上，再也舍不得移开。卡兹仿佛能听见他把目光从画上硬扯下来的声音。他再次抬头看她："为什么要送我这个？而且是白送。看来你特别想知道。"

"是。"卡兹觉得没必要否认，"我还要你保持沉默。说出我们想要的，忘掉我们来过这儿。然后，你就可以拿到这个东西的持有证明。"说着，冲素描点点头。

他的眼睛倏地亮了，咧嘴笑起来："如果我不那么做，恐怕警察就会找我调查画的失窃案，对吗？"

卡兹回给他同样的笑："很有可能。"

普格盯着画儿看了一会儿。卡兹没有阻拦。她能感受到他内心的挣扎，对画儿的渴望，和记者保密消息来源的本能，在激烈地斗争。这是她可以利用的一点，她有约七成把握，哪个会赢。

旁边的德福林身子后倾，靠在椅背上，一动不动。她不敢看他的脸，但能感觉到，他正透出一种逗趣的神情。**希望是的。**

这时普格双手手指交叉，放在腿上。卡兹猜想，大概他为了不让自己的爪子继续伸向那幅画吧。

女服务生的到来打破了沉默。她安静地走到桌前，俯身清理桌面："还要点什么吗？"

普格一把将桌子上的画儿拿起来，躲开正在收拾的咖啡杯，生怕有残液溅出来，把画弄脏了。服务员刚要拿起画的包装，准备揉碎扔进托盘，他立刻伸手制止："请再来三杯咖啡，谢谢。"

三人沉默不语，等着咖啡。普格呵护地把画儿放在腿上，用指尖小心翼翼地捏着，随时避免它受到任何危险。看来一时半会儿，他的目光无法从画上移开。

咖啡终于端来，女服务员转身离开，他才终于抬起眼睛。卡兹把画的包装推到他面前。

他依依不舍地把画照原样重新包好，悠悠地发出一声长叹，那叹息仿佛来自很远。

"我会回答你们的问题，也会把嘴闭上。"他把糖倒进面前的拿铁，"但是，我要这个故事的独家采访权。说吧。"拿着勺子的手，做个开始的手势。卡兹终于转眼去看德福林，可他脸上毫无表情。看来，她得独自上场了。"别告诉我这其中没有故事，"普格坚持说，"我想要首个报道这个故事的机会。"

卡兹扭头看看德福林。他耸耸肩。她仿佛能听到他脑袋里想的：**还能怎么办？这个家伙是记者。用他想要的东西，来换你想要的东西，公**

平合理。

"好吧。"她清了清嗓子，"你来采访我关于我女儿的事，谁派你来的？"

普格弯下身子，那幅画安全地进了他脚下的公文包。直到他身子直起来，脸上还是惊讶的神情。"真的只有这个？这就是你想要的全部？"说着，他咧嘴笑着，摊开双手，"答案很简单，没有人，没人派我去采访你。"

Chapter 40

德福林真想一脚踹到普格那堆着笑的脸上，但克制住了自己。如今他的克制力越来越好，可脚还是没忍住抽动一下。他匆匆瞥了卡兹一眼，她脸色苍白，一脸失望。她没有听出普格话中有话。**她为什么要听出来？她只是个普通人，虽然聪明、坚定而谦逊，但只是个无辜的民众。也谢天谢地，她是无辜的。**

普格显然为自己的精明扬扬得意。若是在牌桌上，这家伙的演技实在烂。卡兹还不知道，她什么都问不出来的，也不明白刚才的问题，是个错误。而普格在趁机浑水摸鱼，混淆视听。这说明，他是个聪明的浑蛋。

这家伙已经准备离开了。德福林伸出一条腿，挡住他的去路。"没人派你去。"德福林直视着他，看他的反应，进一步反问，"但某些事情促成了这次访问。谁给你出的主意？"说着，脚轻轻碰一下地上的箱子，提醒他，既然收下了报酬，就该说出来。"埃尔莫尔夫人对你非常慷慨。作为交换，你应该给她正确答案。"他温和地说。

普格似乎很不开心，还相当困惑，脸突然皱成一团无可奈何的样子。这幅素描的吸引力，实在太大。再加上他内心多少还有些正直吧，至少多数时候是正直的。他显然十分困惑。德福林脑子里立即警醒：普格并不明白他们为什么还要问，因为他觉得他们应该知道。难怪他会感到迷惑。

德福林又瞥了一眼卡兹，她的颧骨似乎有突起。或许，恐怕只有他才能看出来，此刻她正咬紧牙关，他的心猛地一揪。她正目不转睛地盯着普格。

"你看，如果这是个家庭内部的矛盾，我可不想卷进去——我也从来没有利用过这个故事。"普格在椅子上不停扭动，目光在两人之间来回穿梭，"我并没有参与。这你一定知道……"他叹了口气，"我真不知道你到底想要什么。"说这话时，他近乎哀鸣，"你想让我承认，是凯塞尔本人给我出的这个主意吗？是这样吗？"

他看着卡兹，显然不理解她的表情，只好挣扎着，自己得出这么个结果。德福林一点也不惊讶，但是，他也看不懂此刻卡兹的表情。但他心里沉甸甸的，因为他知道，此刻她的心里，正经历着怎样的混乱和痛苦。当普格说出凯塞尔的名字时，他觉察到她腿上的微抖。果然如此，她的父亲，在她面前形象尽毁，而且，还是由一个不知道自己在说什么的男人所拆毁。虽然，这就是他们此行的目的，但这样的真话，一时还是难以接受。

卡兹的表情对普格起了作用。看不到任何反应，他只好兀自挣扎着继续辩解："你瞧，十八个月前，我采访了凯塞尔，就在他不见了之前。当时，他刚好在讨论办回顾画展。他告诉了我他所有的计划，但那都是些没法儿发表的。于是我知道了他外孙女不幸去世的消息。心想，这或许能写个故事来发表。悲剧，永远都能抓住人的兴趣的。所以我需要几张小姑娘的画。我的确不该以那样的方式试图拿走她的画。"

德福林看到他耳朵都变红了，心里特别逗乐。"我真是太愚蠢了。"他使劲耸了下肩，"结果，编辑不同意发表，要求必须有凯塞尔的评论，可是凯塞尔不见了，我根本找不到他。如果我的做法让你难过了，我很抱歉。"说完，朝一动不动的卡兹略微欠身，像是微微鞠了一躬。

卡兹开口想说话，却又打住。德福林轻轻碰了下她的胳膊。他们需要更多内情。她需要更多，必须哄着，让普格全说出来。

"凯塞尔会告诉你他所有的计划？"只需稍稍质疑就够了。

正在沾沾自喜的普格，一头掉进套里："如果你不相信凯塞尔把他的全部希望和梦想告诉了我——"

"见鬼去吧！"卡兹突然爆发了，两人都不约而同地看着她，"你就告诉我，我父亲对你说了什么。"

普格明显吓得倒吸一口气，连德福林都替他感到难过。"他跟我说了你的女儿，说要培养她成为接班人的培养计划。"

德福林看着卡兹，感到心揪得更紧了。她的样子，就仿佛有人把浓酸滴进了她的心脏。之前做了种种防备，真相终于出来。所有支离破碎、看似毫无关联的情节，全都连接起来。她眼睛始终没有离开普格的脸。"我父亲对你讲了他要培养我女儿绘画才能的计划？"她一字一顿地说。

"是的。"普格使劲点着头，"我觉得，他并不是故意要说的，但是他实在按捺不住。当时他非常兴奋、非常高兴，兴致勃勃地说了他要实现的一切。我想，可能因为孩子突然离世，他一定是伤心过头了。"突然，他双手急切地放在桌子上，"难道这就是他之后一直躲避采访的原因吗？或者说，真是他正在做些事情？瞧，要是你能给我个机会采访——"

卡兹站起来了，眼神空洞，仿佛瞎了一般："我想，我们说完了。"

德福林急忙站起，帮她拿开椅子。要不是他伸手及时，椅子就倒了。

"等等。"普格身上记者的本性终于冒出来，他仿佛听到了金钱哗哗的响声，"难道，这一切你竟然一无所知？难道这都是骗局？"

卡兹猛地转过身来，面对着他。德福林听得出，她心里的寒意，全都汇入了声音里。她双手抓住普格的肩膀，声嘶力竭地喊："这是个能让你给《艺术收藏》写篇绝对震撼的报道的骗局！普格先生！"德福林看到他人整个僵住。"如果你坚持要写，你会永远不记得我们来过这儿。"

她已经走开了，又回身问："还有个问题。你方才说我父亲不见了，什么意思？"普格张着嘴，目瞪口呆地看着她，随后说："就是那个意思。他消失不见了，就在我采访之后不久，他就不见了。我认识的人，都不知道他在哪儿。"

Chapter 41

"卡兹？"德福林看着她的脸。她眼睛紧闭，头靠在座位后背。还好，火车上并不拥挤。

"没有想到真是这样。"她睁开眼睛，那是深深的伤害，"之前我还想，这只是我们想象的。只是你的想象，但是我要的……证据，现在全都关联在一起，就像这样。"

"可这在法庭上，在法律面前，站不住脚。"

"我还没想着要上法庭。"她嘴巴抽搐着，"我父亲告诉普格关于嘉美的事，还说了对她的培养计划。而我却拒绝给他嘉美。可他并未就此罢休。他不见了，却继续着他的计划。"说着声音颤抖起来，"那天，普格到我家来，想寻找一个神童死亡的故事，而告诉他这件事的，正是我的父亲。"

她脸上的痛苦，以及声音里的痛苦，几乎要将德福林的心撕得粉碎。

"没必要继续追查下去了，算了吧。无论什么都换不回我的嘉美了。"她的嘴巴，痛苦地拧在一起，在德福林看来，像在哀号。五味杂陈的情感，亲情家人，努力地想爱一个人，月亮背面的黑暗。他觉得自己就是个移动的手雷，滚到哪里，就给哪里带来恐慌，一个接一个的恐慌。他做得越多，情形越糟糕。"我真不应该调查这件事。"

"不！"卡兹突然坐直，眼睛放亮，"这样做是对的。我需要知道真相。我想从父亲口中听到真相，听他亲口说出。我们去找他。"她瞪着他，生怕被拒绝。

"好的，"他投降般举起双手，"随你怎么样都行。"

一丝稀微的笑意从她脸上掠过，很快又不见了。她看上去，仿佛经历了漫长痛苦之后，终于打了一支镇痛的吗啡。

"谢谢你。"

"随你怎么样都行，"他重复着，"只要告诉我就行。"

卡兹点了一下头："我妈妈必须知道。"德福林做了个鬼脸："你确定？"

"我……是的。"说完，她陷入沉默。

德福林看着她的脸，希望她睡上一觉，可她的眼睛，太亮了。

"你在想什么？"她终于开口问了。

"普格那家伙，真是幸运。当然，不仅仅因为他带着凯塞尔的那张无价之宝从这儿离开。

"谈不上无价，"卡兹纠正说，"但也确实值点钱。我有一堆他画的练习簿，是我小时候，他给我画的，让我临摹用的。"她神情因痛苦而扭曲，"我装裱了其中的几幅，拿起来比较方便。"

"今天为什么带上了？"

"本能？知道他有消息。按我对他的印象，这幅画很可能让他痛快说出来。果然奏效了。"她歪过头看他一眼，"如果我盗窃了你的雷霆之策，对不起啊。"德福林一摆手，表示没关系。看到温暖气色又回到她脸上，他想，这个更重要。她眉毛中间有个小的褶皱，很好看，"你说他很幸运，什么意思？"

"因为他还喘气活着。"她睁大了眼睛，眨动着。她长长的睫毛，每眨一次，都让他心动不已。

"是不是应该警告他一下？"

"也许吧。"他不想撒谎，但也不太为普格担忧，"我认为，他现在没什么危险。如果有人视他为威胁，他早死了。卢斯已经死了。现在，只有我们能把所有事情联系起来，牵出你父亲。奥利弗要么忘记告诉过他，要么觉得各个事情之间联系太小，不用担心。"

"没跟你讨价还价，是吗？"

"极少有人跟我讨价还价。"德福林干巴巴地回答，"现在就看你的决定了，卡兹。我们可以就此放手。"

"不，"她的声音很轻，"这不是复仇。至少，我认为不是。不过，或许有那么一点。"她犹豫地冲他微笑着，拇指和食指捏近，做个少的手势，"这应该算是……报应？奥利弗做了这一切，到头来他还是失去了嘉美。我想看着他，看他发现我知道全部真相之后，是什么感受？我就是要看看。"

"看来，我们首先得找到他。"

"你一定能找到他。"她的信心让他无法呼吸，也让他心里一凉。月亮背后的黑暗。

"苏珊娜会帮忙的。所以，我们必须告诉她一切。"

随着火车晃动的节奏，卡兹在火车的水池洗完手。然后，对着水池上方的镜子，仔细地看着自己的脸。她拿出腮红，在脸颊上轻轻地拍几下，显得更漂亮了。

她站在那里，凝视着镜中的自己，看了一会儿。她的生活中，父亲从来都不重要。作为一个伟大的人，他当然很重要，但不是作为父亲。而现在，连这样的父亲，她甚至都没有了。不过现在，她再也不用痛苦挣扎，想要联系他，努力讨好，去赢得他的爱了。这个小小的欣慰，夹杂着巨大的痛苦。但终究，她还是欣慰的。

他想要嘉美，可是嘉美的妈妈，是个毫无用处的人，不会画画，充其量不过是接受凯塞尔礼物的容器罢了。这会不会比错过她的生日派对，送给她不恰当的童年礼物，更让她难过呢？

她抖散头发，凝视镜中的自己。一切都不重要了。她将与伤害和痛苦一起生活，也将学会应付，这才是生活的全部。

但是，首先，她要看着父亲的脸，告诉他，她已经知道了一切，知道了他都干了什么。然后她会最后一次，离开。结束一切。

然后，迎来余生？

Chapter 42

德福林听着卡兹在给母亲一条条摆证据，意识到她不仅需要苏珊娜的帮助，还需要别的——那种强烈的渴望。对证明的渴望？证明那个给我当父亲的人，是个多么残酷的人？

坐火车回来的途中，有那么一会儿，他感觉卡兹比较平和，并且很欣慰。可一辈子的印象，不会那么快就改变。卡兹需要时间才能适应。

卡兹仔细讲解时，苏珊娜一直沉默着。她那么安静，德福林甚至不确定她是否听进去所有的话。等卡兹讲完上午见过普格之后，她完全沉默了。外面街道上传来停车的声音。车门砰的一声，接下来有人相互道别。德福林能感觉到，卡兹正屏住呼吸。

"噢，亲爱的。"苏珊娜终于开口，"我很抱歉。"说着起身张开双臂，将卡兹拥进怀里。

德福林实在不忍看下去，某种陌生的重量压在胸口，还有，他感到胳膊，以及身上所有有瘀伤的地方，到处都痛。他受过比这更严重的伤，都不算什么。可是现在，他的身体却应付不来了。不仅身体，还有他血腥的灵魂——如果算有灵魂的话——都承受不了这样的惩罚。

他站起来，环顾着这间紧凑舒适的起居室。房间里有书籍、报纸、装饰品，还有画儿。陈设温馨，居家舒适。壁炉架的上方，三幅小画框挂成一排，画上是一系列小孩的手，特别精美。是奥利维尔·凯塞尔的作品。那画的模特，是他女儿吗？画的色彩引起了德福林的注意。他发现每一幅凯塞尔的画里，都有血红色。

身后有动静传来，他转过身去。

"是这个卢斯，杀害了我弟弟吗？"苏珊娜用灰色的眼睛盯着他问。她消瘦了许多，看起来妆容精致，却面色苍白，像是在盯着一块冰田。她在等他的回答。德福林不由得咽了口唾沫。

"是，他干的。"

她思忖了一会儿："要是这样，我欠你个人情。"她抬手示意他先别说话。他也没打算说，因为不知道说什么。还从没有哪个女人，因他所做的事情……而感谢过他。沿着这个情感的缝隙，他感到自己的全部内心世界都坍塌了，胸口觉得更紧。苏珊娜女王一般微微歪着脑袋，接受了他的默认。他心里稍微松了些。她把目光转向女儿："你想知道奥利弗会不会这么做，是吗？"她单刀直入，毫不留情。卡兹点点头，嘴唇却在发抖。

苏珊娜仍旧面无表情。"答案恐怕是肯定的，完全有可能。有些事情……"她抚摩着卡兹的头发，"我竭尽全力，不让它们发生在你身上，亲爱的。你的父亲……"她摇摇头，咽了咽喉咙，"你想要我说什么？"

德福林走过去，用没受伤的胳膊把卡兹搂在怀里。胳膊上的石膏，要是能早点儿去掉该多好。可是在那之前，还会发生多少事情。他把卡兹扶到沙发上坐下，他也坐在她身旁。苏珊娜看着他，眼神中带着对他的认可。

"我们想知道，在哪里才能找到他。"

"在他的城堡别墅。如果那儿没有，那我就不知道他在哪儿了。我最后一次跟他见面，是去年8月。他刚好来伦敦，去律师的办公室。"她嘴角翘起来，但并不幽默，"他有些生我气了，因为我卖了他的一小幅油画。如果我背着他处理他的画作，他还是非常恼火的。"她思忖般地看着壁炉架上的画，"或许，我应该烧掉一大堆他的画。等你们找到他时，就把灰烬拿给他看。"

"妈妈！"靠在德福林肩膀上的卡兹激动起来。

"就应该这样做。奥利弗唯一敬重的就是他的画作。或许'敬重'这个词用得不恰当，"她纠正道，"画作是他唯一痴迷的东西。至于其他一切——"她做出个唐突的手势，让人明了。

德福林开始推算时间："如果去年8月他在伦敦，也算不上彻底不见了。能不能从律师那里打听点什么？"

"不知道，我会尽力试试。卡兹，亲爱的。"苏珊娜伸手握住女儿的手。德福林低头看着卡兹那紧绷的脸，心疼得骨头都紧了。他本该理解的，可他对情感之类的事情还不能完全理解，还不知道卡兹的世界观正在颠覆。她外表镇定自若，而内心呢？他又能知道些什么？

此时他满脑子只有一个念头，怎样找到她父亲。

那么，这就是你要做的。她要什么，你就给她什么。找到她父亲，抓住并带回来，扔在她脚下，这就是你的任务。几百年来，男人都是这么做的，出去狩猎，带回猎物。不过，还有别的东西，你也必须学会。该死。

他换了换搂卡兹的姿势，让自己放松。卡兹的注意力都在母亲身上，母亲能告诉她需要的信息，此刻他唯一能做的，就是让她靠得舒服些。想到这里，他一阵轻松。他是能做到这一点的。卡兹的胳膊搭在他腿上，手紧紧抓着他胳膊上的石膏。从她握着的力度看，就算他手腕没断，也能让她捏断。他的一切，随她挤捏，他无所谓。活着就是为了服务。

很快，他甩掉这些不合适的念头，注意力重新回到眼下的谈话上。卡兹浑身紧绷，几乎快要发抖。他用手在她背上轻轻上下安抚，缓解着她的紧张。

"你……可是，我长大后，跟你离开他以后……每次他想见我，你从没拦过。"她紧张得又开始发抖了，"你从来没有阻拦过，就算奥利弗会这样做，可我们还是父女。他想送给我的东西，我也都接受了。他现在，仍是一个……伟大的人。"她语气中夹有非常细微的指责，听起来更多的是……迷茫，"我想，你应该告诉我，为什么要离开他？你离开他，并不是因为那位俄罗斯伯爵的女儿，对吗？"

"对。"苏珊娜叹着气说，"她是我走之后，才来的。我只是拿她当个借口。真正的原因，我并不想说。"苏珊娜坐在高背椅上，挪动了一下身子。

德福林看着她心想，又一个保护奥利弗·凯塞尔的该死名声的女人。

"奥利弗的生活方式，一直让我感到无聊甚至不安，所以我一直不快乐。他的城堡庄园——大部分时候，简直就像个动物园。"苏珊娜再次微微一笑，带着回忆说，"有一天，站在你父亲的床头，我忽然有种——用你们的话，就是那种——顿悟的感觉。"

Chapter 43

“当时他就在床上，和一个巴黎画廊的女老板，还有她丈夫。他让我也加入他们。我想，你肯定会认为我太寡廉鲜耻、毫无原则了。”苏珊娜颤抖着苦笑一下，“当时，他们的样子真是愚蠢，趴在那张巨大的有四条腿柱的床上。还记得吗？就是那张曾经属于阿基坦的埃莉诺[1]还是谁的来着的床。奥利弗就喜欢那种事情。不管怎样，他和那个叫彼埃尔还是马塞尔的……或者其他名字的那个人——他们就像一对醉醺醺的女生那样，咯咯地笑着。那个女人在床上四处乱爬，想找什么东西盖住自己的身体。我记得，她的胸特别巨大。他们在床上上下颠簸，她想要抓起一张床单。我突然想，**你们到底在干什么？** 我是一个母亲，女儿都十二岁了，也该成熟了，该负起责任了。可奥利弗他永远不会也不愿……改变他的本性……

“于是我很快收拾好行李，一个小时就离开了那儿。奥利弗看到我的行李箱子，还笑话我，说我是个放不开的、心胸狭隘的小资产阶级。他一直希望我能回到他身边。”苏珊娜眯起眼睛，“不过他说对了一件事情，我就

---

[1]　阿基坦的埃莉诺（Eleanor of Aquitaine，1121年3月4日至1204年4月），阿基坦女公爵，法国国王路易七世和英格兰国王亨利二世的王后。英王理查一世（狮心王）和约翰（无地王）的母亲。欧洲中世纪最有财富和权力的女人之一。——译者注。

是个货真价实的小资产阶级。所以，我把多年来他送给我的画和素描全都带走了。卖掉两幅，就足够我们离开后的租房开销了。这儿的租客搬走后，我们住了进去，然后我又开始做生意。亲爱的，还记得吗？我们在丽兹酒店住了三个月。"她问卡兹。

卡兹点点头。可能是回忆的缘故，苏珊娜的脸蒙上一层梦幻的神情："你知道，我每次卖画，奥利弗是怎样抱怨的。但是他从来没有把画往回要过。我没有告诉你他的真正为人，这是原因之一。正因为他心有愧疚，我们才会有足够的物质，保证我们的生活。"

德福林的脑海里突然闪过一种本能，一下子明白了：还为了保证足够的爱和热度，来维系父女之情。是那些油画把他们紧密地联系在一起。只要苏珊娜依然拥有那些画作，她就依然拥有着奥利弗。可她每出售一幅，他们之间的联系，就会缺损一些。而且，也许他们都没有意识到他们的一切，都包含在那些油画当中。

苏珊娜拭了拭眼睛："我早就该离开他了。因为发生了好些事情……他的脾气越来越火暴，远胜他的艺术才华在创作中的爆发。有一个女孩——当然，那儿永远有数不清的女孩——养了一条狗，总叫个不停。不光是奥利弗，所有人都特别厌烦。后来，有人在村子的水渠里发现了它，脑袋还在水里。或许是被路过的车撞死的，可那条路上车很少。还有打架，甚至着火的。"她一只手架在脖子后，"还有一次，大家都严重食物中毒，却只有奥利弗没事，而且从来没有人解释为什么。有时候，他还会因为某些事情，无缘无故就惩罚我们。我想……"她已经深深陷入回忆，眼睛里一片深灰。德福林知道这种表情——一个女人忆起恐怖的过去，心如死灰时，就是这种表情。

卡兹的手握紧了德福林的胳膊。他也紧紧地搂着她，贪婪地嗅着她的气息。

"大概是杰德喝了漂白剂还是什么了之后……"苏珊娜顿了顿，"我从来不信那只是意外。"她声音嘶哑，有了哭腔，"我怎么会告诉你这些？奥利弗大可不认你这个女儿，可他还是认了，也尽力去当一位父亲。我真没想到，他会伤害你。"

"是不会伤害我。"卡兹的声音很轻，"除非我有他想要又拒绝给他的东西。"

德福林猛然感觉到，卡兹身上的紧张情绪消失了，只是呆坐在那里，如泥塑一般："我们得去趟庄园了。"

"的确，可以从那儿找起。"德福林同意。

"亲爱的，你真的想……"

"是的，妈妈。我确实要见他，如果能见到的话。德福林会照顾我的。"

说出这话时，她身体如电击般的一抖，同样，这话也直戳他的心脏。信任。她相信德福林会照顾她。大脑尚未仔细思考，话就脱口而出。他不会让她有收回的机会。

"我会照顾好你女儿的。"他一甩身站起来，拉着卡兹、石膏、绷带及其他一切都一起站起来，伸出手去。苏珊娜也站起身来，握住他的手。就这样，他们达成了协议，一个母亲、女儿、情人的三方协议。卡兹已没法收回刚才的话，因为现在，他已经答应了她的母亲。他果然做到了。

他们三人站了好一会儿。德福林来回看着母女俩充满渴望而又漂亮的脸，暗下决心。

两个女人，都在保护一位背负谋杀嫌疑的浑蛋的名声，而那浑蛋，根本就不值得她们这么做。如今，真相全部揭开，希望落在他的肩上。而他，也打定主意，扛起这份希望。

Chapter 44

卡兹站在又高又长的窗户旁，凝视着下面。风又干又热，吹得树冠摇来摆去。树长得很大了，毕竟已经过去了十七年。那座废弃的塔楼，被树挡得几乎看不见了，那是这座庄园原本的建筑中，唯一留下来的一栋。

奥利弗没有更换门锁。苏珊娜那把华贵的钥匙，一下子就打开了城堡华丽的大门。卡兹差点不想带钥匙，苏珊娜坚持让她带上："以防万一。"

还没进入这栋主楼时，他们就看出来，这里没人居住。刚才走过的院子，静悄悄的，证实了这里的确没人。

她猛地转过身来。身后的这个房间空荡荡的，光秃秃的墙，光秃秃的地板。墙上和地板上有深色的补丁，补丁处原来的画或地毯，已经全部挪走了。她哆嗦着，想起了曾经的寒冷。每到冬天，这里十分冰冷。原本就没多少家具，曾经的那几件，也不见了。包括那张曾经属于阿基坦的埃莉诺的恐怖而巨大的床。无论如何，奥利弗肯定不在这里了。

她的手指沿墙壁移动着。墙纸褪了色，透出一种奇怪的银光，有些地方已经脱落了，露出了下面的灰泥。这几个房间朝北，即使现在夏日炎炎，也有一股子潮气。房间很高，回声很大。她以为小时候记忆有误，所以房子看上去比以前更大了。是高度吞噬了一切，吞噬了温暖和声音。就是在这栋没多少家具、到处是长长的走廊的房子，她度过了三年的孩童时光。

她静静地站着，闭上眼睛。首先是气味。广藿香、佛香还有其他气味，那会儿她还太小，说不出来名称，这些气味之下，有一股冲冲的、浓烈的亚麻籽油的味道。那是从大楼顶部奥利弗的画室里飘出来的。记忆已经模糊了，她苦苦思索着。其他房间里，也是这种感觉，紧闭的房门后，传来震撼的音乐和说话声，还有笑声。

你从来都不属于这里。

她是个生长在成人世界的孩子，可能看到过，也听到过一些小孩不适宜的东西，但现在，她已经不记得了。这一切的背后，是奥利弗，一个能够让线条舞动、让色彩唱歌的人，一个能寥寥数笔就让小鸟跃然纸上的人，一个想要把这些都教给她的人。

他给了她能够给予的一切。但艺术，才是他最热爱、最亲密的东西。

失败嚼在嘴里，那么苦涩。她仍然记得那些令人窒息的夜晚，父亲和她坐在阳台上，没完没了地在练习本上画画，试图指导她，让她看见他看见的东西。曾经，她非常珍惜那些时光。他的身上总是散发出香烟和油彩混合的味道，沾满各色油彩的手，飞快地挥舞着。可她真正想要的，却是跟他一起在花园或树林里走路，一起看蝴蝶和蜥蜴，还有枯萎的玫瑰，一起去爬那些塌了一半的墙。可他所谈论的，永远都是绘画，永远都是油彩的魅力。

父亲一直都在，却总是遥不可及。

"卡兹？"

她转过身。德福林站在门口。走廊的光线衬出他的轮廓高大、结实，手臂上打着笨拙的石膏。就在那里。

每当她需要照顾，不必开口，他就去做了。为什么以前她没有意识到这一点？

那天晚上，她在母亲客厅说错的话，靠忽略才掩饰过去的。但她说的是事实。德福林会照顾她的。不是她因渴望被照顾而抓住他不放，而是如今德福林一直在照顾她，脸上挂着对她的关心。所以，走进他的怀抱，成了这世上最容易做到的事情。

"怎么了？"他把她拉到怀里，抚摩着她的头发，将她抱紧。她还没有注意到，自己浑身发抖，腿几乎站立不住。不过，没关系。

"我以为他很爱我，因为我爱他，我努力爱他。"她的声音很细，很快就被房间吞没了，"我想让他为我自豪，想让他注意到我。可是，我从来都不懂。"

德福林的脸紧紧抵在她的头顶，眼睛也湿润了。她眼里全是泪水："他根本就没有看到我。不仅仅因为我不够出色，他根本没有任何小姑娘所需要的东西。我们连呼吸空气都不一样。他的世界只有绘画。那些追星族的轰趴、聚会、乱七八糟的宾馆房间，只是摆设。他不能爱我，因为他心里没有地方。如果我不愿意给他让他着迷的东西，那他心里就不会有我的任何地方。绘画已经吞噬了他的全部身心。他所做的每一件事，都是为了他的绘画。"

她吸溜了一下鼻子："他所有的爱都给了母亲，即便那也少得可怜。而且，她也是绘画的一部分，是他的缪斯女神。他没有道德，没有顾忌，没有良心。从来都没有过。他跟别人不同。天才从来不管什么规则。为什么我一直不明白？"

迟来的领悟让她提高了嗓音。现在她可以大声说出来了："我再也不用努力尝试了。我永远都得不到他的关注的。现在，这都不重要了。我是谁，跟他毫无关系。"

痛苦终于翻江倒海般地释放出来，她彻底自由了，这也让她感到晕眩。"因为他这个杂种从不在乎别人，所以才偷走了我的女儿。"她哭喊着。

泪水如决堤一般涌出。她不再憋着了，伏在德福林的胸口上，放声痛哭。

Chapter 45

　　他手足无措，不知道怎么办好，只能轻拍或者抚摩进行安抚，似乎还起点作用。于是他不停地抚着她的头发。卡兹的泪水，把他胸前的衬衫弄湿了一大片。这辈子，除了卡特琳娜·埃尔莫尔之外，从来没有女人在他怀里哭过。而且，还是第二次这样哭。思绪又回到医院停车场的那个清晨，那是……

　　不过这次的感觉……相当奇妙。不是因为她哭，而是因为哭时让他抱着她。他心里燃起希望的火苗，微弱地闪耀着。他知道，这是个陌生的领域。如果卡兹……

　　该死。不对的时间，不对的地点。不对的人？

　　"好点了吗？"哭到最后，卡兹开始打嗝，擦鼻子。他松手并将她扶好，拂去她脸上的头发。

　　"嗯。对不起。"她试图擦干把他衬衫弄湿的地方。而这又引得他体内有了别的反应。哈！

　　他握住她的手。若放到嘴上吻一吻，会不会过分？他遗憾地认为是的。要保证她没有丝毫的拒绝。他仔细看着她的脸，没有拒绝的意思，也没有阻拦他。她鼻子有点红，颧骨上一丝绯红，仅此而已。德福林突然想吻她，吻到她全身都变得粉红，然后脱掉她的衣服，以确认她不会拒绝自己。

这计划听起来不错。以后吧。

"这里啥也没有。"他的声音比预想的糟糕，听起来毫无生气。她轻轻摇头："的确什么都没有。还有个地方。"她转身，走在前面带路。

楼梯在一扇门的后面。从外面看，像是通往另一个房间或进入壁橱的入口。油漆成深色的台阶又陡又窄。

"奥利弗的工作室吧？"他问道。

"是他离天最近的地方，也是离世间一切最远的地方。"

卡兹走在前面。攀爬楼梯时，德福林尽量避免分散她的注意力。工作室空间很大，占了整个建筑层一半的平面。巨大的天窗让充足的光线从北边照射进来，地板上全是疤痕，和斑斑驳驳的油彩。空气中仍有亚麻籽的气味。一面墙上有一块巨大的蓝色污渍。不知是什么东西泼上去弄脏的，但是看样子，像是用了很大的力气，把东西甩到墙上时留下的。

"就是这里。"卡兹的声音有一丝细微的颤动，"很少有人来这里，但它是整个建筑的核心。如果这里也空了，那奥利弗就是真的离开了。"她慢慢转动身子，仔细地看着墙壁，仿佛寻找着什么线索。

"可以去村里问一问。搬走家具花费的时间较长，而且要不止一辆卡车。或许有人看见了什么。"

"嗯，"她扭身看着他，"当地人十分痛恨奥利弗买下这里。"说着又转回去，继续查看着房间。

"你还好吧？"

"还好。"她听起来有些惊喜，"过去他画画的时候，经常让我和他一起坐在这里，就在那儿。"她朝着一个角落扬一扬下巴，"那儿原来有个高台，我就用旧窗帘给自己做个窝。还经常把各种颜料罐和丙烯酸酯等，按颜色一组组分类。现在都记不清了。他画画时讨厌别人来这里，但我可以自由出入。"她盯着房间的四周，看了很久。德福林静静地等着。"我在这个庄园别墅最美好的回忆，就是这间屋子。"她声音里又带了感慨，"现在，这里却空空如也。下去好吗？"

下到楼梯底部，卡兹关上门，倚在门上面靠了会儿，伸出手来。德福林也伸出手，与她十指相扣，一起走过安静的走廊。

"一定有保洁公司或是什么人照看这儿，包括打理花园。"卡兹看着四周，若有所思。楼梯和地板，都是最近打扫过的样子。"找这个人，或许可以问问。"

他们来到一楼，进入大厅。德福林弯身蹲下，拿起一部推到角落的电话听筒，放到耳边，听了会儿又放回去："电话通着。杰夫打电话时，有人接听了。但接电话的不是他要找的人。"

"他一定被告知，这里已经空了。"卡兹微微一震，站在原地，慢慢转动着，打量着四周，思忖着，"厨房看过了。酒窖铁门锁着进不去，那是奥利弗保存作品的地方。也不知道那里还有没有东西了。"目光回到德福林身上，"其他再没啥看的了，除非想看看院子。过去我常在院子里骑自行车。"她冲着一条宽敞的走廊扬扬头，往前走去，"穿过大厅，就到平台上了，喏，就那扇门——哦！"

德福林动作飞快，一把将她推到身后。那扇门突然开了，一个人站在门中央，手里拿着一把大镰刀。

Chapter 46

镰刀十分破旧，锈迹斑斑。握着它的手已经变形，布满斑点，明显在颤抖。

"站住！"来人看起来又老又弱，可还是顺着走廊径直冲过来，挥舞着手里的镰刀，"你们是谁？不许动！"

卡兹并没听他的，而是疾步走上前，迎着他走上去："毛里斯！你还在这儿！"

"卡特琳娜小姐？"镰刀当啷一声掉到地上。德福林快步上前，明智地捡起镰刀，顺手放在窗台上。他靠墙看着卡兹被宠溺地抚摩、赞叹。毛里斯还记得小时候她凌乱的卷发，不住地夸赞她的美貌，一直夸得她脸都红了。德福林很喜欢看她脸红的样子。

"这是你丈夫吗？"老头儿终于发现了他，眼睛明亮，像是站在自家粪堆上的一只公鸡。

卡兹的脸更红了："不是的，我的一个朋友。"她介绍了德福林。两人握了握手。"毛里斯是第一位教我认各种植物的人。过去我经常跟着他满花园里转悠。"

接着，毛里斯开始惊叹主人的成功，德福林站在旁边等着。"我在杂志上看到过你，如今在网上看。我儿子帮我弄的。不过，你来可不是谈论花花草草的吧？"毛里斯终于问道。

卡兹摇摇头："我们在找我父亲。"

即使毛里斯认为这很奇怪，他也并未表现出来。他摊开双手，摆出一副标准的高卢人姿态："唉，走了。"

"知道去哪儿了吗？"

老人摇摇头："大卡车夜里来搬走的。一共三辆，都不是本地人。"德福林感觉到他想吐痰，可出于对这里的尊重而忍住了。"到了早晨，扑哧，全不见了。"他的头上下起伏，戏剧般地摆动着，"谁知道去了哪里？"

"哦。"卡兹听起来十分失望。老人挽着她的胳膊："跟我来。"眼睛依然明亮，像鸟一样，充满了逗趣，"你可以问问让。"

"让？"他们朝租来的汽车走去，德福林用嘴角重复着名字。

"毛里斯的儿子。我想，这可能是当地人想说我不知道，但我知道有人知道，这个意思吧。"

毛里斯爬上了一辆锃亮的灰色四驱车，在前面带路，他们沿着窄窄的小路开到村子，停在村子中央的广场上。

让，以前那个瘦弱的顽皮小男孩，整天跟卡兹一起在庄园院子里疯跑，如今在路边开了一家酒馆，成了精明的小老板。他站在敞开的店门前，扎着白色围裙，看着街上。毛里斯带着卡兹走出汽车，一只手扶着她的胳膊，骄傲地把她引见给儿子，然后在前面领路，进了餐厅。餐厅里蒜香味和新鲜食物的香味，扑面而来。

馅饼、奶酪和新鲜出炉的面包，都很好吃。提供的信息更是有用。让倒了酒，在围裙上擦着手。卡兹从桌上碗里拿了颗黑橄榄放在盘中，端起酒杯喝了一小口。

"去年9月，来了很多卡车，把家具全搬进了储藏仓库。"看到客人很满意，让十分满足，于是拉过一把椅子，一起坐下。已经是下午较晚了，餐厅里空荡荡的。"布伦先生有一个表兄在仓库工作，所以这不是什么秘密。"让咧嘴笑了笑，"但家具不是一下全部搬完的。几天之后的一个晚上，又来了一辆卡车。我刚好在锁店门，看见它穿过村子。那辆卡车小一些，是专门搬家的车。"他满怀期待地看着卡兹。

"是来搬画儿和奥利弗工作室的？"

他点点头："但不是搬往仓库的。他们离开前，司机和同伴在这儿吃的早餐。其中一人打电话确认指令。他到外面打的电话，但是厨房窗户开着。"让笑着的嘴咧得更开了，"那些画儿过了边境，运到了意大利，去的是加尔达湖。"

Chapter 47

从小酒馆出来穿过广场，就是村里的小教堂。卡兹坐在教堂里，闻着香烛焚烧的味道，看着古老的石头，体会着这儿的寂静。她在祭坛旁边的烛台上点了一根蜡烛，注视着平静燃烧的火焰。她做了祈祷，却并不太清楚为谁祈祷，为什么祈祷。为了力量？正义？和平？

内心深处的悲伤不会消失，但可以改变。

她双臂交叉抱在胸前，把上衣拉得更紧。

庄园里一定发生了什么。她与父亲的关系中，许多错过的碎片弥补到位，神奇地将进一步推向自由。她的心……打开了？

一定要见到奥利弗。她内心深处，深到无法描述的地方，要她这样做。这是在整个事件拼图中的最后一片。一旦做完，她就可以走开。但是，会走向何方？走向德福林吗？

现在他俩的情形，算谈恋爱吗？他想要什么？而她又想要什么？

她叹了口气，让肩膀松下来。蜡烛的火苗忽地闪烁一下，跳得更高了，有种想要逃脱的渴望。她和德福林的关系，已经达到一定高度，是她与任何男人从未有过的高度——信任，关心，令人心动的话语。

这难道就是真正的爱情？

低语似乎从空中传来。她站起来，朝门口走去。

小酒馆也有客房。她回来时，床上放着两部新手机，旁边是两张第二天的火车票。

她走进房间，德福林从浴室伸出头说："我们在阿维尼翁站还掉汽车。到了德森扎诺，如果需要，再租一辆。"他正在用一只手刮胡子。看到卡兹扬起眉毛，解释说，"带女士去吃饭。"

"嗯。"卡兹看了看那两部手机。

"老习惯。准备进战场了，需要干净的设备。"

"是吗？进战场吗？"她扔掉包，踢掉鞋子，"的确如此。你……有武器吗？"

德福林斜着眼睛看着镜子说："还没有。"又把脑袋伸出来说，"我说，在我看来，要是你让我朝你父亲脑袋开一枪，按照他所干的事情，也不为过。我也能做到。"他停了一下，准备挨揍，"不过你并不想这样。我尊重你的意见，不再使用暴力，但这并不意味着对方也不使用暴力。所以，我们必须小心。这次我们去的，是敌对区，所以要做好相应的准备。那样我会感觉好些。我幽默吧？"他从眼角看她一眼，"朝他脑袋开枪那事，要是你改变主意了，就告诉我。"

他说着弯腰走进狭小的浴房。卡兹在身后看着他，若有所思，然后拿起一部电话，走到了落地窗边的座椅旁。她给苏珊娜打了个电话，告诉了她最新情况，以及新的联系号码。

打完电话，站在窗边，看着街上。德福林从浴室出来。"现在干吗？"她问。

"随你便，都行。"

"我想……走走路吧。抽点空……放松一下……"她向他伸出手。

两人一起走在别墅的院子里，还爬上了那栋废墟。卡兹带他去看小时候和让藏身的地方，那座第一次激发了她对园艺兴趣的玫瑰园，还有树林边上到处都是的藤蔓。

"怎么了？"卡兹歪头问。

德福林懒洋洋地坐在花园尽头一个破旧的长椅上。卡兹坐在一块平顶大石头上，下巴支在膝盖上。下面是夹在山谷的村子的屋顶。

"我在想你小时候在这儿玩的样子，用膝盖在地上爬来爬去，扎着小辫。"

"变态。"她友善地笑着骂道。

"不——我可从没跟女学生玩过什么游戏。不过，你一定很可爱。"

"我想是的。"她环顾四周，思量着说，"我们待在这儿的时间也没多长，只有三年，但是在这里，我度过了非常美好的童年，三年我都很快乐。村子里的人非常保守，他们反对跟奥利弗沾边的一切，包括别墅里的生活，但他们却接受了我。我宁愿认为他们故意使用了什么计谋，用一种有趣的方式，暗中保护我，让我有正常的环境。我去上学，和别的孩子一起玩，还骑自行车，吃冰激凌，都是小孩通常玩的东西。我更喜欢在温室里给毛里斯帮忙打下手，不太爬到这上面来。按照那样的方式，我过了很多年，只有奥利弗，一如既往乱七八糟，而且无聊。他在这儿创作的画非常棒，不过我已经熟视无睹了。"她咧开嘴笑了，"从威尼斯来这儿之后，种天竺葵，摘豆子和采西红柿，对我都是全新的，特别有意思。"她稍稍转身，深吸一口气，"你呢？你的童年呢？"

她等待着，以为他会眨巴几下眼睛，然后闭上。他却把头扭开，去看风景。"你应该有过有趣的童年吧？"

"我想应该有吧。"

德福林叹了口气，从眼角的余光知道，卡兹正看着他。那脸上不是期待，而是希望。他依然看着风景。他对童年的事情，实在不感兴趣。他的母亲也没有多少兴趣的。他又叹了口气。卡兹不擅长打探，但如果他保持沉默，她会想象。回忆并不痛苦——只是……只是……他根本不知道那算什么。因此，他也不在乎挖掘那些回忆。在他入行服务时，按照要求，已经埋葬掉了所有的记忆，也没有多少遗憾。所以，回忆很少浮现，即使浮现，很快也会被他再压下去。哦，该死。卡兹已经讲了她的童年，他也该讲讲自己了。

他身子向前倾，把胳膊连同打着的石膏放在腿上："你想听什么？一个狂风暴雨的黑夜之类的故事？"

"是吗？狂风暴雨的黑夜？"

"可能是吧。是个炎热的夏天，我只知道这个。那是90年代，在那样炎热的天气怀孕，妈妈并不开心。"卡兹也将身子向前倾。他能感到自己声音干瘪，"她怀孕了，但是一点也不开心。"他抬起头来，"我出生的时候，她离十七岁生日还差两个月。"

"哦。"轻柔的呼气说明了一切。同情、怜悯、理解，都是些他从未想过的字眼。

"我肯定，她非常想甩掉我——我不知道该不该怪她——但是，等她意识到怎么回事，已经太晚了。外祖母发现时，也已经太迟了。妈妈才十六岁，怀里就抱了个孩子。那时的她，才是该操心普通水平考试，或是参加海湾城市摇滚音乐会的年龄。"

"你父亲呢？"

他摇摇头："就算妈妈知道，她也不说。外婆说，是当地一家汽车修理厂的机械师，发誓说我简直是他的翻版。显然，我一出生他就开溜了，找不到了，所以外婆很可能说得对。外婆把我养大的。她觉得她好不容易把自己的孩子刚养大，突然又冒出个小孩。"他抬起一边的嘴角，冲卡兹苦笑了一下，"瞧——咱们两人都是私生子——只不过我更加努力，更担得起'杂种'这个名称。"卡兹轻声抗议，让他的笑不那么苦涩。"外婆给我喂饭，给我穿衣，教我明辨是非，但是我一直都知道——"他停了下来。不要感到伤害，不要，"我就是个错误，一个尽力弥补的错误，仅此而已。童年，那是很久以前的事了。"双手在膝盖上擦着。

看她的表情，他知道，不能轻易就这么过关。她眼睛很黑，每次——每次她专心致志时，眼睛就是这样。晚上躺在他的怀里，也是这样。他换了个姿势。长椅周围灌木丛里，蜜蜂和蝴蝶在翩翩飞舞，不时传来一股好闻的浓烈花香。是薰衣草？植物是绿色的，叶子尖尖的。他俯身摘下一片叶子，缓解一下情绪。

"上学的时候呢？"

他犹豫了一下。一句轻率的上学的时候是远远不够的。

"我喜欢上学，喜欢体育运动，阅读科学书籍，还有——"他又停住。佩特里，他很多年没有想起过了。

"还有呢？"卡兹催促道。

"前边街上住着个老家伙，一个非常老的家伙——我以为他一百岁了，实际上只有六十多。小孩嘛，你也知道。是佩特里先生，外公的一个朋友。外公是肺气肿——脸色永远苍白，骨瘦如柴，躺在角落，不停地喘，生命就这样一点点喘没了。过去他们经常一起下棋。后来外祖父去世了，佩特里就教我下棋。他参加过战争，有很多故事。"德福林皱着眉头，"现在想来，他可能在情报部门吧，讲的故事都是男孩喜欢的——沙漠作战、海滩登陆，等等。"是从佩特里开始的，还是因为曾被誉为天才童子军？"我不是跟他待着，就是跟外祖母待着，在他们的督促下，我上了大学。"见她眼睛睁得溜圆，他咧嘴笑笑，"没想到我脑子还挺好使，对吧？"

"我只是……没想到你上过大学。学的什么专业？"

"物理学和电子学。毕业那年，我找到一份工作——一家政府实验室找到了我导师，我想……"难道那是选拔过程的最后一关？"毕业那天——"

毕业那天，是他一生中最孤独的日子。佩特里和外祖母已经去世，在他读大学的最后一年，几个月内相继去世。他的母亲，跟一个佩卡姆的汽车经销商跑了，只有上帝知道去了哪儿。所有的同学，都是带着家人一起，兴奋地参加毕业典礼的。当时他喜欢的那个女孩，叫什么来着？艾莉，还是艾玛？也是家人陪伴出席的。虽然她和家人热情地欢迎他，但不知怎的，反倒让他感到更加孤独。于是，他蹒跚着从奖台下来，拿着毕业证，不知给谁看时，一位西装革履的陌生人，走到他面前。那时的他，俨然是块很容易到手的肥肉。"有人给了我一份工作。"石膏在空中一挥，他身体向后靠去。

"这份工作，"卡兹轻声说，"军情五处，还是军情六处？"看到他的表情，她扬扬眉，"我可是签过'官方保密条款'的。"

"是啊，你也签过。"他长呼一口气，"我没有为军情五处或军情六处工作过。我的雇主，藏得更深，也更为阴暗，是个没人知道存在的单位。"只有他们想做些特别脏的事情时，才会派人去找魔术师，由魔术师们负责，让麻烦消失。"卡兹，你已经看见了。你知道一点点，或者说我不该告诉你这些。但你绝对不能透露出去，不能透露给任何人。"

他听见，她倒一吸口凉气："他们……他们会伤害你吗？"

他心口猛地一紧。她竟然先想到他，而不是她自己。"他们会不高兴的。"他笑着说，"不过，让他们高兴，已经不是我的志向了。但他们不喜欢有人谈论。"他轻声警告，"我接受了他们安排的工作，经过了培训，然后，又被放了回来。用他们给的身份生活。从签字的那一刻起，过去的一切就结束了，无论出于什么意图或什么目的，斯图尔特·亚当斯都不复存在。我成了另一个人，并且隐藏得很深。如今的我，跟以前的大学同学没有任何联系。"除了脑海最深处，还保留着那根线，那根如蛛丝般纤细，却最为美好的细线。他再也没有回去。但现在，他知道母亲在哪儿，和谁在一起。她有了新的生活，他也不想去打扰。"后来，我离开这行时，又更换了一次身份。新的生活，新的名字。"三个不同的空间，每一个都滴水不漏，相互之间毫无关联，除了同一副血肉之躯。这就是他，管他是谁？"看到了吧，"

没受伤的那只手放在膝上，"这就是我。"

"德福林。"

"德福林，"他同意了，"就是现在的我。"

就是我爱上的那个男人？卡兹一只手紧拽着牛仔裤，摇着头，把头发抖散，掩饰自己的表情。她听他说话，语气平淡，说着事实，同时，也观察着他的脸。她看到了这个没人要的孩子和男人的痛苦与孤独，看到只有在新的身份里，他才有价值。她相信，他还不知道这一点。他把一切深埋起来，和那个叫斯图尔特的小孩一样深。他不知道自己都失去了什么，一个消失的孩子，遭受了重创。

她紧抱着双膝。你我都是，就像在一个豆荚里的两颗豌豆。如今他是德福林，她确定自己爱上了他。可是，他能学会爱吗？他愿意学吗？

"你没事吧？"

"哦，没事。"她抬起头来。吹来一阵微风，她从大石头上滑下来，朝他伸出手，"谢谢你告诉我。"她看着他的脸，"我会保守秘密的。"看起来有些一本正经，但这样做是对的。

他担心的神色，被一丝微笑驱散。"我知道你会的。"他一根手指抬起她下巴，"别担心，卡兹。那是很久以前的事了，已经不会再带来伤害了。"

她点点头，挽起他的胳膊，痛苦笼罩着她的心。即使伤害了，他也不知道。

德福林注视着卡兹走过餐桌，坐在酒馆角落的这个位子。这个酒馆很受欢迎，经常是客满，充满食客们愉快交谈的嗡嗡声，空气里飘着食物的香味。她穿着一件深紫色吊带连衣裙，窄窄的肩带闪闪发光，戴着一条奇形怪状的项链，就像部落雕像脖子上挂的那种，走路时一闪一闪，像紫色眼睛。

她正蘸着面前的蒜蓉蛋黄酱，喂他炸薯条。

为了这个女人，杀人都愿意。他紧紧地捏着酒杯的柄，小心地打量她，心里想。从庄园返回的路上，她一言不发，现在很是精神。他不想让她误认为他的童年不正常。其实也没什么，只不过须忍受单调乏味和无力感罢了，长大了，就知道该怎么办了。现在看来，这项工作经受的训练，相当残酷——学习使用武器、战术、格斗，还有各种语言，以便随时随地可以消失。他也很重视，即使现在，还会不时练习一下。比如，他会模仿鲍比说话——想起鲍比，他胸口一抽——在卡兹身边，他说话肯定又带上了英国腔。

看到她并未在意自己不幸而又缺失的童年，他很满足，整个人也放松下来，融入周围的环境，听别人说些什么。有人生了小孩；还有个人早上去巴黎出差，希望今晚走好运。坐在角落里的一对夫妻，正和气地争论着浴室的颜色。都是些普通、正常的家庭琐事，而他却一窍不通。盘子里的烤羊排，现在，成了另一种东西。他停止分析，开始吃起来。

卡特琳娜小姐回来的消息传开后，酒馆里安静的晚餐逐渐变成了聚会。好奇的村民们蜂拥而至，一瓶接一瓶地喝酒庆祝，老板让的腰包很快鼓了起来。最终卡兹回到楼上时，已经气喘吁吁，醉醺醺的了。市政厅的钟敲了十二下。她一下子仰倒在被子上。

"魔法时刻。"不知是什么，可看起来很有趣。

德福林打开台灯，关上百叶窗。金色的灯光洒满房间，古董家具上泛着光泽，在已经褪了色、久经岁月的地毯上，投下奇怪的形状。卡兹伸了个懒腰，一层暖意在周身皮肤上飘浮。

德福林坐在床边她的身旁，低头看着她。她已经无法聚焦，看不清他的脸。

"你很清醒嘛。"她嗔怪道，看到了一瓶当地的上等葡萄酒——不对，是好多瓶，她自己纠正——酒围着他转，却没停住几瓶。"我不太清醒了。"她高兴地吐露。

德福林亲切地微笑着，卡兹蠕动着靠近他。

"我知道。"声音中的逗趣让她愤慨，她又开始蠕动身体想要离开，但他抓住她，把她在床上翻个滚，笨拙地围在自己的两只胳膊间。

"瞧，没有手了。"她咯咯地笑着。

"我有一只手。"他把手放在她的腰上，定住她，"我还有这个。"说着，他的嘴巴覆盖了她的嘴，她的脑袋好一阵缓不过来，不过跟喝了酒毫无关系。"你尝起来像黑莓和李子。"

他吻完嘴巴，又顺着下巴开始往下轻咬："你闻起来，像香草和新鲜的青草。"他吻到她耳朵背后的脉搏点，她一下子心跳加速了。

当他的嘴巴顺喉咙往下游走时，她脑袋突然断了片儿。

他的嘴巴吻到了她胸部的隆起，并继续向下探去："是沐浴露。"她娇喘着说："我……你不用知道这个吧。"

"不。"他的舌头舔着她的肌肤，然后在肌肤上轻轻吹气，就像发现了不可思议的美味似的。

"你的嘴巴真棒。"他舔到了敏感区，卡兹的身子扭动起来，"别停。"

"不打算停，压根儿没打算停。"

Chapter 48

在太阳的照耀下，气温升了起来，此时的警察局暑气腾腾。

进门前，局长停下脚步，视察着自己的地盘。窗户洁净，油漆都很新，没有纸屑，最新通知整齐地贴在布告栏的玻璃框内，正是他喜欢的样子。他心里不由得生出一种专属的自豪感。他自豪地咧嘴笑了。为什么不呢？适度地喜爱和痴迷井然有序，那又如何？

他从口袋里摸出一条洁白的手绢，擦掉头上浸出的汗珠。现在才早晨，气温却已经升到二十好几、接近三十摄氏度了，这要是到了下午，山下佛罗伦萨市中心的温度，会成什么样子……

他把手绢仔细叠好，放回口袋，走上台阶，到了楼门口又停下，皱着眉头。他来得够早了，居然有人比他还早。一个人已经在门廊那儿转悠了，手里拎着个大公文箱。

来的是法医专家，是来检测那个可怜的英国小孩DNA的，就是埃尔莫尔夫人的女儿。

他来这儿——

局长走上前去，瞥了眼桌旁坐的那位警察，他正聚精会神地填着一堆表格。

见到局长，法医的脸一下轻松起来。似乎他那消瘦的肩膀也从紧张中一下解脱。

"局长，我……"

他赶忙上前，迎上穿过大厅朝他走来的局长，声音越来越小。

"发现什么了？"

"一些新的东西。"他轻声说。

局长点了点头："到办公室说。"

进了办公室，关好房门之后，法医才恢复镇定。他打开一直紧紧抱在怀里的公文包，拿出一个文件夹，递了过去。

"这是所有的检测结果。"显然，他不打算再多说。

局长接过文件夹，坐到桌子后面，掩饰着自己的叹气，示意年轻的法医也坐下来："结果会让我不喜欢，对吗？"

法医瞪大眼睛："什么？"

"没什么。"他打开文件夹，看着结果报表和公式线条，还有图表。当然，最关键的结论总结，在页面的底部。看完结果，局长呆住了，竟然不顾身份脱口而出："这个你确认是？"

"千真万确。"法医点点头。他终于把包袱甩了出去，脸上难掩抑住的兴奋。

局长僵硬地点点头，已经伸手去拿电话："事情紧急，我们需要同埃尔莫尔夫人通话。"

Chapter 49

卡兹用手遮在眼睛上方，看着清晨渡船交错的湖面。太阳升起来了，照在水面，反射出刺眼的光芒。她抬起头，嘴巴又情不自禁地发干。德福林正朝她走来。他走路的样子，每次看了都让她怦然心动。他把几份报纸扔到她旁边，坐进椅子。

"过去两年，湖边的那栋房子已经几易其手，这个时间段，比奥利弗物色房子的时间段要长。"他翻看着那些报纸，"不过，如果把所有要求加起来，可选的地方也没几个。"

"面积大，幽静避世，能够被改造成一个画室，还要有足够的地方，来储存价值几百万英镑的画。"卡兹罗列着一些必要条件。

"你肯定不会是租的？"

"奥利弗喜欢自己拥有东西。"他从哪儿知道的？对她父亲的全新认识？

"还真有这么个地方。"他说着推过报纸，"特别推荐——恒温酒窖。正好可以改造成为画的储藏室？"

"刚好是我们要找的。""就在湖对岸的巴多利诺。"

卡兹心跳更快了："去看看好吗？"

255

他们登上了渡船。渡船在一个个码头之间缓慢地不断停靠，乘客们下船，另一拨乘客又上船。乘客大多都是前来度假或旅游的，少数是到湖对岸上班或是闲逛的当地人。

快到巴多利诺时，德福林递给她一副野战望远镜。她已经不再去想他究竟打哪儿弄来的这些东西了。

假如她想要一头大象，想坐热气球，或是想要块太妃糖，他肯定也会像变戏法一样，全给她变出来。昨晚他们入住的酒店，有个包裹正等着他们。是有人专程送来的，卡兹没问里面还装着什么。她早已经打好主意，哪怕得知德福林有重武器，也不会让她忧虑。她把望远镜放在眼睛上，顺着他手指的地方对准焦距，突然带着呼气声惊叹道："就是这儿。"

她把望远镜递给德福林，看他举起来，说："这里的大小、塔楼，还有那些外层建筑，简直就是庄园别墅的复制品。"

"看到屋顶上的天窗了吗？"德福林一下子把望远镜拿下来，"奥利弗的工作室。"

他们回到酒店，等租的汽车。

"我们没必要亲自去，我可以派人去。"德福林在房间里踱来踱去，这已经吸引了卡兹的全部注意力。德福林不经常踱步，"我先派人去，侦察一下。"

"完全可以我们自己去，如果错了，就道个歉离开。如果没错……"她使劲咬着唇，感到心脏在胸口怦怦跳着，很不舒服。但她必须这么做。

然后她就可以选择，是继续爱奥利弗，还是会继续恨他，或者，离开他。

她走过去，站在德福林面前："没人逼得了我。他是我父亲。"

"他很危险。"

我第一次见你时，也觉得你危险。那个，还有跟你的一番云雨。现在

依然危险。

想到这儿，她笑了，德福林一脸不解。不，我可不打算解释。

"奥利弗雇别人为他做危险的事。"她在记忆深处搜寻对打架和发脾气的回忆，"他已经六十六岁了。""可并不老。"

两人目光对视在一起。她直视德福林的脸，捕捉到他内心开始让步的瞬间……对他的爱意更浓。

嘿——暂停一分钟。

现在不行。没时间了。

"什么？"他看着她。

"没什么。"她努力让自己听上去很平静。一定管用了，因为他不再对视了。倒让她想去安慰他，"我要进那栋房子，用最肮脏的字眼，大骂我父亲一顿，然后出来。再简单不过了。"

"是吗？你进去骂他时，他会干吗？"德福林反问道，听上去有强烈的挫败感。

"会坐在椅子上，张大嘴，好奇地想，我从哪儿学来的这些脏话？"她必须看起来很轻松。指甲已深陷到手掌心，心也已提到了嗓子眼。她马上就忍不住了。

忘掉德福林，集中想奥利弗的事。

她试着想象与父亲面对的场景，但是做不到。她想看到他的悲伤、他的内疚。"他不会伤害我。"这一点她必须坚持。

"看来怎么说，都不会让你放弃，除非将你打倒绑起来。"德福林还在怒吼着发牢骚。她知道，咆哮的背后，是对她深深的忧虑和担心。这让他的暖心和伤心，一样深。

她的手放在他胳膊上："我一定会没事的。"

看得出他并没有被说服，但他清楚，什么时候该停止浪费精力。只见他大步流星走到梳妆台前，拿起电话，按了几个按钮，又把电话递给她。

"我跟你一起去。我会待在外面。"他拦住她的抗议,"这个按钮保持打开状态。如果需要我,或者有任何不对劲的,就按速拨键'3'。"

她狡黠地笑了笑:"然后你就会跑来救我?"

"你最好相信我。"他把她搂在怀里,用力吻了一下。她能感觉到他的挫折感。"咱们尽快解决这件事。"

她以为大门会很沉,结果发现这门是用来装饰的,不是保障安全的。两扇大门,德福林手一推就开了。他把准备开锁用的细铁丝塞进口袋,挥挥手,招呼卡兹进去。

"喏,至少这个东西可以向人们解释,我们是如何闯进来的。"德福林回到车上,透过挡风玻璃仔细地查看着,"蓝胡子城堡,走这条路。"

汽车嘎吱嘎吱沿着狭窄的车道蜿蜒而行,两侧紧贴着灌木丛和树木。卡兹尽量保持着驾驶视线,不去看两边。她想起《花园》杂志上,有过对这栋别墅的介绍。"一战"以前,它曾属于英国的一个园艺师。"住的若真是陌生人,我倒有个很好的借口,为什么来这儿。"德福林咕哝着回了她一句。她发觉,他已经不那么紧张了,"你有枪吗?"

"你说呢?"

卡兹看他一眼:"看到第一个跑出来的人,千万别开枪,因为可能是我。"

汽车继续缓慢向前。"停车!"

卡兹惊恐万状,一脚踩下刹车。汽车猛地停下,德福林吓了一大跳。

"看到什么了?"她伸长脖子看着周围。

"不是,我从这儿下车。"他指着前面,前面树叶的密度变稀了很多,"最好你一个人继续往前开。"

他专业而老练地迅速察看了周围。是在检查藏在灌木丛中的摄像头吗?"把车停在显眼的地方,不要拔车钥匙。"他把她拉过来,给她一个深深的长吻。他手放开时，她极力控制着，不让自己发抖。

"现在掉头回去还来得及。"他指着来的路说。她摇摇头，他只好轻声咒骂一句，"那就继续开吧。"说着打开车门，踩在地上，"去吧，去做你一定要做的事。需要我，就打电话。"

没等她把车再次开动，他就已经消失在灌木丛中。

车道的尽头，是一个路面压实而形成的开阔地。卡兹掉好车头，准备下车。

这幢房子高大气派，要爬两组台阶才能进到楼里。台阶的两旁都是雕像，有些她能认识，是海神和海怪。周围还有些乱七八糟的附属建筑，以及车库。还有座看起来像鸽棚似的建筑。那后面，就是他们从湖上看到的那座塔楼。房子的旁边，种着一片柑橘林和橄榄树林。

卡兹伸手刚想拔车钥匙，想起德福林说的话，便停住手。她慢慢下了车，靠在车上。来对地方了。一个女人手里拿着水壶，从楼里出来，走到阶梯上。卡兹向前走去。

"你好，瓦伦蒂娜。我父亲在这儿吗？"

Chapter 50

　　德福林在树叶茂密处的边缘，找了个有利的位置。要是跟卡兹一起去，在车里等她，此刻或许不会如此紧张。可如若她父亲真在这儿，卡兹单独出现是一回事，若他在车里，两人一起出现，就完全是另一回事了。

　　这次虽然不是什么秘密行动，但老习惯很难改掉，比消灭老鼠还难。

　　"好样的。"卡兹掉转车头时，他轻夸一句，看到她下了车，靠在汽车上。那个刚从楼里出来的黑衣苗条女人，放下水壶，开始下台阶。德福林看到她犹豫了一下，然后伸手拥抱了卡兹，带她进楼里去了。

　　瓦伦蒂娜？奥利弗的情人，卡兹同父异母妹妹的母亲？除了她还会是谁？

　　表演开始了。

　　卡兹竭力让自己注意周围的环境，忽略怦怦直跳的心脏。别墅的比例和建料都非常漂亮，不时能看见圆润的石头、浅色的木头还有镀金的地方。整个房间用的是象牙色和沙色的柔和色调，陈设十分低调，完美地突出了绘画和雕塑产生的音乐感。

　　她看到一幅母亲拿着镜子的画像，屏住呼吸，尽力吞下突然涌上来的泪水，反而集中注意力，去看前面的这个女人。这是母亲的替代品。

想到这里，她又很快放弃这个念头。苏珊娜收拾行李离开后，过了很久，瓦伦蒂娜才出现。她仔细研究着走在前面带路的这个年轻女人。她俩年龄相仿，房间的陈设以及画的悬挂摆放，正是按瓦伦蒂娜的品位安排的。她为奥利弗和小女儿营造了一个家。桌子底下有些散落的玩具，还有一本熟悉的儿童书，打开倒扣在椅子上。看到这些，卡兹又哽咽了。她再次让注意力集中在瓦伦蒂娜身上。

这个女人并不漂亮。时髦的亚麻布上衣和窄腿牛仔裤松松地挂在她身上，她好像瘦了许多，走路的动作僵硬、紧张。卡兹记得当年见她时，她还是个风华正茂的年轻姑娘，正为自己征服了一个伟大的人，既害羞又欣喜若狂。他们一起去常青藤饭店用过餐，那时奥利弗的眼睛和手，一刻也舍不得离开她。

难道，这就是和奥利弗在一起生活的代价？

她们来到一个小客厅，在台阶顶部的凉台上，可以俯瞰湖面。

瓦伦蒂娜指着椅子说："请坐。"然后犹豫地露出微笑，"我去告诉奥利弗你来了。请随便喝点东西吧。"

只剩下卡兹一个人。她拿起装着橙汁的饮料壶，倒了一小杯橙汁，端着杯子走出凉台门，来到栏杆旁。湖上船只来来往往，船尾在湖面搅起阵阵波浪，清澈的湖水拍打着下面小小的鹅卵石湖滩。房子两侧的花园十分宁静。

德福林就在外面的什么地方。她用手指摸着口袋里的电话。若是普通家庭，来访的女儿是不会被带到前厅等候的，由人去禀报父亲，是否愿意见她。若是普通家庭，女儿的来访，也不会是为了指责父亲的谋杀意图的。她的肩膀微微放松一些。即使现在，住手也还来得及。

卡兹喝完果汁，看看手表。已经好几分钟了。父亲已经知道她来了。一只小船从靠近岸边的地方驶过，湖滩上又涌起一阵汹涌的波浪。奥利弗正在慢慢考虑，要不要见她？他会拒绝吗？

身后响起脚步声，她转过身，是瓦伦蒂娜回来了。她脸上挂的微笑，不知怎的，却让她看上去更憔悴："奥利弗在工作室。你愿意上来吗？"

车库背面，十分阴凉，但德福林的背上全是汗。一个巨大的陶缸里，种了满满一缸粉百合，他正好站在下风处，花香浓烈，刺激着他的喉咙。强烈的侦察欲望，是另一个很难改掉的习惯。两个女人一不见了，他立刻心神不宁，悄悄潜入裙楼的深处，来到别墅的背面。他大半个心思都跟着卡兹进了主楼。他知道这样不好，可就是控制不了自己。他拿出手机，确定是开机状态，又把手机塞进牛仔裤口袋。该返回车附近继续等呢，还是四处再看看？

好奇心终于占了上风。一旦奥利弗知道卡兹来了，再出什么牌都不会让他吃惊。所以，隐蔽并不重要。于是他从树荫里出来，不过还是小心翼翼的。

面前是座不太高的塔，用砖垒起来的，砖已经都发黄了，看样子别墅比那栋楼还要古老。塔身外面有个楼梯，通向塔顶的门。德福林围着塔绕了一圈，在塔的另一侧，发现还有两扇沉重的大门，足以驶进去一辆马车。是用来存放东西的存储塔吗？

塔身底部的这两扇门，像是多年没打开过。但是塔顶屋檐下有新修的窗户，全都敞开着。德福林觉得好奇，于是绕回楼梯那一侧，开始向上爬。

塔顶的门是锁着的，是简单地用粗铁丝穿过门把手拧起来锁着的。德福林取下粗铁丝，塞进口袋。轻轻一推，门就静静地向里打开了，一股熟悉的油彩气味扑鼻而来。他突然一阵莫名地恐慌，该不会有人把奥利弗·凯塞尔锁进他自己的画室？这个地方，到底是干什么用的？

门里面是一条小小的走廊，上了另一组台阶。墙壁和台阶的踏板是新刷的，都是白色。墙上有扇又高又窄的窗户，透过窗户可以看到闪闪发光的湖面。

德福林停了一会儿，仔细听着。上面传来微弱的刮擦的声音，接着一片寂静，好像是专门屏住了呼吸。他犹豫一下，回身推开走廊上一扇带有贝壳状坚固的门，闪身进入内部楼梯。

"卡特琳娜，真是惊喜，见到你真高兴。"

奥利弗双手叉在腰后，优雅地坐在房间中央一个高凳子上。这个伟人，轻松、随意、悠闲地在他的工作室，站在画架前。卡兹走到离他几步远处站住。不能再往前走了。刚才，瓦伦蒂娜打开门，领她进来后就离开了。

房间里只剩下她和父亲。

她全身每一块肌肉都绷紧了。尽管脚下是平坦的地板，可她还是感到如同踩钢丝般，摇摇欲坠。还没想好要说些什么，只能随机应变了。现在，她人在这里，只可以说一件事，也只能问一个问题。必须在哽咽之前，把话说完。这个人……

"你一定知道我为什么来这儿。"她声音沙哑，十分刺耳，"我想知道，我的女儿是怎么死的。"

"卡特琳娜！"

不愧是一流的操控大师——他脸上竟毫无变化，只有一丝担忧和困惑。但是，从他的眼里，她还是捕捉到一直寻找的东西——一丝飞快闪过的微微的恐惧。欣慰迅速流遍全身，随之而来的是灼热的痛。

一切竟都是真的。

"亲爱的，"他向前弯着身子，"这是什么意思？你怎么了？你知道嘉美是怎么死的——"

"我知道你想让我相信什么，也知道你都策划了什么，但我相信，嘉美并没有死于车祸。你绑架她之后，她死了，在这里。"她一步一步地逼近，"我女儿，到底是怎么死的？"

她向前走时，他身子后仰，晃了一下，瞪大眼睛："卡特琳娜，你显然不知道自己在说什么。都是胡话。你需要帮助——"

"我全都知道。我知道杰夫、菲尔，还有那个用来替代嘉美被你杀死的孩子——莎莉·安·切西卡。你知道她的名字吗？"

"住口！"奥利弗伸手制止，又把手收回去，"真是太过分了。你胡说八道些什么！"

见他愤怒地断然拒绝，卡兹怔住，于是仔细观察他的表情，寻找证据。她找到了。

他假装深受伤害的惊讶表情堪称完美，可姿势却发生了变化。他表面的气势出现了缝隙，随着她一个又一个的指控，越来越弱。她心中跳动着可怕的狂喜，朝前又迈了一步。

突然，衣服口袋里的手机开始振动。

从内部楼梯走出来，是个圆形房间的外面。这里的屋顶没有吊顶，房顶的一排排木头椽直接裸露着。阳光从一排浅窗照进来。窗户开着，湖面微风吹进，带来凉爽的空气。房间里很空荡，一览无余，但里面摆放的家具引起了他的注意。一开始，他没看出来是什么家具，不过看起来，像是一个缩小版的绘画工作室。一个小小的画架，低矮的桌子，上面放着油彩和画具。突然他明白了，这不是缩小版的画室，而是一间儿童画室。他慢慢走进房间，双手在两侧垂放着，肩膀也放松下来。随着四肢的放松，感官也敏感起来，走到房间中央时，他停下脚步，仔细地听着。

有一种动作发出的极其细微的声音，他立刻发现了声音的来源。弧形的墙边有一堆垫子。他朝垫子径直走过去，在停住脚步的最后一刻，猛地九十度转身。

突然一阵尖叫声和噼里啪啦的拍打声。

在摆放画具的矮桌的另一头，一双深色的大眼睛，正警惕地瞪着他——一双跟她母亲一模一样的眼睛。蜷缩着蹲在地上的小孩，正是嘉美·埃尔莫尔。

Chapter 51

嘉美已经死了，而且还死了两次。可是讲不通啊，眼睛是不会撒谎的。在他面前，畏缩地躲着后退的小女孩，正是卡兹的女儿。

"哦，该死。"他耳边仿佛又响起卡兹的低语，"你对个五岁小女孩，又能了解多少？"

眼前这个小女孩，已经把他从头到尾打量一遍，目光又回到他脸上，眼睛瞪得更大，而且随时会发出尖叫。德福林压住内心的恐慌，把手指放在嘴上。

她没有喊出来，但一副随时尖叫的样子。她小脑袋微微歪着，惹人心疼，那样子跟她母亲一模一样。德福林轻轻地深呼吸，让自己保持镇定。

他能做到。只需表现柔和些，哪怕一点点，但必须是柔和的。虽然那惯用的手段，比如马诺洛·布拉尼克女鞋、钻石耳环、去巴黎度周末，等等，眼下都不管用，那么他只需有魅力就行。

他蹲下来，小心地保持距离，努力挤出微笑。小姑娘水汪汪的眼睛，一直警惕地看着他，也给他回了个鬼脸。

"你是嘉美，对吗？嘿，我是德福林。"

哈！知道名字，立刻建立起一种信任，紧张的小肩膀明显松了下来。

"我是妈妈的一位朋友，你妈妈，"他很快纠正，"她和你外婆，苏珊娜，是她们让我帮忙找你的。"

"妈妈在这儿？"小脸庞突然放出希望的光，令人心碎。德福林不由得咬牙切齿。孩子实在太可怜，竟然能把陌生人，当作救世主。

"是的，"他小心地说，"你想找她吗？她去跟外公讲话了。"

坏了，孩子下唇开始发抖，带着哭腔说："我不是奇阿拉（基娅拉）。我再也不要画画了。"

德福林努力遏制着心中的怒火，不在表情和肢体动作上露出来。要是孩子看出来哪怕一点点，对他的信任就会荡然无存，会误认为他发怒是针对自己。他平静些时，开口说："要是不想画画，那就不画了。"

孩子闭上眼睛，眉毛眼睛紧拧在一起，仿佛这样，别人就看不见她了。随后，又小心谨慎地睁开一只眼睛："你保证？你会跟外公讲吗？"

"我会跟他讲的。我发誓。"德福林郑重地用手捂着胸口发着誓。

六十六岁的天才奥利弗·凯塞尔，是他深爱女人的父亲。不过他还是决定，找见他时，一定要打掉他几颗牙齿。

嘉美把两只眼睛都睁开，若有所思地仰望着他。他手心向上，把手向她伸过去。

"我们去你妈妈车里怎么样？你可以坐在后座上。我去找妈妈，等她回来，给她一个大惊喜。"

嘉美想了想说："如果我藏在车里，就没有人知道我在那儿。外公不知道，瓦伦蒂娜不知道，吉多不知道，谁都不知道。妈妈来了，只有妈妈知道，还有你知道，"接着她又说，"那太酷了。"

仿佛有人在他胸前钉上了一枚勋章。孩子盯着他，眼睛晶亮晶亮的，完全是她妈妈的模样。他被口水呛住，咳了起来。

你输了，德福林。

哈！自从见到卡兹·埃尔莫尔，他就一输再输。

嘉美还在等他的意见。"听起来不错。"他又趁机补充说，"车里有毯子，你可以躲在毯子下面。"

她站起来："我们现在就走吧。"她做出决定。

德福林看看楼梯，楼梯又窄又陡，要是有人上来，就糟了。当务之急，离开得越快越好。"我抱你下去，抱到车里，你觉得怎么样？"

她歪着脑袋想想："我不会太重吧？妈妈说我很重。"

"对我来说不重。我块头可大了。"

"是的。"她的眼睛又睁大了，显然是想起第一眼见他时的情形，"可是你手臂坏了。"她指着他胳膊上的石膏说。

"是的，但是只有一点点路。"他告诉她。她摸了摸石膏，又摸了摸他的胳膊："好吧。"

谈判结束，她一动不动地站在那儿，等着让他抱起来。德福林把她一把揽在臂弯上，紧靠在肩膀上。她闻起来有股油彩和奶香的味道。现在他们的眼睛一样高了。她正仔细地看着他的脸，他想起了脸上的瘀伤，不过她好像并没有太在意。

"你是从美国来的吗？""是的，我家在那儿。"他同意道。

"太好了。我想去迪士尼乐园，"她说，"你去过吗？"

"没有。"这会影响他当街头老大的信誉吗？显然不会。

"也许你可以跟我和妈妈一起去。"她建议道。

"那太好了。"

"好的。"她一副说好了的口吻，然后，用同样的口吻，又扔了颗炸弹，"你爱我妈妈吗？"

德福林的心猛一扑腾。上帝！直击要害的审问，跟她母亲一样厉害。

他心慌意乱，使劲地咽口水清喉咙。她皱着眉头，直视着他的眼睛。哦，真是该死。

"是的。"承认的感觉真好，哪怕只是对着一个五岁的孩子，"我爱她，但是还没有告诉她。"他顿了顿，"这是我俩之间的秘密，好吗？"

"你会照顾她吗？""如果她允许的话。"

嘉美考虑了一下他的回答。"那好的。"说着，微笑地指指楼梯，"我们快去找她吧。"

"你能不能先回答这个问题？"

卡兹满腔愤怒。她颤抖着拿出电话，准备按掉。情绪终于爆发，她让奥利弗落荒而逃。现在，他冲着她在笑。

准备按掉电话的刹那，她突然意识过来，手心全是汗。

德福林。

号码是新的，还能有谁？一定是德福林需要她。

她把手机放到耳边，慌乱中手滑了一下，手机差点掉地上。

"卡兹？是你吗？"

"哦，天哪，现在不行，妈妈。"

"你父亲在那儿？"苏珊娜立刻明白了，但声音还是很尖，"不要打断我，你一定要听我说。意大利警方刚打来电话。他们拿到了法医出具的、对死在葡萄园的那个可怜孩子的最终鉴定结果。DNA非常接近，但并不完全匹配。尸体是被挪去葡萄园的。那孩子不是死在那儿的，而且，也不是嘉美。"

卡兹脑子一片空白，只恍惚地意识到手机从手里滑落，掉到地板上，发出咣当的声音。她的心里、脑海里，五味杂陈。喜悦、震惊以及刻骨噬心和咬牙切齿的愤怒，让她不顾一切地朝奥利弗的喉咙猛扑过去。

顿时，连人带架子整个飞了起来。"你这个浑蛋！你还杀了谁？"

画架倒在地上，卡兹停下来，浑身颤抖，喘着粗气，低头怒视着父亲。奥利弗躺在她脚下，试图抓住旁边的长凳，从地上起来。她来不及细想，也顾不上礼仪，一把抓住他的衣领，把他拽起来，砰地按到长凳上。

"我的女儿在这儿。你杀了另一个孩子。哦，天哪。"她一只手一下子捂到嘴上，"基娅拉，我妹妹。你杀了瓦伦蒂娜的女儿，把她埋在了葡萄园里。"

奥利弗抚着脑袋，眼睛一侧磕破了，鲜血直流。他用颤抖的手，无力地抹了抹伤口，目瞪口呆地看着她，有些茫然，不知所措。镇定和反抗全都不见了。"应该管用的。卢斯说过，只要DNA足够接近，人人都以为——"

"他们刚开始的确这么认为的，但是警方并不满足。上帝，我简直不敢相信，我竟然跟你谈论这个。"她旋转身子，在屋里来回踱着。奥利弗半挂在长凳上，脸色苍白。不知哪儿传来砰的一声关门声。"你这么做，就为了留下我女儿。从我身边把她抢走，这样，就可以教她画画了。你疯了。"

"不。"奥利弗咆哮着开口，声音突然变得强硬。卡兹猛地回头。"不是疯了，是只能孤注一掷。看看我，卡特琳娜，好好看看我。"他伸手一把抓住她的袖子，硬拉着她转向自己。

卡兹看着他的脸，看到那个比照片中她更熟悉的轮廓。他看上去跟以前一样，只是更老了，也许是更累了。他的脸比原来消瘦，只是奇怪，脸上没有表情，眼睛有点深陷……眼底深处，徘徊着某些说不清楚的东西。

卡兹的心忽地一冷，明白过来。"是什么？癌症吗？"她吸着气说。

"我倒希望是癌症。"奥利弗刺耳地笑了一声。

"是帕金森病。命运赐给我一个多么完美而讽刺的礼物，不觉得吗？一个画家，却拿不稳画笔！"他伸出手，"看看，还不错，还没到拿不住的地步，而且几乎看不出来。我还可以拿住铅笔，但是拿不了多久了。"

"哦，天哪。"卡兹用手指梳过头发，"嗒，有药物可以治疗，科技也在不断进步——你完全买得起最昂贵的药。有些病人，照样活了很多年——"

"活着！活着！可我要的不只是活着！我要创作。我是奥利维尔·凯塞尔，我不是普通人。"他声音激烈，说话时带着的咝咝声，越来越响，

"药物？医生们也这么说的，他们口口声声为病人着想，实际上是拍着脑袋说话，愚蠢至极。瞧啊，那个老人，"他模仿着医生的口吻，"**很快就能把你治好——少画点画吧，反正总有一天要退休的**。白痴！那我要他们的药做什么？那只不过是可怜的安慰剂罢了，是开给那些愚不可及的傻瓜的！全世界都在嘲笑我。我——"

他朝前迈了一步。卡兹站在原地，呆呆地望着他那疯狂的目光。

"我要让他们看看，我一定要继续工作，趁着还不算太晚。"他闭上眼睛，摇摇晃晃地站了一会儿。再睁开时，怒火已经消失，换成一种狡黠、诡谲的眼神，"那就是在我之后，将有一个继任者。凯塞尔的名字，将继续下去。这就是我要嘉美的原因。"

"你杀死那么多人，就为了得到她。"卡兹感到自己声音坚韧，十分陌生，"哪怕杀死你自己的女儿。"

"是，我是杀了她。"他抬起头来，"在车祸之后。当知道嘉美是我的了，我就开始孤注一掷。"他的声音开始变得单调、虚弱、毫无力量，"你永远不知道那种感觉，那种无数的画面、形象在脑袋里翻涌，挣扎着要喷发出来的感觉，你会发现用一辈子都画不完它们。可是，突然间，这辈子时间还没过完，就要被困进个毫无用处、逐渐腐烂的躯壳，而脑子里的那些绘画，依然尖叫呐喊、拼命地想要跑出来。"声音又变得粗哑，"我杀了她，用你女儿来代替她。就算是明天再来一次，我还会这么做。她真的十分完美，卡特琳娜。"他眼睛放光，充满了狂躁，"她极有天赋，我知道，她一定会比我更伟大。"又把手放在胸前，"而另一个，"他耸耸肩，"出生的时候，我也是满怀希望。可是她太没用了，甚至都不如你小时候那样安静。不停地吵闹，还弄坏东西……"他看上去一副困惑的样子，"我觉得，瓦伦蒂娜不会太介意的，我给她买了一条珍珠项链。"

"一条项链？"卡兹的胆汁都要升到喉咙了，"你想用一条项链来代替她的女儿？来收买她？"

"不是收买她。"奥利弗看上去真的一脸困惑，"她不知道。我告诉她，孩子是在睡梦中死去的。她就相信。她一直都相信我。我对她说，如果把女儿的尸体交给警方，警方会怎样处理。警方会非常傲慢地用愚蠢的科学做借口，对尸体进行解剖的。我们把她埋在了橄榄树下面。瓦伦蒂娜以为她还在那儿，所以每天她都去那儿，跟孩子一起待一会儿。我向她解释过，说她女儿已经死了，现在有了嘉美，可以代替她女儿。嘉美就是基娅拉，我的女儿，我的新女儿。你的孩子。"他凝视着卡兹，"我的力量，我的才华，将会继续下去。现在，我们可以继续这么做。你可以留在这儿，我们能做到……"

卡兹觉得恶心得想吐。奥利弗开始胡言乱语了，他不再对她讲话，而是在自言自语了。此刻，她正在听一个疯子，喃喃自语。

汗水从她脸上流下来，顺着身体直往下淌。房间里变得十分闷热，她有些喘不过气来，耳边传来很大的嗡嗡声。

约莫一秒后她才意识到，这噪声不是脑袋里的想象，她也没有快晕倒。所有的感受，都是真实的。哦，不。

她使劲地摇晃着奥利弗，想让他清醒，回到现实："爸爸，我想，我们必须……"

"卡特琳娜，"他的脸清晰而又专注，"你必须把嘉美交给我，"他恳切地说，"我需要教她。她现在是我的了，我必须留住她！"

"爸爸——"卡兹拽着他的胳膊，"我们必须离开这里，好像着火了。"

她已经闻到烟味，也看到了烟，一缕缕青烟，顺着地板冒了进来。哦，天哪，画家的工作室着火，那么多易燃的溶剂和油彩，还有沾满油漆的破布。随着一声沉闷的爆炸，一股热浪从背后袭来，一下子把她从奥利弗身边推开。奥利弗疯狂地四处看着。他们背后的门开着，是通往前厅的，也是她来时的入口。此刻那里已经被大火封住。火苗四窜，冒着浓烟。不远处地上，一个漆桶还是颜料罐，正冒着火焰在地上蹦来蹦去。旁边的一堆油画布已经焖烧起来，冒出阵阵浓烟。

"还有别的出口吗？"她猛地拽着奥利弗的胳膊，摇晃着，他被呛得咳嗽起来。"往哪儿走？"

"那边。"

看到另一扇门上还没有着火的痕迹，她心里松了一口气："快来。"

奥利弗绊倒了，她拽着他，一起爬到安全的地方。

离那扇门只有一步之遥了，门砰的一声被撞开，门扇撞到墙上又弹回来。风从门里刮了进来，带进新鲜的空气，他们身后的大火，一下子烧得更旺了。

瓦伦蒂娜站在门口，手里拿着一把猎枪。

Chapter 52

只见她满脸痛苦。卡兹本能地畏缩着。火越来越近，烤得她的背上燥热难忍。"瓦伦蒂娜，你得让我们出去。火——"她示意着身后。**如果大火蔓延到窗帘和帷幔，就会烧着画室的墙壁和天花板。如果火焰扫了过来……**

"你可以走。"瓦伦蒂娜瞥她一眼，注意力全都放在奥利弗身上，"你必须走，快去救你的女儿，你的孩子。"她发出动物般的号叫，泪水顺面颊流下，"是你杀了她，我的宝贝基娅拉，我的荣光，我的天使。"她深情地低声哼唱起来，手里的枪却稳稳地端着，直指奥利弗的胸膛。

"住手！"

卡兹吓了一跳，转过身，感到脸上的皮肤被大火烤得十分灼热。

奥利弗已经爬起来，站在地上，嘴巴紧闭，眼睛直勾勾的："让我们过去，你这个女人。"

回答他的不仅是摇头，还有："你会被烧死的，先是在这里烧死，然后是在地狱里。"瓦伦蒂娜自信地喊道，"会跟我一起烧死。我的天使，她就在天堂看着。"

卡兹咬着嘴唇。只见奥利弗摆出战斗的架势，慢慢垮下去。他的背松垂下来，眼里的光渐渐消失，在大火的炙烤下，脸上的汗直往下淌。

"快去，卡特琳娜。"又是一阵剧烈咳嗽，声音却十分着急。卡兹的心揪紧了。"快去塔楼，去救嘉美。"

瓦伦蒂娜朝旁边侧一步，让出路来，让她过去，枪仍然指着奥利弗。卡兹轻轻地吸了口气。她本想把那个女人扑倒，但是如果那样，两人可能都会受伤，或者枪会走火，或者，两种可能都发生。那么大火就会吞噬他们，三个人都会死。

奥利弗在她这一边，瓦伦蒂娜在另一边。一个发疯的男人，和一个悲伤到疯狂的女人，因为孩子的死亡，陷入战斗。该留下来把他们拉开，还是，去找到女儿并寻求帮助？她微微做一个祈祷宽恕的动作，从瓦伦蒂娜的身旁走过去。那个女人没有看她。奥利弗的脸上除了放松，毫无表情。"找到嘉美。"她看见，他用口型说出这话。他身后，大火熊熊燃烧，刺眼而明亮，火舌肆虐，吐着灼热。

她转身跑了出去。

Chapter 53

往楼下跑这一路，卡兹接连摔倒两次。等到她上气不接下气地跑到楼门口时，膝盖上、胳膊肘上，全是擦伤。她用力推开楼门，人一下子摔倒在外面平台上。哦，天哪，还有那么多台阶。她扶着一只大缸，摇晃着站起来，喘着粗气。

很明显，这里以及周围的花园，不常有人来，园子已经荒芜。主楼的这侧没有火，只听到有种咆哮的声音，不过，也可能是耳朵产生的幻觉。空气里弥漫着淡淡的烟味，她独自一人待在这里，仿佛站在舞台上。汽车还在原地，停在车道尽头的宽阔处。

德福林正好从车的后门直起身子。她如释重负，一脸欣喜，跟跟跄跄地朝前跑着，冲下台阶。

"卡兹！"只剩下最后两个台阶了，她又摔了下去。就在她落下的刹那，德福林一把接住她，抱在怀里。"真是见鬼——"她用手指着，喘着粗气，说不出话来。

在他们头顶上，突然发生了爆炸，烈焰和烟雾从顶层的窗户喷涌而出。她感觉到德福林的肌肉一下绷紧，摆好架势，准备冲进楼去。

"瓦伦蒂娜把奥利弗堵在上面了。他杀了她的女儿。嘉美还活着。"她疯狂转身，向楼上冲，"我们必须找到她。"她紧紧抓着德福林，挣扎着呼吸。

汽车后门嘎吱开了一条小缝，一只小手在里面推着："妈咪？"

"哦，天哪，宝贝！"卡兹脚步踉跄着跑到车前，"你找到她了。"一只手抓着德福林，另一只手伸向女儿，眼泪扑簌簌掉下来。

德福林在她嘴上用力吻了一下，把车钥匙塞进她手里："快开车出去，越快越好。这里不安全。"他抬起头看着冒出的浓烟，"出去求救。我上去看看。"说着人已经冲出去，快跑上平台了。"瓦伦蒂娜有猎枪。"卡兹在身后喊道。

他做个听到的手势，一头冲进楼去。

卡兹转向汽车，嘉美已经跌跌撞撞地从车里爬下来，跌倒在母亲的腿上。卡兹把她抱在怀里，捧着她的小脸不停亲吻："我们得走了，我的甜心。"她匆忙把她抱回车后座，跑进驾驶室。她已经听到警笛的声音。一定是有人看见浓烟，报了警。她发动汽车后，猛地挂上挡。

警笛越来越近。如果现在开车出去，会在狭窄的车道和警车迎面堵住。车道的另一侧是一片草地，草地的一半有小树遮挡，而且离大火和纷纷掉落的砖块较远。于是，她把车一头扎进草地，熄灭了发动机。她在座位上转身，看着后排的女儿："外公的房子着火了，小甜心。待会儿，有很多人和消防车来救火。我们就安静地坐在这儿，等他们把火扑灭吧。"说完她出了驾驶室，来到后座，将女儿紧紧地搂在怀中。

"消防车在哪儿？我能看看吗？"嘉美在座位上蹦起来，想爬到车的后窗前。

卡兹咬咬唇说："还没到呢，宝贝。但是你听，能听到消防车的笛声了。"警笛声越来越近。她扭过身，发现别墅的楼门已经面目全非。没有德福林的影子。她尽力控制着，让自己放松，可是嘉美的话，偏偏让她又浑身紧张起来。可爱的小脸拧在一起，皱着眉头："德福林先生在哪儿？他也在救火吗？"

"是的，他在竭尽全力。"

嘉美的眼睛仔细地看看她，郑重地说："我觉得你应该去帮帮德福林先生。"

"不用，亲爱的。"卡兹紧紧抱着她，"德福林先生可以照顾好自己。"

嘉美摇着脑袋，噘起了嘴巴："我要你去找德福林先生。我喜欢德福林先生。"

卡兹无可奈何地看着女儿。第二个被德福林下了魔咒的埃尔莫尔女士。她试探着说："难道你不想让我留下来吗？"

嘉美的小脑袋摇得更厉害了："你去帮帮德福林先生。"

"噢，亲爱的。"卡兹也不知自己在笑还是在哭。她抱住女儿，吻一下她的黑发，然后松开了，"好，那就等我一下。"

刚要下车，突然又想起什么。于是把手伸进手包，在里面翻找。

"斑马派奇！"嘉美看到那个张着四条小腿的斑马布偶时，兴奋地叫起来。卡兹把嘉美和布偶一起拥抱了一下："你来照顾派奇，派奇也照顾你。"她又亲亲女儿，"我会尽快回来。你们就待在车里。"

"好的，妈妈。"嘉美坐回座位上，蜷起身子搂着玩具，开始在它耳边小声讲述自己的冒险经历。看着女儿甜美的微笑，卡兹转身，飞快地穿过车道。

就在她和嘉美一起的那一小会儿，情形更糟了。大火已经吞噬了整个大楼的顶层，火苗四处乱窜，不时传来沉闷的爆炸声。一根火柱突然从一扇窗户冲出来，吓得她用手捂住嘴。窗玻璃也裂开了，掉落在石砌的平台上，碎片溅得四处都是。谢天谢地，多亏她把车开走了。她回头又看，车静静地停在草地上，车内她无比珍贵的小宝贝搂着玩具，旁边有小树林守护着。

她回头再看大楼时，只见被烟熏黑的德福林，大声咳着从大门里出来，肩上还扛着什么。他扛着的是瓦伦蒂娜。卡兹飞快地跑上台阶，帮他把人抬下来，穿过车道，放在汽车后面的草地上。

"是烟雾导致的窒息吗？"卡兹俯身，看着失去意识的这个女人。

"部分是的。"德福林跌坐在草地上，脑袋在两腿中间，大口喘着粗气，"她不肯离开，我只好用拳头说服她。"

"噢。"她看到，瓦伦蒂娜的下颌，有一小块圆形瘀青，"奥利弗呢？"

"他也不肯出来。"即使这儿一片混乱，德福林语气中的厌恶，也让她突然想笑，"他企图把油画从火里救出来。"

他的呼吸逐渐平静，抬头看看被树林护起来的汽车说："你没有走多远。"

"我怕堵住消防车。"

德福林点点头："嘉美没事吧？"

卡兹顺着他的目光看去。车后窗户玻璃上，不见嘉美的小脸。"没事。"**谢天谢地，多亏了派奇。**

德福林一骨碌翻身站起："我还得回去。上帝！"

一辆消防车快要开到车道尽头，但德福林并没有看它。他仰头看着上面。

就在他们正上方，奥利弗正贴着别墅顶部尖塔的外沿，慢慢挪动着，胳膊底下，夹着一幅油画，手里拿着猎枪。

卡兹隐约意识到很多人从消防车上跳下来，喊着命令，消防装备安装到位。她一直仰头，眼睛紧盯着楼顶的情形。奥利弗已经挪到尖塔外沿的最宽处，就站在那里。

看着他在上面摇摇晃晃挪动的危险情形，卡兹吓得紧咬嘴唇，指甲掐进了掌心。突然感到有人摸她的腿，她惊恐地低下头看。一定是嘉美——

原来是瓦伦蒂娜，正在挣扎站起来。卡兹拉她起来站好，并未松手。这个女人此刻面如死灰，眼里写满恐惧和痛苦。两人紧紧地依偎在一起，目瞪口呆地看着楼顶的一幕。

奥利弗把油画攥在胸前，疯狂地挥舞着枪，差点失去平衡。

"他的病……让他的手一直颤抖，"那个女人在卡兹耳边抽泣着说，她偎在卡兹怀里的身体，也僵硬不已。

奥利弗终于不胡乱挥舞那把猎枪了。卡兹的心稍稍放松一点。他打算把枪和画都扔下来。

她们身后，消防梯已经打开伸出，戴着防毒面具的消防队员已经上到了平台。

卡兹和瓦伦蒂娜两人同时看见，不约而同地发出倒吸凉气的声音——奥利弗把猎枪竖起来，用枪口顶住自己的下巴。瓦伦蒂娜吓得双手捂住眼睛，卡兹也吓得一动不动。

奥利弗扣动扳机的刹那，德福林咒骂着，一把将卡兹扭过来，搂在怀里。

Chapter 54

卡兹简直崩溃，意大利的所有警察和消防调查员，都来找她谈话。

感觉她像是主谋。

消防车到达不久，调查基娅拉死亡的托斯卡纳警察就来了。卡兹含泪感谢了他们。瓦伦蒂娜被带走时，一直在哭，由一位护士照料着。卡兹回到酒店，医生给她的膝盖和肘部敷了药，给嘉美做了全面体检，然后宣布，两人都很健康。各种各样的警察、官员都跑来问话，记录说明。德福林又消失了一段时间，回来时手上打着新的石膏和绷带。吃的东西也端了上来，很快都被吃光了。到了晚上，苏珊娜也火急火燎地赶来了，带了满满一大包行李，身后还跟着一位老情人。

"亲爱的，还需要我给谁打电话？"她向卡兹眨眨眼，然后紧紧地拥抱着嘉美，"他有一架私人飞机。"

嘉美一直坐在妈妈腿上，看着这一切，直到后来，德福林才把睡着的孩子轻轻地抱下来，放到床上。

德福林安顿孩子时，看见卡兹一副失魂落魄的样子，仿佛自己是个陌生人。他不知道自己的出现是否合适，好在嘉美没什么意见，接受了他。他回想起抱着孩子从塔楼下来时的情形，想起她脑袋挨在自己胸膛上的那种感觉，还有她往车里爬的时候，小手信任地放在他手里，喉咙顿时哽咽了，但是他硬是咽下了这种感觉，犹如把一个高尔夫球，从喉咙吞下去。

刚才，他们一起在房间里吃了意大利面。

就像一家人一样。

卡兹坐在床上熟睡的女儿身旁，德福林也拉过一把椅子，跟她一起坐着。在这之前，他从未在小孩的床边坐过。这是他一生中最平静的时候。

已经午夜了。两人一起站在窗户边，卡兹靠在德福林怀里，看着天上的一弯新月。警察把卡兹母女转移到警方的一个小套房。苏珊娜在楼下的大厅。她的老情人还在不在，他们并没有问。

嘉美睡得很熟，躺在宽大的床上几乎看不见。苏珊娜带来的一只箱子里，装着她在切尔西的家里能找到的所有毛绒玩具，但是只有斑马派奇，骄傲地站在枕头上。

卡兹有些发抖，德福林把她搂得更紧。

"今天究竟怎么回事？他为什么要这么做？就因为我要带走嘉美吗？"她轻声问道。

挨她站着的德福林，焦躁不安地动了动身子，又强迫自己平静下来："他之所以这样做，因为是他一手策划了欺骗和杀害，而且接二连三，不止一次——是他自己鬼迷心窍。卡兹，与你无关。"

"你这么想吗？"

"我知道。"他吻了下她的头顶，"你没有放弃，才找回了你女儿，让她度过正常的童年，然后长大。如果喜欢，她可以继续画画。"卡兹抬起头，扭过来看着他，对他的热情和激动，显然感到困惑。"还能有什么选择？"他轻轻地问，"奥利弗背负谋杀的指控逃走吗？他知道一切都完了，卡兹。他是个病人，而且计划全部落空，他还有什么？"德福林换了下手，搂在卡兹腰上，"恐怕在我返回去找他之前，他已经做出决定了吧。他并没有去救那些画，而是在寻找一幅画，就是他掉下来时抱的那幅画。那是一张你母亲的肖像，卡兹，怀里抱着还是婴儿的你。或许，他终于明白自己是什么，都做了什么，才决定结束一切的——用他的方式。"

"我……"卡兹叹了一口气，"我还是不敢相信……"

"他杀死了自己的女儿，卡兹。那一直是他的计划——用个天才孩子，代替不想要的孩子。到时候，嘉美将会成为基娅拉。"或许吧。一张倔强的小脸在他记忆里浮现。

"可怜的女人——她对嘉美很好。"卡兹朝床上望去，"嘉美说，她流了好多眼泪。"

"她无意中听到了奥利弗对你说的，关于她女儿的话，于是就放了一把火。调查员也确认，这场大火是人为的。"

"想要摧毁奥利弗，和他的全部作品吗？"

"摧毁她能够摧毁的一切。幸亏地窖的门，上了锁。""要是他早向我解释他病了的话——"

"千万别这么想。"德福林转过她的脸，面对自己，"难道你真的会把嘉美交给他？就因为孩子是他想要的？"

"这整件事……"卡兹摇摇头，"他剩下的时间不多了，能给嘉美教多少？"

"不知道是不是仅仅想给孩子教画的问题。"这也是近来德福林一直思考的问题，"最近一直流传着关于新凯塞尔绘画风格的猜测，一种新的天真派画风。我想，很有可能，是他想把嘉美的画窃为己有，当作自己的作品。"

卡兹把脸埋在德福林怀里。他抚摩着她的秀发。"奥利弗发现自己生病之后，就计划了一切，"他边说边用手指梳理着她柔软的卷发，"于是上演了嘉美的死亡。这样，他就可以把孩子从你身边夺走。然后，基娅拉被杀，而她的死亡又被掩盖起来，于是嘉美就可以顶替她的位置。之后，所有可能透露或揭开这整件事情的人，都被一一清除。奥利弗和卢斯甚至利用了基娅拉的尸体。他们把它移走，让所有人都撇清关系。而且还差点得逞。"

"他没有杀掉的人，只有你和我。"

"嗯。"德福林有自己的看法。奥利弗·凯塞尔或许不是她想的那样，其实，他很看重自己的大女儿。

"我还是不敢相信，他死了。"卡兹直起身，"还有那么多事情需要梳理，需要去做。还有媒体……"她声音颤抖，说不下去了。

"目前，警察正按照事故展开调查。等到瓦伦蒂娜身体好转，可以接受审问了，就会提出指控。而这一切都取决于她的精神状况。所以，你先不必考虑这个。逼不得已时，你可以给吉尔斯·普格一个独家专访。"

"这样也行。"

卡兹从他怀里出来，穿过房间，走到床边，弯腰亲吻女儿的脸颊，忍不住久久地、不停地抚摸着她。"他把她还给了我。"她抬头看着德福林，"他说的最后一句话是，快去找嘉美。"

她盘腿挨着女儿坐在床上，德福林站在旁边，看着她们。孩子小小的身体趴在铺满玩具的床上。头发落在小脸上，跟她母亲一样，嘴里还噙着一根拇指。或许以后，她情绪会有反复，或是需要心理干预，但现在看起来，嘉美·埃尔莫尔相当不错，跟她母亲一样富有活力。

卡兹抬起头，显然感受到他的沉默："我还是想坐在这儿，跟她一起再待一会儿。"

"好。"德福林走过来，轻轻吻一下她的唇，说，"别坐得太久。"

"不会的。"她同意了，眼睛又回到了女儿脸上。

需要收拾的东西不多。不到十分钟，他就收拾完所有东西，放进袋子里。

他已经完成了要做的事情。卡兹找回了孩子。她们一家人团聚了。他**从来没有家，也从没有学会，该如何对待一个家。**

他现在能做的，唯有离开。

他站了一会儿，看着门。那儿是出口。他答应过孩子……答应她照顾她的妈妈。可最好的选择，就是让她们继续生活，不要有他。

他盯着门又看了一会儿。嘉美·埃尔莫尔将和母亲一起回家，母亲那么爱她。他闭上眼睛，回想片刻，回想着那张大床，显得孩子那么小，回想着那个坐在旁边看她的女人。还有，他的生命中最平静的时刻。

想完这些，他沿走廊下楼，敲苏珊娜的房门。过了好久，她才出来打开房门。见他在门口，脚下是旅行袋，于是把门开大，退回房内。他注意到，房里没有她老情人的影子。而且在他印象中，这算不上一种灰涩的痛苦。而且，跟他胸口的痛相比，真的不算什么。

"你要走了？"苏珊娜声音平淡。

"我还能做什么？卡兹找回了女儿，拥有了想要的一切。不包括我。"

"你问过她吗？"

"没有。也不想问。我不是个能够稳定下来过日子的人。"他勉强笑笑。从脸上能看出来，苏珊娜并没有听进去他的话。

"你爱她，对吗？"

德福林嘴巴紧闭，摇了摇头。

"哦，好吧。我知道，"苏珊娜责怪道，"即便拷打，你也不会说的。"她叹了口气，"你想过没有，卡兹并不会在乎你是谁，或者，你曾经是谁？"

"可我在乎。"

苏珊娜盯着他，看了良久："好吧，你在乎。"她抬起手，"如果你认为离开是对的，那就走吧。"

"必须这样。"他提起行李朝门口走去，"代我向她道别。"

Chapter 55

两周以后，伦敦。

"真不明白，一个大男人竟凭空消失。"卡兹把正给客户画的一幅涂鸦草图推到一边，画面上的轮廓泛着水光，看着像个阴郁的鸭塘。

"可他就是不见了。"苏珊娜站在桌子旁，翻着一本杂志，看到杂志上一位模特，穿着一件亮蓝色的像太空服似的衣服，于是拍着那张照片说，"你真的认为今年冬天我们穿这件衣服？"

"不知道，也不在乎。"她把杂志从母亲手里拿走，"我在向你倾诉，要认真听我说。"

苏珊娜坐在沙发上，双臂在胸前交叉："他不想闯入你和嘉美的生活。这就是他离开的原因。"

"闯入！"卡兹用手指捅着一个软垫子，"可我感觉像是逃走。他不打算接受一个带着孩子的女人。好吧，因为我没求他接受。"

"可是，你想让他接受吗？"卡兹想拿垫子丢母亲，可刚要扔，又停住了。见她没有回答，苏珊娜又轻轻地问，"如果德福林留下来，你认为会怎么样？试试他是不是块当丈夫的料？"苏珊娜瘪了瘪嘴，"卡兹，那样的话，他就不是他了，你知道的。我都怀疑德福林有没有全身心地跟哪个女人谈过恋爱——身心合一……以及别的。"看到女儿脸上的表情，旋即又说道，"当然，这并不意味着他不会恋爱，只是他不知道。他不相信一个女人会接受他的全部，丝毫不在意他的过去。而且，从心理上讲，你又特别害怕全身心地依赖一个人。所以，你即便抓到好东西，也不会承认这东西的好。你俩都不愿意做出承诺，不愿意彼此敞开心扉、抓住机会。"

"这就是你的看法，是吗？"卡兹瞪着母亲。"是的。如果这么看值得。"她叹了口气，"心理分析又不花钱。"她拿起女儿的手，"卡兹，先忘掉常识和骄傲吧，哪怕暂时忘掉。听一听你的内心，怎么告诉你的？"

"没什么。"卡兹一边说，一边研究着椅子的扶手，仿佛那扶手会做出什么惊人举动似的，"我和德福林在置气，仅此而已。我只是生气，他连再见都懒得说。"

"哦，亲爱的，或许只一场生气。但我知道，事情并不总是你想的那样。相信我。"

卡兹把手抽回来，站起身来："我得给嘉美准备茶点了。留下来一起吃吗？"

苏珊娜摇摇头："我晚餐有约。"

卡兹扬起眉毛。自意大利回来后，母亲的那位旧情人，在她的社交日程中，可谓处处闪耀。

"等她看到茶点，就知道咱们两人，谁是懂得好东西的。"苏珊娜脆脆地说。

卡兹低声吼了一嗓子，向厨房走去。

第二天，来信了。看到信封上的美国邮戳，卡兹的心剧烈地跳动着。

可是打开信封，巨大的失落感袭来，她不由得浑身发软，靠在墙上，勉强站着。

"妈咪？"嘉美抓着派奇的一条腿，把它拖在身后，慢慢地从楼梯走下来。卡兹站直身子，掩饰住表情，用手拨弄着女儿的头发。

"你好，我的小宠物。想吃早餐了吗？"

"我刚收到一封信。"卡兹一边用下巴夹着电话，一边把麦片倒进碗里。边说，边用眼睛瞟着放在餐台上的文件夹和卷起来的设计图，那些准备上班时带走。信就放在旁边。"给你。"她把做好的麦片粥推到女儿面前。嘉美好奇地抬头看着她，"我在和外婆说话。"她解释道。嘉美的好奇心得到满足，于是用勺子挖粥吃，不再理会打电话的妈妈。

"是凯特尔夫人来的信。她要来伦敦。"说着急忙从后门溜了出去，不想让女儿听见，"是莎莉·安·切西卡的外祖母。她想看看外孙女的骨灰撒在哪儿了。"

6月的第三周，劳拉·凯特尔抵达伦敦。卡兹已经做好安排，带她去了阿尔伯特大桥。这一天阳光明媚，天气很好。

"我现在明白了你为什么会选择这里。"凯特尔夫人趴在栏杆上，俯瞰着水面，"这座桥真漂亮，还有这条河和小船，也很漂亮。这么漂亮的风景，小姑娘一定喜欢。"

"我……我不知道该怎么说，"卡兹承认，"当时我还以为莎莉·安……还以为她是我女儿。"

"没关系的。"凯特尔夫人转身看着她，"德福林先生向我解释了一切。"

"德福林！你见到他了？是最近吗？"

"怎么？当然是了。"凯特尔夫人很惊讶，"就在我给你写信之前，他来看望了我，跟我聊了聊。我不得不说，他坚持着要告诉我的事实，让我非常痛苦。但是，能知道真相，这是最好的。"

"你外孙女死去的时候，是在他怀里的。"

"这个他倒没说，不过，我约莫想着会是这样。知道孩子离世时不孤单，我也很欣慰。我想，你也会欣慰的吧。"

"是的。上帝，真是太神奇了。"

"没什么可神奇的。"凯特尔夫人伸出双臂，卡兹愣了一秒，迎接了她的拥抱，"你的女儿非常可爱。"

嘉美拉着苏珊娜，从桥上向她们跑来，边跑边朝她们挥手。

"谢谢。"卡兹转回身，"对于你失去的，我很抱歉，"她非常正式，"也为我父亲扮演的角色而道歉。"

凯特尔夫人摇摇头："这不是你的错，亲爱的。上帝拿走东西，也给予东西。我的露安妮，我女儿……她又怀孕了。这个孩子……她发誓，她再也不会像以前那样。而且，我相信她。"说着，她试探地瞥了卡兹一眼，"这孩子，是鲍比·霍格的。"

"鲍比……德福林的搭档？"

凯特尔夫人点点头："好像他和露安妮，一起度过了一两晚。德福林先生给我讲了一点点鲍比怎么死的。不过我们不打算告诉露安妮。我们说好了，德福林先生和我，都会只说出了意外。在爱尔兰的弯曲的山间公路上，出车祸了。"

"这……听起来不错。"卡兹弯下身子，接住沿桥一路奔跑、猛扑在她腿上的嘉美，"嘿，你这个小家伙！"

"来跟我们喂鸭子吧。"她抓住母亲的手，另一只手伸向凯特尔夫人，"我们留了些面包。"

她们慢慢走到公园去。卡兹和凯特尔夫人坐在长椅上，看着嘉美和苏珊娜把面包撕成小块，扔进一大群扑棱着翅膀的鸭子中。

过了一会儿，卡兹问道："呃……德福林有没有说，他接下来什么打算？失去了搭档后。"

"他没说什么。不过，我觉得，好像他要放下过去，继续新的生活了。"

卡兹一下子心跳加速，很不舒服。

嘉美蹦蹦跳跳地回到她们身边，爬到母亲腿上。

"你去过迪士尼乐园吗？"她礼貌地问凯特尔夫人。"算是没有去过吧。"

嘉美亮晶晶的眼睛看着她："你可以和我、我妈妈还有德福林先生一起去。"卡兹的腿猛地抽了一下。嘉美抗议地看着她。

"对不起，宝贝，腿抽筋了。"卡兹随便找了个借口，"我觉得我们不会这么快就去迪士尼乐园的，宝贝，当然也不会跟德福林先生一起去的。"

"他说过他愿意来，"嘉美平静地反驳道，"德福林先生爱上了我的妈妈。"她对凯特尔夫人说出这个秘密后，双手飞快地捂住嘴巴。

要不是卡兹心跳太快，无力喘息，嘉美这个否认的动作，定会让她十分搞笑。

"我不应该告诉你。这可是个秘密。"嘉美手指搓拧着妈妈的衣领，"但是没关系的，妈妈，因为如果你允许，他会照顾你的。"

Chapter 56

"你干什么？"

"你说我干什么？"卡兹拿着鞋子，朝母亲挥一挥，丢进打开的行李箱，"我要去猎获这个男人。我真不敢相信，这个鬼鬼祟祟的杂种，对我的女儿说他爱我，却忘记跟我说！"

"可能是嘉美把他折磨得没法子，才这么说的。"苏珊娜慢悠悠地走过去，查看着箱子，拿出一件精致的蕾丝上衣，差点被鞋跟钩得抽丝。她侧头看着卡兹，"你对他先说你爱他，还是他先说他爱你，重要吗？"

卡兹重重地坐在床上："重要。可嘉美没说之前，我一直不知道。太令人生气了。生他的气，也生我的气。我花了那么多年的努力，想要成全奥利弗的希望，所以遇到杰夫时，义无反顾地投入他的怀抱。我知道我还会这样做的，"看着母亲的表情，她又说，"只是，我实在不想重蹈覆辙。"

苏珊娜挨着她也坐在床边："但是这个鬼鬼祟祟的杂种，在你的严防死守下，还是得手了。"

卡兹看着母亲，眼睛溜圆，忍不住大笑起来："他的确得手了。怎么做到的！"她开始抹眼睛，"我信任他，妈妈。从一开始我就信任他，可我试图忽略这一点。我从来没想过会对哪个男人说信任，尤其像他这样的男人。我不在乎他做过什么，他曾经是谁。我们两人必须都放下心结。他除了三番五次地放弃我、离开之外，他是我见过的最可靠的男人。如果我必须追到他，告诉他，让他相信，那么这就是我现在要去做的。"她咬着嘴唇，"你愿意替我照看一下嘉美吗？我不该这么快就离开她，可是没办法，或许我已经太晚。凯特尔夫人告诉我，他已经要放下过去，继续新的生活了。"

"如果这样，那就去吧，越快越好。"她轻轻推着卡兹的胳膊，"这儿有我照看。嘉美还醒着，去给她读故事吧。"

"谢谢妈妈。"她飞快地在母亲脸颊上亲了一口。

"哦，你可能需要这个。"苏珊娜从口袋里拿出一张卡片，"凯特尔夫人给我的。"她咧嘴笑了，"是我向她要的。这是德福林在芝加哥的地址，是他家的，不是办公室的。"

卡兹把头发从女儿脸上拂开："你该理发了，小朋友。"

嘉美好像没什么兴趣。她歪着头，眯起一只眼。"你去美国的时候，外婆可以带我去理发。"她满怀希望地说。卡兹笑了。常年受苏珊娜照拂的那家高档美发店，对待年轻顾客，就像对待皇室成员一样。

"你得请求外婆带你去。"她坐在女儿床上，抱一抱她，"我离开真的没事吗？你会乖乖地跟外婆待在一起，对吗？"

"当然会的。"嘉美已经开始挑选卡兹倒在床上的一堆故事书了，她选出最喜欢的一本，然后说，"你一定会找到德福林先生的。"

"我的确打算寻找他。"卡兹深吸一口气，心里打个冷战，"不过，他可能已经走了。"

"但是，如果还没走，你会找到他的。"嘉美点点头，"我和派奇会照顾外婆的，"她亲切地告诉妈妈，"你不用担心我们。你找到德福林先生，就把他带回家。"

卡兹凝视着窗外的机翼，希望飞机飞得再快些。会不会已经迟了？德福林是不是已经进入另一个人的生活，不见了？如果他们有了龃龉，而他真的爱她，他也会离开吗？**当然会的，只要他认为是对的，只要他感到害怕的话**。

她细细回味着这个想法。关于跟家人如何相处，德福林比她懂得更少，而且还背负着如此深的内疚。她内心突然涌起强烈的怨恨，恨那个恐怖的女人，恨她对德福林做的一切。她咬牙切齿。谁给她的权力，如此对待一个年轻人，拿走他全部的……

窗外一朵云飘过。这个问题，她有答案。没有人有权利这么做。但是，正因为这样做了，每天成千上万的普通人，才有正常的生活。世间和她一样的普通人，才不知道，这世界上还有那么多的黑暗，那么多没人愿意知晓的黑暗。人们继续着自己的生活，只有像德福林这样的人，用自己的灵魂，独自承担所有重担。

旁边座位上的男子打了一个响亮的鼾声。卡兹吓了一大跳，然后，自己又咯咯地笑了。别再去想那些深邃和黑暗了。如果找到了德福林，就一起努力，尝试着像正常人一样。看看他们能否将家人、家庭之类的事情应付好。当然，如果找到了的话……

在飞机上真是什么也做不了。还不如学旁边坐着的人，睡上一觉。于是，她将头埋在手里，准备打个盹儿。

这是最后一只盒子。德福林低头盯着它。他在鲍比的办公室里，翻遍每一个抽屉，搜集了他所有个人物品，然后离开。东西全都在眼前的这只盒子里：半包香烟，一本纸板火柴，一顶破旧的棒球帽，三条领带，两本平装书，一本西班牙词典。这些是鲍比在这世间最后的碎片。浅浅的纸盒放在清理过的桌上，他环顾着四周。

一上午他都抱着这只盒子，心里的遗憾和怒火，像硫酸一样灼烧着他。至少这种痛是灼烧的——不像另一种痛，是冰冷的。亲密朋友的全部生命凝结在这个盒子里，就这样捧在我这个疯子手中。而现在，在田纳西州，又将有个孩子，在父亲的缺失中成长。生活的残酷轮回，似乎从未停过。他把纸盒盖上，人靠在桌上。

办公室十分安静，只有街上传来的隐隐嘈杂声，打破这里的安宁。家具大多已经搬走，电话也掐断了，玻璃门上的字迹已经清理干净。只要一闭上眼，他就能看见鲍比，看见他就站在门口，咧着嘴笑，能闻到他抽的那种走私香烟的味道，只是，这一切都在他脑海。这里没有鬼魂，只有回忆。

这里的一切都结束了。如果愿意，今晚他就可以上路。他在芝加哥的生活也随之结束。而且，他做的工作，是一直从事的工作，是他唯一会做的工作，也是他被教会派去做的工作。继续新生活，一切从头开始。**只要零件还没坏，就不必去修理。可是，万一坏到了无法修补的地步怎么办？**短短三个月不到，真是磨人的三个月，他的生活四分五裂。要是他从未遇到过卡兹·埃尔莫尔，要是他从未学会爱并爱上她，那么他胸口正中，就不会那么灼痛了。这种痛，白天尚可控制，可到了晚上……

他向后靠着，一只手使劲搓了把脸。她一直没来找他。他曾……希望……不，"希望"这个词不对，他疑惑过。她没有来。这样也好，因为就应该这样。她在照料孩子、照料生意，恐怕已经忘了曾经的一切。总有一天，另一个男人，一个好男人，能够给她所需要的东西。至于自己胸口的痛，是因为——因为那个男人不是自己……只要习惯了，也就好了。可一想到她床上躺的，将是别的男人，他就冲动不已，只想用拳头砸墙——这种冲动，怕得过段时间，才能平息。

他从窗口向外最后看了一眼。有个想法，算是计划吧。他打算去旅行，去看看没看过的地方，坐在海滩上、山顶上、河滩上，尽量不去想她。终于，心里的痛稍稍轻些。以前他就这么做过，所以，可以再来一次。而这一次，是值得的。因为若不如此，这种痛，会把他吞噬，会把他内外掏空。但是，离开是正确的。他已经野惯了，已经无法属于任何一个家。

但愿你已经尝试过。

也许他应该试一次？他不可能成为鲍比·霍格孩子的父亲，或是叔叔，但或许可成为鲍比儿子的朋友。哦，上帝，这孩子也许是女儿，长着妈妈的金发和爸爸的眼睛。

孩子，是所有这一切开始的源头。两个孩子，一个长着金色的头发，另一个长着黑色的头发，两人隔洋而居。两个年轻的女孩，同样需要人替她们伸张正义。如今，这些悲伤，他得背负一辈子，直到生命尽头，直到走向死亡。而所有一切的背后，爱，竟然是那个沉默的杀手。

他无奈地耸耸肩，离开窗户，最后一次环顾四周。在这里，他找不到她。在哪儿都找不到她。找不到了。

他抱起盒子，出了门，走向自己的余生。

卡兹把行李箱内的东西全放在床上，咧嘴笑了。这是母亲为她准备的猎获男人的行头：一件光滑的蕾丝上衣，一条修长的裙子，一双细细的高跟鞋。她扭着身子麻溜地套上裙子，把头发高高地束在头顶，用镶着宝石的发夹固定好。在戴与衣服配套的项链时，她手都在颤抖。最后，再抹点唇彩，一切收拾妥当。她拿起提包，走出房门。

她让出租车停在路的尽头，付费下车，好奇地环顾着四周。她原以为卡片上的地址，应是市中心的某个公寓，可是这里的房子，全都带着宽阔的草坪，白色的门廊。她一眼认出德福林的房子，就是门口挂着"出售"标牌的那栋。

路边停着一辆租来的货车。德福林正抱着一只盒子从房子出来，卡兹一下子屏住呼吸。他脸上的瘀伤已经褪去，左臂的石膏也换成一个固定的支架。褪色发白的破牛仔裤，紧紧勒着臀部，穿的汗衫上的字迹，褪色得更厉害。他头发长长了，刷着脖子上的衣领。

卡兹踩着高跟鞋，颤颤巍巍向前迈进一步，又一步："如果你胆敢再次弃我不顾就跑走，德福林，我一定会追上你，开枪打死你。"

他的头猛地转过来。她不懂他脸上的表情，仿佛一片空白。他轻轻地把盒子放到地上："这算是承诺吗？"

"当然是，你这该死的傻瓜。"最后几步她一跃而起，直扑进他的怀里。一头撞进他怀抱时，只听他喘着粗气哦了一声，一把抱住她。他一低头，嘴巴结结实实地压在她的嘴上，狠狠地吻着，吻得她几乎停止了呼吸。

两人吻完，抬起头呼吸，她的头很晕，膝盖发软，只能紧紧地抓住他，才能保持站姿。但她不让虚弱阻止自己，两只拳头捶着他的胸膛。

"我爱你！我跨过大西洋，千里迢迢跑来，就是为了说这句话。"她又捶打一通，"我知道你爱我，浑蛋，快说出来呀。"

"嘿！哎哟！"他抓住她的手，抵挡住她的拳头，"这孩子把我给出卖了。"

"当然，她才五岁，就这，都过了一个月才出卖的你。"卡兹在他的怀里不停地扭动着，她就是喜欢紧靠在他身上的感觉，"你都没有对我说，就先告诉我女儿你爱我。凭什么她都知道了，我却不知道？"

"因为她有酒窝？"现在，他把她搂紧了，紧紧贴在自己身上。她靠着他，放松下来。他头又低下来，这次他的吻，温柔、漫长、放松、慵懒、回味无穷。他用额头抵着她的额头说："我爱你。""你终于说了。"

"我从没有对任何人说过这句话，也从不知道它意味着什么。现在，我懂了。可我还是不敢确定，应不应该对你说。"

卡兹有些畏惧。"要知道，我已经说出来了。而且考虑再三，要不要再说一遍。"她双手平放在他的胸前，"我有抹不掉的过去。我结过婚，还有个女儿。我带着负担来的，德福林。"

"我知道。"他轻轻松开她，"所以我不能问，也不能期望……我不知道能不能做到。我也不知道该怎样维护一个家。"

她屏住呼吸："是因为嘉美，还是因为你的过去？""上帝，"他发誓道，"当然不是嘉美，是因为我，因我做过的事情。我不应该在孩子身边。"

"要不是你，我也找不回嘉美。而且，我们开始之前，你必须清楚，我这样做，不是为了感恩。"她一只手指指着他问，"你以前做的工作，现在还做吗？"

"不做了。但是……"

她不让他说出"但是"后面的话："我以前也问过你，将来，会不会再有卢斯这样的人，跑来找你？"

他眨了眨眼睛："不会。"

"既然如此，过去的，就过去了。"她看着他，目光清澈，"我非常清楚对的感觉，斯图尔特·亚当斯。我以前从没有过这种感觉。我相信你。我要你照顾我。"她的背上闪过一丝颤抖，"我相信你，用我的生命、我的心、我的女儿，相信你。刚才走到拐角，发现我差点儿又要失去你——"她扭头示意着身后的搬家车——"我就清楚了，我是多么需要你。"她手一挥，"我说完了。现在，就看你的了。我，卡特琳娜·埃尔莫尔，需要你。你若想要白纸黑字，我可以马上写下来。你若不愿意，那就继续搬你的家。"

他翘起了嘴角，笑容越来越灿烂，让她无法呼吸："你真会讨价还价，女士。"他一把抱起她，把她胸腔里的空气，全挤了出来。

"我要一切。"他终于把她放下来，"如果我们打算一起努力，那么我要结婚，我要成为嘉美的父亲，如果她愿意接受我的话。"

卡兹知道自己快哭了。泪水从眼眶涌出，德福林用拇指帮她拭去。

"她会接受你的。"

"我想我欠她的。"他抬起头说，"因为她，你才来的，对吧？"她点点头。德福林皱着眉，"芭比娃娃，小女孩都喜欢芭比娃娃，对吗？或者，小马驹怎么样？她喜欢小马驹吗？"

"喜欢吧。"卡兹笑了，"不过眼下我觉得，去迪士尼乐园度蜜月就行。"

"蜜月！"德福林又把她抱起来，双脚离地，"这算是答应我了吗？"

"绝对答应了。"她轻轻躲开他又要吻过来的嘴，眼睛严肃起来，"你还会消失的。如果，需要……如果嘉美和我需要跟你去别的地方，重新开始生活，都行。"

"我……"他思忖着，"应该好好讨论一下——不过不用了，没必要继续隐姓埋名。我将拥有全新的生活，我会有妻子、有家。谁又想得到呢？"他那好奇的神情，刺痛着她的心。"家。"他像是在细细地品味这个词。

"我想生六个孩子，你知道的，"她漫不经心地说，"嘉美一定会喜欢有个弟弟或妹妹的。"

他大吃一惊："呃？马上吗？来吧。"

尽管他脸都白了，可还是摆出一副马上行动的架势。

她掩饰着内心的喜悦，硬忍住没爆笑出来。

"我们可以谈谈。首先，看看你将如何对待家，如何对待家人。"她眯起眼睛，"还要看看其他的问题和条件。"

"当然。"他挺直身子，双肩往后拉了拉。

"首先，需不需要我去问问那个给你工作的恐怖女人，让她放弃你？"

德福林摇了摇头，脸上露出笑容："除非你想去问。"

"很好。"她手指打了个对钩。他的眼睛开始发光。"这个协议，包不包括无限次的疯狂的火热的床上行为？因为如果不包括，协议终止。"

他咬咬牙说："我想，我能做到。"

"很好。"她点点头，"最后一点，也是最重要的一点，我想让所有人都知道，我属于你。我想要一大块石头。我要你竭尽所能，找块最大、最诱人的钻戒给我。"

"没问题。"德福林把她紧紧地搂在怀里，"我刚好拥有一家钻石矿的股份……"

致　谢

这本书得到了很多人的帮助。首先是乔克·利特图书作品试读小组的读者们。知道吗？是你们改变了我的生活，我感谢你们。还有乔克·利特图书的全体成员，是你们让我走上文学之路，并不断取得进步，同时，还可以有吃巧克力的时间；我感谢乔克·利特图书的作家同事们，你们让我的作品深受欢迎。我还要感谢爱情小说家协会，尤其是新锐作家计划的组织者和作者们，是你们的批评、指正和鼓励，让我在创作中少走了很多的弯路，才能成为今天的我。感谢*Romantic Times*杂志以及多切斯特出版社——正是你们举办的美国标题大赛，给我这本书带来*Never Coming Home*这个题目。在技术方面，我要感谢尼戈·霍季同我耐心分享法医学方面的专业知识，希望我没有辜负他的帮助，也希望书中与法医相关的内容，都能准确表述。如若有任何这方面的错误，均是我个人的原因。我还要感谢我的家人、朋友、同事们，感谢他们在本书的创作和出版过程中，给予我的大力支持。我感谢你们，感谢所有人。